荊棘之路

BRIARPATCH

Ross Thomas

羅斯・湯瑪斯——著

吳宗璘——譯

序言

勞倫斯・卜洛克

在過去這些年當中，我聽到羅斯・湯瑪斯講述自己如何開始加入這場寫作大賽，大概也有三、四次了。當然，這故事本身相當精采，不過，對我來說，最引人入勝的部分莫過於欣賞那些渴望躋身作家之林聽眾的面容。

羅斯是這麼解釋的，在某個工作結束之後——也許是剛幫某位北達科塔州詹姆斯鎮的朋友打完選戰，或者他剛從非洲回來——他閒得發慌，決定要嘗試寫小說。所以他就坐下來開始寫，過了一兩個月之後就寫完了。他心想要是能出版也不錯，但不知道該怎麼著手，所以他打電話給某個見多識廣的朋友。

「我寫了一本書，」他說道，「想知道接下來該怎麼處理。」

「先喝點酒，」那個朋友提出建議，「吃一顆阿斯匹靈，躺下來，蹺腳，好好休息一下。」

羅斯告訴他，「我想要出版那部小說。」

「那一定要是打字稿，而且必須是雙倍行距。」

羅斯說，成品已經是這樣的規格。然後，他告訴底下的聽眾，那位朋友教他該怎麼處理，必須弄一些牛皮紙，把稿件包得整整齊齊，寄送到某間特定出版社、給某位特定的編輯。

他乖乖照做。

兩個禮拜之後，他的信箱裡躺了一封信，寄件者正是那份以普通牛皮紙包裹的小說郵件的收件人，「他說他們打算出版我的小說，」羅斯說道，「之後會寄合約給我。」

沒有菜鳥想要聽到那種故事。如果你想要贏得那些奮鬥中作家們的好感與認同，最好還是要分享自己痛苦的努力過程——不斷的失敗與錯誤開端，接二連三被拒絕，腸枯思竭的撞牆期、酗酒、令人絕望的乾癬的爆發次數多到已經令人麻痺。終於，奇蹟出現，經過了長期煎熬，也不知道為什麼就是比寶琳多吃了一些苦頭、又比賈伯多了一些麻煩，作家得到最後的勝利，作品終於付梓問世，而且聽不到讚美？

哦，對他們來說，這真是刺耳。羅斯如實說出了經過，其實，他還能講出更刺耳的話，甚至可以讓他們知道那份草稿的出版書名是《*The Cold War Swap*》，不但獲得廣大讚譽，還贏得了那一年愛倫坡獎的最佳新人小說獎，就此開啟了他得獎無數的寫作人生，為他贏得了一大群忠誠鐵粉部隊，而且他出了一堆書，裡面完全找不到粗陋字眼、不當詞語，或是贅句。

由於羅斯個性太過謙沖，不會提到任何隻字片語，所以某些菜鳥會搖頭，安慰自己，這傢伙只是十分幸運罷了。對，沒錯，就像是棒球界的泰德．威廉斯、或是芭雷舞壇的尼金斯基。幸運的討厭鬼，這些人就是命好。

羅斯溘然而去，大家都沒想到他會這麼早離世，我們在他追思會的時候、提醒彼此的重點之一就是，雖然我們再也無法見到這位好友，再也無法引頸期盼他每年的新書，但我們依然擁有他生前寫下的那些作品。

我想，每當有作家過世的時候，我們總是會說出這樣的句子，對於亨弗萊．鮑嘉與伯格曼將永遠擁有巴黎的那一個電影場景來說，這話應該是不成問題，但基本上這只是安慰之詞罷了。因為大部分書籍無論在首讀時有多麼令人享受、愛不釋手，重讀時就是無法擁有同等的悸動。

但總有例外。我不知道到底是什麼特質能讓某些作家的作品可以一讀再讀，但對於那些可以寫出讓我一次又一次享受閱讀樂趣的作家，我知道自己十分珍惜。

這種作家不多，但我對每一位都心存感激。

在我心目中，羅斯．湯瑪斯的位置是這份決選名單的前幾名。他的某些作品我已經看過了三、四次之多，而且我一定還會再次展讀。

而這部作品，居然是我只看過一次的小說。它在一九八四年出版，一上市我就立刻購入，一定是在某個沒有干擾的夜晚、一氣呵成看完。自此之後，我搬了好幾次的家，也多次清理了書房，但羅斯的書我一直全數保留，所以當魯絲．凱文請我為本書寫序的時候（我答應的原因並不是因為可以逮到機會再看一次），我自己的書架上還找得到那一本。

而且，太神奇了，我居然完全不記得內容！

雖然這一點可能暗示了我現在的心智能力，不是讓我很開心，但這也表示我全心享受閱讀羅斯．湯瑪斯全新作品的暢懷樂趣。而這本書也的確讓人看了十分過癮，是我力勸諸位應該要自行收藏的那一類佳作。我不知道自己的記憶容量是否還足堪使用——迅速瞄了一下自己的羅斯．湯瑪斯藏書之後，看來我對於其他作品至少還保有一些印象，但年紀越來越衰老，很難說日後能否記得吧？

講到這樣也夠了！不管這是你第一次還是第十次打開這本書，我一定要敬邀你好好欣賞，這是出於專家之手的精采傑作。

早晨七點三十分，兇案組的紅髮警探走出大門，外頭的八月氣溫已經升到了攝氏三十一度。到了中午的時候將會高達三十八度，而兩三點的氣溫將會直逼四十一度。到了那個時候，暴躁之人理智斷線，會讓警探業務量大增。警探心想，這是麵包刀天氣，麵包刀會在午後紛紛出動的日子。

警探站在某棟綠銅色屋頂、兩層樓的黃磚雙拼屋二樓大門的梯台。警探回頭，確認大門已經鎖好，走下外梯。這棟房子位於依然算是高檔的傑佛遜高地區段，屋齡五十二年，位於三十二街與德州大道的東南角，具有美麗樹蔭的十八公尺平方建地。這位兇案組警探靠著某種曖昧又充滿創意的籌措資金方式，在十七個月前買下了這棟房子，自己一個人住在樓上的雙臥式公寓，把樓下以每月六百五十美元的價格、租給了某個三十多歲的家用電腦業務員與他的女友，一對幾乎很少準時交租的情侶。

八月四日，星期四，早晨七點三十一分，警探到達外梯的梯底，左轉，站在業務員的門口按電鈴。過了三十秒左右，門開了，沒刮鬍子、一臉睡眼惺忪的哈洛德．史諾站在那裡，他裝出詫異模樣，而且差點就瞞混成功。

「哦天哪，紅髮大大，」史諾說道，「不會是我又忘了繳租吧？」

「哈洛德，你沒繳房租。」

「哎呀呀，我忘了，」他回道，「我現在開支票，要不要進來等一下？」史諾全身上下只穿著就寢時的髒兮兮四角內褲。

「我在外頭等，」警探說道，「這裡比較涼爽。」

「我裡面已經開了冷氣。」

「我在這裡等就好。」警探重複了一次，露出淡然微笑。

哈洛德．史諾聳肩，關上大門隔絕熱氣。警探發現門框的棕色裝飾板條出現了一個可疑的灰色凸泡，直徑大約有五公分左右。警探動用指甲銼刀，開始研究那個凸泡，擔心是白蟻。警探心想，我惹不起白蟻，完全惹不起這群小東西。

原來，那個灰色凸泡只是油漆氣泡，警探輕吐一口氣，釋然多了。就在這時候，哈洛德．史諾現身，多了一件藍色馬球衫，但依然沒穿長褲，他遞出了房租支票，印有刷淡底色與漂亮圖案的那一種。警探覺得那種支票是無聊玩意兒，但還是默默收下來，仔細檢查，確保哈洛德．史諾填寫的日期並沒有延遲，或是忘了簽名，或者，更誇張的，就像是他曾經搞過一次的那種把戲，金額居然不對。

「靠，抱歉遲繳房租，」史諾說道，「我真的是徹底忘了。」

紅髮警探又露出淺笑，「沒關係，哈洛德。」

哈洛德．史諾也回笑了一下，是種怯懦的笑容，假得很，也不知道為什麼，與史諾那張狹長的臉倒是很相襯，警探發現他的面孔也是狀甚畏怯，不過那雙狡獪的狼眼卻洩了底。

哈洛德臉上依然掛著微笑，講出了與這位兇案組警探見面時的固定台詞，「哦，想必最近在忙著抓那些慣犯吧。」

警探一如往常，懶得回答，只說了「哈洛德，再見。」隨即轉身，踏上水泥鋪面步道，走向逆向停放在人行道的那台車齡兩年、五段變速的深綠色本田雅歌，史諾也關上了自家大門。

警探打開雙門本田轎車，進入車內，發動引擎，放開了離合器。一陣白橘色的閃焰，相當猛烈，然後是一陣巨大爆炸聲響，突然冒出濃密的白煙。一切恢復平靜之後，本田左側的車門懸晃空中，只剩下一小段鉸鏈連接車身，警探的半截身軀癱倒在外，原本紅髮成了一坨焦黑的線團。左腿膝蓋以下的部分宛若紅莓果醬，只有那雙淡綠灰的眼睛還在動，不可置信眨了一下，又一下，這次是出於恐懼，然後，警探就死了。

第一個衝下大門階梯的是哈洛德．史諾，辛蒂．麥克卡貝也緊追在後，她年約二十八、九歲，擁有陽光膚色與纖細身材的金髮女子，頭上還纏滿了綠色髮捲。史諾現在已經穿上了褲子，但沒穿鞋，辛蒂．麥克卡貝也是赤腳，身著過大的男裝T恤與褪色牛仔褲。史諾伸手，小心翼翼阻擋她。

「退後，」他說道，「油箱可能會爆炸。」

「天，哈洛德，」她問道，「這是怎麼回事？」

哈洛德．史諾盯著兇案組警探的癱軟屍體，「看來，」他慢條斯理說道，「剛剛有人炸死了我們的女房東。」

1

三個小時之後，班傑明．迪爾接到了五十三歲的總警司撥打的長途電話。由於不同時區的關係，他在華盛頓特區接到電話的時間是將近十一點半。電話響起的時候，迪爾依然躺在床上，孤單，清醒，他住在杜邦圓環北街的南邊，與圓環相隔三條街廓的某間單臥公寓。其實，他在凌晨五點就醒來了，發現自己已經無法入睡。到了早上八點半，他打電話到辦公室找貝蒂．梅．馬克，假稱自己得了夏天感冒，必須請病假，搞不好連隔天的週五也無法上班。貝蒂．梅．馬克建議他要多休息，吃阿斯匹靈，而且要多喝水。

那天早上，迪爾不想工作，倒不是因為他生病，而是因為當天是他的三十八歲生日。他也說不出為什麼，就是覺得三十八歲是青春與衰老的分水嶺。他整個早上都躺在床上胡思亂想，不免有些好奇，人生將近四十個寒暑，怎麼會弄到近乎一事無成。

他心想，對，就是這樣，好不容易結了一次婚，卻離了兩次婚——真是厲害。一九七八年的某個六月的雨夜，迪爾的前妻悄悄離開了他，他在一年之後於哥倫比亞特區訴請離婚，控告對方遺棄。顯然前妻認定迪爾這個人就是成不了事，也在加州訴請離婚，理由是難以化解的歧異。這兩起訴訟都無人表示異議，全都予以核准。現在迪爾對前妻印象最深刻的有兩件事，一是她美麗至極的金色長髮，其二是她習慣在自己切片番茄上撒糖、令人髮指的可怕習慣。至於她的臉，哎，已經慢慢褪成了一團糊影——但依然是愛心的形狀。

早晨的漫長回顧，結果無趣又令人沮喪，而在這段過程當中，迪爾巧妙迴避了自己的財務收支狀況，因為，那數字就與以往一樣難堪。他沒有保險，也沒買股票或是債券，沒有既定退休金，沒有房產。他的主要資產是里格斯銀行杜邦圓環分行的無利息支票帳戶裡面的美金五千一百二十三點八二元，還有一輛剛買下的一九八二年份福斯敞篷車（某種恐怖的黃色），停放在這棟公寓的地下室，迪爾現在才驚覺，這種追求競速快感的舉動，將會讓自己無法安穩過日子，他猜這種與以往截然不同的態度是另一種快速老化的徵兆。

當五十三歲總警司打來的那通長途電話響到第七聲的時候，迪爾決定把這段無意義的早晨省思拋諸腦後，他接起電話，「喂？」

「您是迪爾先生？」對方語氣嚴厲，甚至已經到了刺耳的程度，充滿了攻擊性、怒火，還有霸氣。

「對。」

「您是不是有位妹妹名叫費莉希蒂——費莉希蒂．迪爾？」

「問這個做什麼？」

「我是斯楚克，約翰．斯楚克。我是這裡的總警司，不知道令妹是不是費莉希蒂？她是我的手下，所以我必須打電話給您。」

迪爾深呼吸，稍微吐氣，「她是死了？或者只是受傷？」

對方說出答案之前，沒有任何停頓——只有一聲長嘆，這已經等於給了答案。

「迪爾先生，很遺憾，她已經死了。」

「死了……」

「對。」

「我明白了。」

然後，迪爾知道自己必須要講些話，至少能夠短暫壓抑悲傷。所以，他繼續說道：「今天是她的生日。」

「她的生日啊，」斯楚克耐心回道，「哦，這一點我倒是不知道。」

「也是我的生日。」迪爾的語氣似乎是若有所思，「我們生日在同一天。雖然相差了十歲，但卻在同一天出生——八月四日，就是今天。」

「哦，是今天？」斯楚克的尖銳語氣耐人尋味，過於理智，甚至還有幾分和善的意味，「很遺憾。」

「她二十八歲。」

「二十八歲……」

「我三十八歲。」迪爾沉默許久之後，才繼續問道，「怎麼——」但隨後出現了可能是咳嗽或是啜泣的聲響，最後，他說出了口，「怎麼發生的？」

總警司又嘆氣，雖然透過電話，也可以聽出對方的悲戚與悼念，「汽車爆炸。」

「汽車爆炸……」

「今天早上，她在平常出門的時間步出屋外，上了自己的車——鈑金超薄的本田雅歌——放開離合器，就啟動了炸彈——也就是離合器。他們使用的是C4塑膠炸藥。」

「他們？」迪爾問道，「他們到底是誰？」

「迪爾先生，我只是隨口說了個代名詞，可能不是『他們』。也許是單人犯案，但也可能是十幾個人的集團，我們會找出真兇。這是我們的職責——而且也是我們的專長。」

「她多久才——」迪爾停頓了一會兒，深呼吸，「我的意思是，她有沒有——」

斯楚克打斷了他，回答這個沒講完的問題，「沒有，真的沒有，是立刻死亡。」

「我曾經看過某篇文章，不可能是立即死亡。」

斯楚克顯然很聰明，知道不該與剛遭逢喪親之痛的人爭辯，「迪爾先生，很快，真的很快，她並沒有受苦。」他停頓了一會兒，清喉嚨，繼續說道，「我們打算要幫她辦葬禮，我的意思是市警局，但要先徵求你的同意。」

「什麼時候？」

「你答應了嗎？」

「對，我沒問題，什麼時候？」

「星期六，」斯楚克說道，「屆時將有來自全美各地的許多員警與會。會是一場很哀榮，相當哀榮的葬禮，我相信你一定也想要參加，所以要是我們有哪裡可以效勞，比方說預訂飯店之類的事，好，儘管——」

迪爾打斷他，「我要郝金斯。郝金斯飯店還在嗎？」

「是的，還在營運。」

「可以幫我訂房嗎？」

「從什麼時候開始入住？」

「今晚，」迪爾說道，「我今晚就過去。」

2

迪爾的住家客廳北面是幾乎佔據整個牆面的一整排挑高窗戶，他透過其中一扇窗面、凝望拿著拍立得的鄰居老頭，目睹他拍下違規停放在二十一街與北街交叉口的那台藍色富豪轎車。

那老人是迪爾對窗街道某棟四層樓公寓的主人，裡面沒有任何住客。老頭曾經一度把那棟綠膽色的房子租給特區的某項改造專案，收容那些想要戒除毒癮的毒蟲。該項專案的經費用罄之後，毒蟲們紛紛搬走，其實也沒有人知道他們的去向，最後只留下從垃圾車掉落而下的一大袋圖畫紙，四處飄飛。

迪爾曾經撿起其中一張畫，以鮮豔顏色蠟筆完工，似乎是某名毒蟲的自畫像。紫色的臉龐，互相交疊的一對圓眼，還有露出尖齒的綠色大嘴。那張畫的程度大約是厲害的小一生——或是小二生。面孔下方還有辛苦寫下的大寫字母註記：**我是爛渣毒蟲**。有時候，迪爾不禁懷疑他們的療程到底有沒有效。

等到那些毒蟲搬出老頭的屋子之後，老人開始過著獨居生活，不肯賣房也不願租出去，一天到晚拿著拍立得、對著屋前那些違規停車的車輛拍個不停，他還會調整角度，讓「禁止停車」的標誌與違規者的車牌同時入鏡。證據入手之後，老頭就會打電話報警，警察有時會出現，有時則不見人影，迪爾經常看到那老頭在忙著拍照，很好奇他怎麼會如此憤憤不平。

迪爾從窗前移開目光，低頭，發現手裡拿著空杯與杯碟。他有泡咖啡嗎？喝光了嗎？他完全不記得了。他走到另一頭的廚房，步履緩慢，高挑，宛若跑者的精瘦平坦身材，幾乎完全不像父親，不過，他還是遺傳到亡父鮮明鑿刻近乎醜陋的五官，那是迪爾家族男性代代相傳的特色，打從一八三一年、從英格蘭搭船遠渡而來的第一位迪爾始祖就是如此。

最明顯的臉部特徵就是鼻子：迪爾家族之鼻。相當挺拔，幾乎呈垂直角度，不是那種角度回彎的鷹鉤鼻。下面是迪爾家族之嘴：薄唇闊嘴，狀似無情，要是聽到有趣的笑話、遇到好友，會露出開心表情。下巴的形狀剛剛好，絕對稱不上是軟弱，但也不是到堅毅程度的那種剛強，所以許多人會稱之為敏銳。迪爾家族的耳朵面積超大，要是遇到強風，啪啪作響不成問題，幸好耳廓形狀貼附頭部。而那張臉不能算醜，應該都歸功於那對眼眸。灰色大眼，在某種光線之下、看起來溫柔和善，甚至還有天真無邪的氣質。然後，光線要是起了變化，那股天真就會消失無蹤，眼神宛若終年寒冰。

迪爾站在不鏽鋼水槽前面，陷入恍神狀態，水龍頭的水不斷嘩啦沖洗咖啡杯，足足過了兩分鐘之後，他才回神過來，把水關掉，將杯子與杯碟放在瀝水板上面。他伸出濕答答的右手、梳弄了一下濃密的深銅色頭髮，弄乾水滴，打開冰箱的門，盯著裡面，至少持續了三十秒，然後又關上，回到客廳，站在那裡，心中掛記的全是妹妹之死，但還是有擠出另一個空間，努力回想接下來該做什麼。

他決定了，先打包，準備走向臥室，這才注意到自己的棕褐色真皮公事包早就放在通往走道的那扇門附近。他提醒自己：你早就開始打包了，又想起自己早已把行李箱攤在床上，而且剛才曾經像機器人一樣，從抽屜裡取出襪子，襯衫、內褲，以及領帶，又從衣櫃裡拿出專門參加葬禮的深藍色西裝，逐一摺好放進去，關上箱子，把它拖到了客廳。然後，你泡了咖啡，喝光，望著那老人。他低頭瞄了一下自己，確認自己已經穿好衣服。他覺得自己這身打扮就像是標準的紐奧良男人制服：灰色泡泡紗外套、白襯衫、黑色真絲織紋領帶、深灰色薄料休閒長褲，還有黑色顆粒紋皮樂福鞋，擦得晶亮，但他想不起自己到底是什麼時候擦亮了樂福鞋。

迪爾看了一下手腕，確定有戴錶，又拍了拍口袋，再次確認是否帶了錢包、鑰匙、支票簿，以及香菸，他遍尋不著菸盒，這才想起自己老早就戒菸了。他又瞄了一下公寓，拿起被航空公司多次糟蹋的行李箱，離開家門。他站在二十一街與北街交叉口的西南側，招了一台計程車，他與司機都認為今天比昨天涼爽多了，但還是很熱，然後，他請司機先駛往銀行，然後再開到東北一街三〇一號：「卡洛紋章」。

靠近國會山莊的「卡洛紋章」的前身曾是飯店，款待的對象除了政治人物之外，還有為他們工作的員工、遊走他們之間的說客、撰寫他們動態的記者作家，有時候也包括了跟政客上床的那些人。現在，國會接管了這棟建物，成為某些外溢性活動的辦公室，包括了某個負責調查與監督的曖昧不明的三人小組委員會，而班傑明．迪爾就是擔任這個小組委員會的顧問，每天的薪資是一百六十八美元。

迪爾的老闆兼拉比，或者應該說是修道院院長，是這個三人小組委員會的高階（也是唯一的）少數族裔成員，這位來自新墨西哥州的「小孩參議員」，本來一直被大家稱之為「男孩參議員」，後來有人向《華盛頓郵報》投書，慷慨陳詞，認為「男孩參議員」這樣的外號是性別歧視。某位聯合供稿專欄作家緊抓這個議題大作文章，在這種動輒得咎的時代，不如改稱「小孩參議員」會更加妥切，這位作家同時也安慰這位參議員，看來他很快就會脫胎換骨轉為熟男，屆時就可脫離此一稱號。不過，新綽號從此再也不離身，這位參議員對於因而爭取到的媒體篇幅倒也十分開心。

「小孩參議員」的本名是約瑟夫．拉米雷茲，他來自圖克姆卡里，這是他三十三年前的出生地。他的家族很有錢，娶的老婆更是財力雄厚，除此之外，他擁有哈佛法律系學士與耶魯碩士的學歷，從來沒有工作過，直到畢業一年後被任命為地區助理檢察官，才展開職場生涯，他在當地聲名大噪，因為他幫忙把某名據說收賄一萬五千美元的縣長送入大牢。雖然大家都知道這名縣長多年來總是牟利無所不用其極，但年紀輕輕的拉米雷茲居然真的讓這個老惡怪去坐牢，讓眾人嚇了一跳，也對他刮目相看。大家都相信這小孩會是明日之星，而且許多人都認為加上拉米雷茲的財力（別忘了他老婆也是有錢人），這孩子前途不可限量。

拉米雷茲成功進入州參議院之後，又在三十二歲大躍進、進入了全國參議院。他渴望想要成為美國的第一位拉丁裔總統，已經不是秘密，他自己預估應該是在一九九二或一九九六年達成目標，甚或是二〇〇〇年，反正就是等到「我們墨西哥佬成為選舉人團多數」的那一天，有些人認為這位「小孩參議員」並不是在隨便說笑，但某些人並非如是想。

每當班傑明．迪爾走進「卡洛紋章」的時候，總是覺得裡面的走廊依然散發出老派政治輪番角力戰的低俗氣味，還有無愛之性，以及純正的波本威士忌與雪茄包在玻璃紙裡面、一次以銅板價拍賣出清的過往氛圍。雖然迪爾自認是政治冷感，但大多數的政治人物都讓他充滿好感——還有絕大多數的工運分子、吹毛求疵的消費者運動者、公民權實踐者、觀測鯨類的專業保育人士、抱樹嬉皮、反核瘋子，還有每個星期二晚上窩在一神普救派教會地下室、從木頭折疊椅起身真誠高呼「我們今晚聚集在此，能貢獻什麼」的大多數會眾。其實，迪爾早已不抱任何希望，鮮少有人能夠真正扭轉乾坤，但是那些仍然對此深信不疑的人卻讓他充滿了興趣，而且，他發現這些傢伙幾乎都很有趣，而且妙語如珠。

迪爾進入標號二二二號的那扇門，到了貝蒂・梅・馬克的凌亂接待室，小組委員會空間狹小，而這裡則是她專屬的統治區域。她抬頭望著迪爾，仔細端詳了好一會兒，然後，那張深棕色的美麗臉龐立刻盈滿了同情與關切。

「有人死了，對嗎？」她說道，「你的某位親朋好友過世了。」

「是我妹妹。」迪爾說完之後，放下行李箱。

「哦天哪，班恩，真令人難過的消息。只要我能幫得上忙的地方，你就儘管吩咐。」

「我得要飛回家一趟，」迪爾說道，「今天下午走。」

貝蒂・梅・馬克已經拿起電話、貼在耳邊，「美國航空可以嗎？」她開始撥號。

「沒問題。」迪爾知道要是有空位的話，她一定會想辦法弄到，就算是全滿，她也會逼他們踢掉某名乘客的訂位。四十三歲的貝蒂・梅・馬克在國會山莊工作已經有二十五年之久，幾乎一直都在為位高權重的人士工作，因此，她也打響了自己的名聲，她的情報網絡綿密龐大，她可從政界索討的人情債幾乎可說是取之不盡用之不竭。大家都想要找她去上班，競爭激烈，甚至可以說是到了搶破頭的地步，她的許多閨蜜先前一直覺得很好奇，為什麼她願意聽從「小孩參議員」的誘騙、把她安排在「卡洛紋章」這個無事可做的小組委員會。

「親愛的，西瓜效應啊，」當時她是這麼說的，「在博比．甘迺迪之後，我還不曾看過誰能夠引領如此持久又快速發酵的西瓜效應。」貝蒂．梅．馬克的評語傳了出來之後，「小孩參議員」的政治股價在隱形的國會山莊指數又悄悄出現了一波漲勢。

迪爾靜靜等待，看著貝蒂．梅．馬克對著電話柔聲低語，咯咯笑，然後又在某張紙草草寫下重點，掛了電話，然後把那張紙交給迪爾，「下午兩點十七分，杜勒斯機場出發，頭等艙。」

迪爾回她，「我付不起頭等艙。」

「經濟艙位置超賣，所以他們會以相同的價格讓你搭乘頭等艙，所有的酒類飲品都免費，還有年輕空服員，我想這也許能讓你心情好一點。」她又出現了充滿憐憫的神情，「班恩，真的很遺憾。你們感情很好，是不是？——我的意思是，關係十分親密吧？」

迪爾露出悲戚微笑，點點頭，「我們感情很好。」然後，他伸手朝那兩道緊閉的房門稍稍比劃了一下，特別指向其中一間——也就是那位小組委員會的初級法律顧問的辦公室，「他在嗎？」

「參議員和他在一起。」她又拿起電話，「讓我先告訴他們這個消息，所以你只需要探頭進去打聲招呼，就可以自己去忙喪事了。」

貝蒂．梅．馬克又開始以那熟練的女低音悄聲講電話，她的音頻實在很低沉，就連迪爾距離她只有一公尺也很難聽清楚她在講什麼。她掛了電話，下巴朝那扇門點了一下，微笑說道，「可以了。」

砰，房門打開。站在那裡的是一個大塊頭金髮男子，年約三十六或三十七歲，身穿襯衫，鬆垮垮的領帶，皮帶的位置很低，幾乎在屁股上方，讓大肚腩可以懸在皮帶上頭，那張臉露出了標準愛爾蘭式的悲戚表情。

「靠，班恩，我不知道該講什麼才好，只能說十分遺憾。」他用力抹擦那張俊朗胖臉的下半部，彷彿想要拭去那股憂傷，但表情卻依然不變。

他是提姆西．埃．多倫，小組委員會的初級法律顧問，波士頓政治戰爭頻仍，他最近剛打完一仗，處於休養狀態。而他得到的封賞就是這個初級法律顧問的職位，「讓這小伙子去華府待個兩年，也不會對他造成任何折損。」這是波士頓高層的決定，「之後我們再看看，看看要怎麼安排。」迪爾早就覺得波士頓與美國政治之間的關係，就像是阿伯丁試驗場之於軍備武器。

迪爾隨著多倫進入辦公室，「小孩參議員」起身，伸手致意。這位年輕人表情一臉心焦，不禁又讓迪爾想到他每次看到拉米雷茲時的印象：就像是西班牙人一樣狡猾。

約瑟夫．路易斯．艾密里歐．拉米雷茲參議員（墨西哥民主黨）的身材看起來比實際身高還要高大，很可能是因為他的挺拔姿態與偏好精緻剪裁的細紋西裝。深棕色瀏海遮住高聳的額頭，他總是不時往後撥髮，露出目光炯炯、有時貌似深不可測的黑色眼眸。他的鼻型完美，淡橄欖色的肌膚，闊嘴，有些輕微的咬合不正。下巴的美人溝凹痕深顯，大多數的女人與部分男人都很想要伸手摸一把。他是男主角等級的俊帥，不是聰明絕頂，超級有錢，明明是三十三歲的年紀，卻看起來像是二十三、四歲。

當然，他的聲音也與其他部分十分相襯。低沉的男中音，加上令人難忘的嘶啞音質，這項利器讓他無所不能，現在，他拿它來致意弔唁。

「班恩，我對你寄予無限同情，」那位參議員以雙手握住迪爾的右手，「但我真的無法想像你到底會有多麼傷痛。」

「謝謝。」迪爾發現當別人在慰問的時候，除了致謝之外也無話可說。他坐在參議員剛才入座的位子旁邊，多倫現在回到了辦公桌後頭，拿出一瓶威士忌，倒了三杯酒。

「令妹……」參議員坐在迪爾旁邊，「是女警吧？」

「兇案組警探，」迪爾回道，「中階警探，才剛升上去而已。」

「怎麼會發生這種事？」多倫傾身靠在桌前，將兩杯酒遞過去。

「他們說是汽車爆炸。」

「遭人謀殺？」這位參議員的反應應該算是驚訝，而不是驚嚇。

迪爾點點頭，一口氣喝光威士忌，把酒杯放在多倫的辦公桌上。他發現這位參議員只小抿了一口就放下杯子，迪爾知道他不會再碰那杯酒了。

「我得要離開一個禮拜到十天左右，」迪爾說道，「我想最好過來說一聲，讓你們知道狀況。」

「需要什麼嗎？」參議員問道，「錢呢？」顯然這是他唯一想到的東西。

迪爾微笑，搖頭。多倫依然站著，若有所思低頭盯著他，把頭側向左邊，開口問道：「你說你要去那裡一個禮拜，也許需要十天？」

「差不多。」

多倫望著參議員，「也許我們正好可以派班恩出公差，因為傑克．史畢維還躲在那裡。」參議員面向迪爾，「想必你認識史畢維吧。」

迪爾點頭。

「好極了，」多倫說道，「班恩可以取得史畢維的庭外證供，我們就省事多了，不需要特別飛過去一趟，而且我們還可以利用布拉托的案子請領班恩的出差費用。」

參議員點頭，幾乎已經是完全同意了。他又望向迪爾，「等到你過去的時候，願意幫忙取得史畢維的庭外證供嗎？」

「當然，不成問題。」

「你知道布拉托的事吧？這個問題，想必你很清楚。」參議員再次抬頭看著多倫，「那就這麼決定了。」

迪爾起身，「我去找貝蒂．梅拿一份史畢維的檔案。」

參議員也站了起來，「史畢維要是樂意幫忙，就可順利解決這個……問題。要是他不肯，你一定要——嗯，明白吧——堅定，非常堅定。」

「你的意思是以傳票威脅他？」

參議員轉頭看多倫，「對，沒錯，你也是這麼想對吧？」

多倫回道：「靠，當然啊。」

迪爾對多倫露出淺笑，「我們可以從委員會弄傳票嗎？」

「當然不可能，」多倫回他，「但不需要讓史畢維知道這個吧？」

3

迪爾上次回到家鄉，已經是十年多前的事了，這裡是西南方某州的首府，該地的偏遠程度，已經會把監獄裡的辣椒餐當成本地重要的文化資產。該州除了盛產小麥之外，還有響尾蛇、玉米、棉花、大豆、馬列蘭櫟樹，以及白臉牛。這裡也有石油、天然氣，還有一點鈾礦，而發現這些天然資源的家族通常都很有錢，有些甚至是富豪等級。

至於這座城市，據說三〇年代時的停車計數器就是在這裡發明的，超市購物推車也是。它的國際機場名稱所紀念的人物是某位幾乎早已被人遺忘的飛航探險家：威廉・蓋帝，在威利・波斯特❶在一九三二年環遊世界的時候，是由蓋帝幫忙處理導航定位。

無論是在這座城市或這座州，猶太人並不多見，但黑人數目卻很可觀，還有許多墨西哥人、兩個印地安原住民種族、一大群浸信會教友，以及一千四百一十三名越南人。根據美國人口普查資料，這座城市在一九七〇年時的人口數是五十萬一千三百四十一人，到了一九八〇年，上升到五十萬一千八百七十二人，還有，平均一個禮拜有五點六起命案，大部分都發生在週六夜。

下午四點剛過沒多久，迪爾從蓋帝國際機場的航廈走出來，氣溫已經降到了攝氏三十八度，吹起一陣由蒙大拿州與南北達科塔州襲來的酷熱狂風。迪爾不記得風勢到底曾經在何時歇止下來，如果不是從墨西哥上來、就是從北美大平原下來，夏日焦炙，冬日寒凍，而且總是令人惶惶不安。現在吹的是乾熱風，夾帶了大量紅土與砂礫。突如其來、時速高達五十六公里的陣陣狂風，不斷撕扯迪爾的外套，讓他無法呼吸，腳步踉蹌，狼狽跌坐在計程車裡。

迪爾的家鄉就與大多數的美國城市一樣，都是以格網方式形構街廓，東西向街道是以數字編碼，而南北向則是以姓氏作為命名，許多來自於第一波的投機房產商，其他則是州名、南北戰爭的將軍們（聯邦派與邦聯派都有）、一兩名州長，還有好幾個公認處事還算是清廉的市長。

不過，隨著城市不斷擴張，他們的想像力也開始衰退。南北向的街道開始以樹木命名（松樹、楓樹、橡樹、樺樹等等），等到樹種名稱終於用光之後——也不知道為什麼，最後一個樹街名稱是尤加利樹——輪到總統姓氏開始登場。終於，距離主街十分遙遠、相隔兩百三十一個街廓的尼克森大道也成了絕響，至於那條主街，理所當然，名稱就是「主街」，與其交會的主要幹道，不意外，叫作百老匯大街。

計程車越來越靠近市中心，迪爾發現他年少時的主要地標全部都消失了。城區的三家電影院：「度量衡」、「女皇」、「皇室」已經不見蹤影。埃博哈街的撞球店也沒了，它就在與「度量衡」相隔兩間那棟建物的樓上，那裡一直是恐怖罪惡之淵藪，至少，對十三歲時的班傑明．迪爾來說確是如此，當年某個星期天下午，他第一次被十五歲的壞朋友賈克．薩克特給騙了進去，這傢伙後來成為西岸的撞球場詐騙高手。

一直到一九七〇年中期的時候，這座城市的市中心才出現二戰後建築的流行樣貌，足足晚了三十年左右。在此之前，城區景色幾乎就等於是一九二九年華爾街股災時的一片慘平，只有兩棟

❶ Wiley Post，二次世界大戰著名的美國飛行員，也是首位在世界各地獨自飛行的飛行員。

三十三層高的摩天樓與一棟蓋到一半的高樓。

這兩棟三十三層高的摩天樓對街而立，其中一棟的業主是銀行，另一個是後來被二九年金融風暴所吞噬的投機客。雙方為了搶先完工而使出渾身解數——為了曝光的愚蠢噱頭，評論家如是說——最後勝出的是銀行。垮台投機客後來以賤價（有些人說根本是流血價）把大樓賣給了某個油業集團，完工的那一天，投機客搭乘電梯到達這個破碎之夢建物的頂樓，跳了下去。而第三棟摩天樓正好在金融風暴時蓋到一半，後來一直無法完工，到了五〇年中期，他們終於摧毀了那棟建物。

一九七〇年的市中心，依然像是一九四〇年代的樣貌，只不過人潮不若以往那麼多。大型百貨公司與顧客撤退到偏遠的購物中心，其他企業也跟著出走，市區變得頹敗，犯罪率節節飆升，沒有人想要進市區。陷入恐慌的市政高官們找來了某間收費昂貴的休士頓顧問公司，然後又打聽到華府有一筆來自住房及城市發展部的鉅額聯邦經費。這項改造計畫的目標是要將大部分的市中心區域夷為平地，在原地矗立一座未來城市。他們幾乎剷平了一切，然後，錢花光了，這種工程通常就是這樣，最後市中心變得像是二戰後的科隆。不過，拆除工程其實是從一九七四年中期開始，而班傑明·迪爾當時早已離開了家鄉。

迪爾覺得這些改變其實也沒什麼，這種想法讓他自己也嚇了一跳——就連看到那些從孩童與青少年時期的消失地標之間突出的虛浮新建築，他的態度亦然，他提醒自己，都這把年紀了，不該信任改變。改變標記了時光嬗遞的過程，只有那些幾無過往記憶的小孩才會樂於擁抱新事物，毫無任何抗拒——只有那些年輕族群以及能夠藉此獲利的人才會如此。你不可能從中賺到一毛錢，所以你可能應該是另一種人，根本一點也不老。

計程車司機是個四十歲出頭的陰沉黑人，他進入分隔兩棟老舊摩天大樓的「我們的傑克街」，右轉。起初，傑克．T．華爾德州長在連任時把這裡命名為華爾德街，他是唯一被彈劾兩次的州長，第一次是因為賄賂，他收買三名州參議員，而第二次是自己收賄。他在一九二七年辭職，但後來卻替自己開罪。這個丟臉州長在他最後一場記者會的時候，露出詭詐微笑，講出了讓大家記憶深刻、不時被人津津樂道的精采金句，「靠，各位，偷這點錢，其實根本還不到我的一半功力啊。」

自此之後，這條街就永遠成了「我們的傑克街」，依然喜歡引用那句名言、竊笑又搖頭的老居民，對他的記憶是愛恨交織。終於，他們把這條街改名為聯合國廣場，不過大家的習慣還是稱其為「我們的傑克街」，但知道緣由的人只是少數，而且其他不知情的人也幾乎懶得多問。

郝金斯飯店在百老匯大街與我們的傑克街的交叉口，位於市中心的核心區。暗灰色澤的十八層樓建築，屋齡六十年，設計風格就跟芝加哥大學一樣，強烈的哥德式樣。郝金斯飯店曾經一度是這座城市的唯一飯店——至少市中心是如此——其他地方都被炸藥與拆除機徹底摧毀。不過，後來有了新的希爾頓，喜來登也旋即跟進，當然，還有一定看得見的大型假日酒店。

這趟從機場出發的路程是十七英里，計價方式是一英里一美元。迪爾把二十美金交給那位臭臉司機，告訴他不用找了。司機祝他好運。踩油門離去，迪爾拿起行李，進入飯店。

他發現裡面變化不大，真的。挑高的拱形天花板，營造出一種人跡罕至偏僻教堂的寂靜氛圍。接待大廳依然是可以坐下來、觀察來往動靜的地方，還可以坐在淡紅色真皮沙發裡或鬆軟沙發裡打盹。這裡也有許多矮桌，貼心放置了菸灰缸，還有許多矮胖造型的桌燈，閱讀書報架所懸掛的那些免費報紙，更讓人覺得輕鬆自在：有本地發行的《論壇報》，以及由上州對手城市出版標榜東部氣息的《郵報》、《華爾街日報》、《基督教科學箴言報》，還有濃縮版的《紐約時報》，他們以衛星傳送內容，在當地印刷，而且在發行當天就郵寄送出，有時候，要是遇到動作俐落的郵差，甚至可以在中午前收到報紙。

郝金斯的巨大門廳裡沒什麼人：只有六個貌似皮條客的中年人、兩三對情侶，還有一個超級大美女，另外還有個年紀比較大的女子，六十多歲，也不知道為什麼，目光一直飄向《華爾街日報》的上方打量著他。他覺得她很像是那種長住旅館的客人。門廳裡的氣溫是冰涼的二十一度，迪爾走向接待櫃檯，發現自己的汗濕襯衫已經開始變得涼透乾燥。

櫃檯的年輕服務人員找到了迪爾的訂房紀錄，詢問他的住宿天數。迪爾說一個禮拜，也許會再多住幾天。那位櫃檯人員說沒問題，把房間鑰匙交給了他，還向他道歉，因為行李服務員不在（他請了病假），但他又告訴迪爾，如果需要有人幫忙提行李，他們等一下一定會找人拿上去。迪爾說不需要，向櫃檯人員道謝之後，自己拿起行李，轉身，差點撞到他先前注意到的那個超級大美女。

「你是皮克．迪爾。」

迪爾搖頭，露出淺笑，「中學畢業之後就不是這名號了。」

「在小學的時候，他們都叫你皮寇（意同泡菜）．迪爾，那是位於二十二街與夢若路交叉口的賀洛斯曼小學。不過，四年級的某個下午卻發生大逆轉，你痛扁了三個——怎麼說，作弄你的人對吧?」

迪爾說道:「那是我身手最厲害的時代。」

「自此之後,他們叫你皮克(意同鑿子),你上大學之後,這綽號就不再跟著你了,但你妹妹依然還是叫你皮克。」那年輕女子伸手致意,「我是安娜.茅德.欣茲——就是那個字——而我——靠,得用過去式了——是費莉希蒂的朋友,也是她的律師,我想你來到這裡如果有事要處理,可能想找家庭律師。」

迪爾與安娜.茅德.欣茲握手,她的手感冰冷而堅實,「我不知道費莉希蒂有請律師。」

「有啊,就是我。」

「好,我的確想要——喝一杯。」

欣茲的下巴朝左邊點了一下,「去『雪泥坑』可好?」

「沒問題。」

「雪泥坑」的原本名稱是「精選酒吧」,不過三〇年代初期的那些油業人士開始把它稱為「雪泥坑」,因為裡面一片黑漆漆,而這個外號也就此成了酒吧的定名,到了一九四六年,飯店終於將它正式改名,還弄了一塊低調的黃銅招牌。這地方不算大,相當幽暗,極為冷調,有個U形吧檯與數張沉甸甸的矮桌,以及相襯的椅子,多少還算是舒適。現在裡面只有兩個人在吧檯喝酒,還有一對情侶佔據了另外一桌。迪爾與欣茲挑了靠近門口的某張桌子入座。女服務生過來,欣茲點了伏特加搭配冰塊,迪爾說他也一樣。

「費莉希蒂的遭遇,我真的十分遺憾。」欣茲這女子的語氣幾近正式致哀。

迪爾點頭，「謝謝。」

他們陷入沉默，等到女服務生送上酒飲的時候，兩人才繼續開口說話。迪爾發現欣茲唸出「r」的時候有些困難，但幾乎完全聽不出來，一直等到她說出「遺憾」的時候，他才發現幾乎聽不見那個捲舌音，但除此之外，其他幾乎不成問題。然後，他注意到她上唇有道淡淡的白疤，幾乎看不見，想必是厲害外科醫生操刀兔唇矯正手術所留下的痕跡。她現在的發音問題似乎只剩下「r」而已，不然她的發音可算是近乎完美，沒有什麼當地腔調，迪爾覺得她也許接受過語言治療。

至於她的其他部分，深色裙子，搭配白色領口與袖口的紅白相間襯衫，加上健康膚色，整體裝扮出色，甚至可算是健美。他不知道她的專長是慢跑、游泳還是網球，但他確定絕非是高爾夫球。

他也發現到她有雙非常暗深的藍色眼眸，色澤濃重，完全看不到流轉的藍紫色。

而且，當她盯著遠方的時候，還會微瞇雙眼。她的髮色是棕灰帶金色挑染，至於那種髮型，迪爾覺得應該是鮑伯頭，他是從某人（誰？貝蒂．梅．馬克？）那裡學到了這種髮型，對方應該是搭上了這股復古風潮，或是提前引領了流行趨勢。

欣茲是鵝蛋臉，眉毛只比髮色深一點而已。有點朝天鼻，讓她看起來有些害羞或者應該說是高傲的氣息——或者應該說是兩者都有，迪爾覺得這兩種特質總是相伴隨生。她雙唇豐滿，寬度剛剛好，當她露出微笑的時候，他發現她的牙醫師把她的牙齒照顧得很好。修長的頸項，甚是美麗，迪爾覺得她也許曾經修習過舞蹈，那是舞者才有的脖子。

酒送上來之後，他等她啜飲了一小口之後才開口問道：「妳跟費莉希蒂認識很久了嗎？」

「我跟她在大學的時候不算熟，不過，她畢業之後，我去念法學院，而當我回來這裡執業的時候，她成了我的首批客戶之一。我幫她起草遺囑。那時候她不過才二十五、六歲吧，我覺得沒這個必要，但她剛轉到兇案組——嗯，她就是覺得自己先準備好遺囑比較妥當。然後，差不多是在——我想是十六、七個月前——她買下了那棟雙拼屋，我幫她打點一切，而也就是在那個時候，我們成了好朋友。她也幫我介紹客戶——大部分是需要辦離婚手續的警察——然後，她經常提到你，所以我才會知道你在小學時的綽號是皮寇與其他的事情。」

迪爾問道：「她連公事都會和妳聊嗎？」

「偶爾。」

「她是否在處理什麼特殊案件？恐怕會引來有人放置汽車炸彈？」

欣茲搖頭，「她從來沒有跟我提過有這種案子。」她稍作停頓，又喝了一口酒，「有件事我覺得應該要讓你知道。」

「什麼？」

「她為一個名叫斯楚克的傢伙工作。」

「總警司，」迪爾說道，「他今天早上打過電話給我。」

「嗯，費莉希蒂的事讓他憂心忡忡。她死後兩個小時，我就接到他打來的電話，他根本還沒講出她的死訊，就迫不及待想要知道我是不是她的遺產執行人，不過他使用的詞彙不是執行人，而是女執行人。」

迪爾點點頭，這種觀察細緻的女性解放主義觀點讓他十分欣賞。

「我告訴他，對，先生，我就是，然後他說她死了，我還沒問死因，為什麼會發生這種事，就連『哦天哪不會吧』都還來不及說出口，他就趕忙叫我到費莉希蒂的銀行、與他會合。」

「為了保險箱？」

她點點頭，「他們打開的時候，我人在現場，我哭了出來，激動不已，因為我看到了那些……亂七八糟的東西。他們一次拿一個出來，有出生證明、她的遺囑、一些你們父母的照片，以及她的護照。她老是嚷嚷想要去法國，但一直沒有成行，你也知道她以前主修法文。」

「我知道。」

「好，他們從保險箱拿出的最後一個東西是保單。三個禮拜前才剛買的保險，那份定期死亡險的受益人是你。」

欣茲不再說話，別過頭去。

迪爾問道：「多少錢？」

「二十五萬美金。」她的目光迅速飄回到迪爾身上，彷彿要觀察他的反應。沒有，除了眼神之外，他的臉部表情沒有任何變化，只不過那雙溫柔的灰色大眼突然轉為冰寒。

迪爾終於開口，「二十五萬美金。」

她點點頭。

「我們再喝一杯吧，」他說道，「我請客。」

4

下午五點四十五分，班傑明・迪爾把出席葬禮的深藍色西裝掛入郝金斯飯店九八一號房的衣櫃裡面，就在這時候，有人敲門。他一打開門，就立刻覺得他們是警察。兩個都身穿便服——漂亮的剪裁，顯然價值不菲的打扮——不過，那小心翼翼打量的目光、老練的威嚇態度，還有那太過刻意不動聲色的的唇邊線條，讓他們的職業露了餡。

他們兩個都很高，絕對超過一百八十三公分，年紀比較大的那個身材壯碩，而年紀輕的是瘦排骨，一身膚色，有那麼一些優雅氣質。大塊頭身手，「迪爾先生，我是總警司斯楚克，這位是警監寇德。」

迪爾握了一下斯楚克佈滿雀斑的手，然後也向寇德握手致意，纖長，但出奇堅實，「我是基恩・寇德，重案組。」

迪爾回道：「進來吧。」

他們進入房間的時候，態度有點謹慎過頭，標準的警察作風，目光掃視全場，不是出於好奇，而是一種日常習慣。迪爾大手一揮，示意請他們坐在這間面積中等客房內的兩張休閒椅。斯楚克小心翼翼坐下來，嘆了一口氣，而寇德坐下的姿態宛若貓兒。斯楚克從口袋裡取出雪茄，在迪爾面前揚了一下，「不介意吧？」

「請便，」迪爾說道，「要不要喝一杯？」

「天，我覺得我需要來一杯，」斯楚克說道，「今天真是難熬。」

迪爾從自己的行李裡拿出一瓶「老牌走私客」威士忌，拿起辦公桌上的兩個酒杯、摘除上方的塑膠套，然後又從浴室拿了另一個玻璃杯，倒了三杯酒，開口問道：「要加水嗎？」斯楚克搖頭，寇德則是婉謝。迪爾把他們的酒送過去，帶著自己的酒杯進入浴室，開了水龍頭加水，然後又回到房內、坐在床上。等到斯楚克抽了幾口雪茄、又喝了一點威士忌之後，他才開口發問。

「是誰下的手？」

「還不知道。」

「為什麼要殺人？」

「我們也不清楚。」他再次嘆氣——沉重絕望的長長嘆息，「我們來這裡有兩個原因。第一是想要盡量能夠回答你的疑問，第二是代表市政府與總警局正式向你表達哀悼之意，我們真的十分遺憾，大家都很難過。」

「令妹……」寇德開口，又停頓了一會兒，「嗯，令妹個性……很獨特。」

迪爾問道：「她一年的薪水多少錢？」

斯楚克望著警監寇德，等他說出答案，「兩萬三千五百美元。」

「二十八歲健康女子、支付二十五萬定期死亡險的年度保費又是多少錢？」

斯楚克皺眉。他的濃密灰色捲瀏海開始往下滑落，蓋住本來就十分警戒的黑色睫毛，它們一直在認真保護那雙幾近綠色、而非淡褐色的眼眸。他的目光一度飄向曾經斷過的凸骨鼻梁，也許是瞄了兩次。鼻子正下方是緊閉的細唇，似乎否定一切，嘴唇下面是方正的下巴。這是一張充滿風霜皺紋與智慧、宛若歷經三生三世滄桑的五十三歲男子臉龐。

斯楚克開口的時候，依然皺著眉頭，「你聽說了是吧？」

「我聽說了。」

寇德露出淡淡微笑，笑不露齒，但卻展現出些微不以為然，還有一抹惆悵，「她的那位女律師告訴你的，對嗎？」

迪爾點頭。

斯楚克喝光威士忌，放在桌上，又轉身盯著迪爾，「根據阿爾巴可人壽公司人員的說法，一年的保費是五百一十八美金，而她在上個月的十四號一口氣付清，全部付現。」

「對於完全沒有撫養親屬的人來說，這樣的選擇不是很明智，」迪爾說道，「沒有退保價值，甚至沒有辦法拿來抵押。當然，要是她知道自己快要死了，很可能想要留點東西給摯愛的人——就現在的狀況來說，受益人就是我。不過，你不覺得那是自殺吧？」

寇德開口，「迪爾先生，這並不是自殺事件。」

「不，我也不覺得。」迪爾起身，走到窗戶邊，從九樓向下眺望百老匯大街以及我們的傑克街。「然後，她還有房子。」

警監寇德說道：「那間雙拼屋。」

「對，大約在十七個月前左右，她在寫給我的信中提到了她買了間小房子，當時我猜應該是老屋，大約是六、七萬美金。現在還是可以買到那種房子吧，是不是？」

「差不多，」寇德說道，「但這種房源越來越稀少。」

「好，如果是六萬或是七萬美金的房子？她得要先準備多少預付款？百分之二十？那就是一萬二到一萬四美金。我有一些閒錢，但不多，所以我打電話問她是否需要我出個幾千美金、減輕一下頭期款的負擔？她說不需要，因為她已經利用充滿創意的方式籌措到了資金。當她提到創意的時候，還大笑了一下。我沒有追問，我猜她就是先付個五千或是一萬，然後接下來靠抵押借來的貸款，可能是五萬或再少一點，之後就是靠大尾還款。」迪爾稍作停頓，喝了一點自己的威士忌加水，繼續說道：「但她不是這樣付款的吧，對不對？」

「迪爾先生，不是，」斯楚克說道，「不是這樣。」

「她的買屋過程如下，」迪爾說道，「以十八萬五千美元的價格、買下位於三十二街與德州街交叉口的漂亮雙拼老屋，付了三萬七美元的頭款，然後以百分之十四的利率取得十萬美元的貸款，也就是說，她每個月要償還的貸款是一千三百美金左右——不過，她出租一樓得到的租金是每個月六百五十美元，所以她自己每個月只需要生出六百五十美金，或許是七百美金。你剛才說她每個月的稅前收入是一千九美金左右？——所以真正的實際所得大約是一千四、一千五左右？」

寇德回道：「差不多。」

「也就是說，她每個月只剩下六、七百美元可以過生活。好，加上她的減稅優惠，應該是不成問題，但還是得加上超市的優惠券，只能去『少年聯盟協會』的慈善二手衣店，去圖書館借書，娛樂就是看電視。但還有大尾還款——充滿創意的籌措資金方式。她的律師說下個月一號就是到期日，也就是她購屋期滿的十八個月，大尾還款金額是四萬八千美元——而且還要加上利息。」

迪爾從窗前轉身，低頭望向斯楚克，「我妹妹的支票帳戶裡有多少錢？」

「三百三十二美金。」

「你覺得下個月一號她要怎麼生出五萬左右的現金？」

「迪爾先生，所以我們需要好好談一談。」

「好，」迪爾回到床上，靠在床頭板，「那就來吧。」

斯楚克清了一下喉嚨，捻熄雪茄，揮散菸氣，終於開了口，「迪爾警探過往表現優異，十分傑出。就她的年紀來說，無人能出其右——無論是男性還是女性都沒有人能夠超越她。現在，我必須先向您老實招認，我們當初把她從反詐騙小組工作調入兇案組的時候，算是某種女性樣板，此外，我們還有三名黑人，以及兩名墨西哥裔的同仁。要是不成功的話，我們就浪費了部分聯邦的補助經費。不過，說真的她很優秀，而且我們在一堆人選當中、挑她晉升中階警探，不少人比她資深多了。等到兩年多之後，也許是不到兩年，她一定可以輕易升到警佐。迪爾先生，我的重點是令妹是超優秀的警察，頂尖高手，她是因公殉職——至少我們認定是如此——所以我們會在星期六舉行榮葬，然後，我們會追查到底是出了什麼狀況。」

迪爾說道：「你其實要說的是，她為什麼誤入歧途。」

寇德警監說道：「但我們不知道她有沒有做吧？」迪爾盯著寇德，他又恢復了似笑非笑的表情——近乎躊躇不前的微笑，充滿了羞怯，但迪爾認為那其實是偽裝，就像是戴假鬍子一樣。那樣的笑容無法隱藏疑心重重的表情，好奇的鼻線、聰慧的額頭、宛若聖多默宗徒的冷藍色懷疑之眼。而且，那下巴的姿態儼然在出言挑釁，「拿出證據啊。」要是神情再稍作變化，就是一種出現在宗教法庭時會露出快感的面容。迪爾覺得這張臉的主人對於自己的兇案組警監身分，頗是志得意滿。

總警司斯楚克又清了一下喉嚨，迪爾轉頭過去，他開口，「迪爾先生，我們必須要找出真相，」他繼續說道，「就像是我在電話裡告訴你的一樣，這是我們的職責，而且也是我們的專長。」

迪爾點頭，起身，伸手拿寇德的空酒杯，然後又拿起斯楚克的杯子，這兩人都陷入遲疑。然後，斯楚克嘆氣，「我不該再喝了，但我很想再來一杯，那就麻煩你了。」

迪爾倒了酒、送到他們面前之後，寇德開口，「迪爾先生，您在華盛頓到底是從事哪一行？」

「在某個參議院小組委員會工作。」

「工作內容是？」

迪爾微笑，「找出真相。」

「一定相當有趣。」

「偶爾吧。」

斯楚克喝了約一指高的威士忌，發出愉悅的讚嘆，開口問道：「你和費莉希蒂很親近。」

「對，沒錯。」

「你們父母已經過世了。」這也是直述句，並非問句。

「他們在科羅拉多州死於自駕車禍，那年我二十一歲，她十一歲。」

「你父親做什麼工作？」斯楚克這次提問，終於不是那種早已知道答案的語氣。

「他原本是戰機飛行員，」迪爾說道，「二戰結束之後，他靠著軍人權利法案賴在學校裡，長達四年之久。他念過索邦大學、墨西哥大學以及都柏林大學，一直沒有拿到學位。等到經費用完之後，他去當噴灑農藥機的飛行員，之後是凱薩─佛茲勒的汽車銷售員，還一度作過『花生先生』──嗯，就是『普蘭特』牌的花生吉祥物。然後，他開始當主辦人──報廢車競速比賽、騎驢籃球比賽之類的活動，最後，他買下一間幾乎是破產邊緣的外語函授學校，他為了投資某個鬼城、前往科羅拉多州考察的時候，還在經營那間學校，而就是在那次行程發生了意外，我們父母同時身亡。有時候，我覺得我媽媽一定感覺如釋重負吧。」

斯楚克點點頭，一臉同情，「他們身後沒留下多少財產。」

「一毛都沒有。」

「幾乎等於是你在撫養費莉希蒂了。」

「那時候我是法學院的新鮮人。我輟學，在合眾國際社找到了一份工作，跑的是眾議院。費莉希蒂當時十一歲，我盯著她要乖乖上學寫功課。等到她十二歲的時候，她可以自己去買東西、煮菜，連大多數的家務也一手包辦。到了她十八歲的時候，她拿到了全額獎學金，我也得到了一份工作，必須前往華盛頓。自此之後，她幾乎都是自食其力。」

「迪爾先生，」斯楚克說道，「我必須說，你把她拉拔到大，教養得很好，真的。」

「我們一直很喜歡彼此，」迪爾說道，「我們就是──我想，應該可說是好友吧。」

寇德問道：「你們經常聯絡嗎？」

「我通常每隔七到十天會打電話給她，而她幾乎很少打電話給我，反而是經常寫信，她是這麼說的，來自家鄉的書信。她認為離鄉背井的人都應該要收到來自家鄉的書信，所以她就寫得很勤。八卦、坊間謠言、不痛不癢的醜聞。誰破產了，誰發達了，誰死了。誰離了婚，原因又是什麼。我覺得這有點像是日誌，主題倒不是她，重點是這座城市。也不知道為什麼，她對這裡是真心有愛。」

寇德說道：「我想你不喜歡這裡吧。」

「對。」

斯楚克問道：「你有沒有留下那些信件？」

「早知道當初就好好保存下來了。」

「對，我們也是這麼想，她完全沒有留下備份。今天我們搜過她家，什麼都沒有。」

「付訖的支票呢？」

「又是另一個空白謎團，」寇德說道，「都是水電費、房貸、電話費、喜互惠超市的收據、車貸、百貨公司的賒帳金額紀錄等等之類的東西。」

「難道沒有她那棟雙拼屋的任何分期付款紀錄？」

「你是指付現的三萬七千美元？」寇德回道，「我們只知道都是以百元美金大鈔支付，現在這樣的面額已經越來越普遍了，就像是以前的二十元面鈔一樣。」

迪爾問道：「所以完全追查不到？」

「沒辦法。」

「債權人是誰？」

「前任屋主，」寇德繼續說道，「六十七歲的寡婦，房子賣給費莉希蒂之後就搬到了佛羅里達州的聖彼得斯堡。我今天與她通過電話，她對費莉希蒂完全沒有任何微詞，因為每個月的錢幾乎都是準時入帳，但她現在有點擔心之後的大尾還款。」

迪爾回道：「這也不能怪她。」

斯楚克在褲子口袋裡撈出了鑰匙，交給了迪爾。

「這是什麼？」

「她家的鑰匙。現在樓上已經封鎖，但我們的同仁會在明天中午前完成搜索，所以之後你當然可以進去，嗯，看一看吧——要是想住在那裡也不成問題。」

迪爾起身，拿了鑰匙，又坐回床上。他先望向斯楚克，然後是寇德，「她最近在查什麼案子？」

寇德又露出微笑，不再是他的那種招牌冷漠笑容，而是左邊嘴角上揚，隨後露出了三、四顆潔淨白牙的那種諷刺笑意。「你指的是這裡的古柯鹼大盤商被殺——或者是油業大亨被人發現陳屍在自家的半戶外游泳池池底？」

「我不知道我要問的到底是哪一種，」迪爾回道，「但這兩個答案都很合理。」

寇德搖頭，近乎是遺憾的神情，「她正在辦某個酒品專賣店老闆被槍殺的案件，受害者是在某個漫漫週二夜因三十三美元的紛爭而身亡。她手中還有另一個案子，有個住在『深四區』那邊的太太，打掃完那些白人的家、終於回到了自己的住處，又熱又累，卻發現她老公與他們的十五歲女兒一起窩在床上，她拿麵包刀殺死了他們兩人，她對這案子著力甚深。好，費莉希蒂還有另一個案子，在派金鎮工作的某人，開車開到……是第十三街與麥克金雷街的交叉口吧？停下來等紅綠燈。然後，有另一個傢伙本來一直在那邊的公車站長椅上玩手指頭，突然起身，走過去，拿起他的點二二手槍、瞄準車窗，對著車內的那個男人連轟四槍，轉身，算是以相當從容的姿態逃逸。我們也把這案子交給了費莉希蒂，前幾天她告訴我，似乎已經挖到了線索。」

「她一定是遇到了麻煩，」迪爾說道，「不然就是惹到了麻煩人物。」

斯楚克再次嘆氣，起身，「嗯，是有這個可能，也可能不是。但我們現在必須要找出究竟是誰殺了她。我們先追兇，就能拼湊出其他部分的真相。迪爾先生，您也知道，兇殺案通常是最容易解決的案件，因為罪犯會直接打電話過來，大聲嚷嚷，『喂，你們最好趕快派人過來，因為我剛剛用這根棒球棒打死了我女友。』等到我們趕過去的時候，他坐在床邊，一旁是那具女屍，這傢伙可能還握著那根球棒，哭得像是個兩歲小孩一樣，這種事稀鬆平常。不過，偶爾還是會遇到棘手案件，這一次正是如此。」

斯楚克又發出來自胸臆深處的長嘆，「星期六早上十點，我們將會在三一浸信會教會舉行喪禮儀式。我們為您準備了禮車，不然，您也可以和我與警監一起過去。」

「我不知道，」迪爾說道，「我想我還是自己過去比較好。」

「沒問題。」

迪爾皺眉，「為什麼要選三一？」他問道，「費莉希蒂不是浸信會教徒。其實，她不是很熱衷宗教，所有教派都一樣。」

「但我很虔誠，」寇德說道，「而且我是執事。」

「是嗎？」

憂傷籠罩寇德面容，原本的懷疑神色也慢慢褪去。「你妹妹和我……」他說道，「是這樣的，我在兩三個月前離了婚，我們正打算要結婚。」他端詳迪爾的臉龐，「她一直沒有告訴你吧？」

「沒有，」迪爾回道，「她從來沒提過這件事。」

5

在過去的十年當中，迪爾在世界各地漂泊，時間有長有短，地點包括了紐約、洛杉磯、倫敦、巴塞隆納，華盛頓則有兩次。他作夢也沒想到自己會造訪這些地方，更沒想到華盛頓成了自己居住最久的城市。不過，他偶爾會作這樣的夢，夢到了遙遠的地方，有時候，外國城市會與自己的原鄉城市融為一體。也不知道是怎麼回事，夢境中的威爾希爾大道、第三大道、埃奇威爾路，甚至是蘭布拉大道，都會在他幼時住家、學校以及他經常造訪的那些酒吧的後方橫亙而過。

許多年前，據稱是在一九二六年，有個巨大的牛奶瓶豎立在市區某個平房建築的正上方，那裡是一塊小型的三角地，位於歐德大街、二十九街以及迪羅大道的交叉口，當地人為了紀念老羅斯福，特地將這條蜿蜒大道取了這個名字。那個牛奶瓶尺寸巨大，至少有九公尺高，頸口還有清晰可見的起沫乳脂，它盤據在那小小的便利商店屋頂上方，將近有六十年之久，迪爾還記得屋主是酪農商，「斯佩林梅德洛農場」，他猜現在那個牛奶瓶與商店應該早就被7-11接手了。也不知道為什麼，那個巨大的牛奶瓶總是會出現在迪爾的異國夢境之中，他覺得應該是與佛洛伊德的理論有關，應該是與佛洛伊德、搞笑、陰莖這幾個字有關，全都是F開頭，喜歡玩押頭韻的人看到這些字一定開心得要命。

那日傍晚七點十五分，妹妹死於炸彈爆炸當天的傍晚，迪爾開著租來的大型福特房車，沿著迪羅大道前進，這座城市有三條從南向北、貫穿市區棋盤格狀街區的蜿蜒大道，這正是其中之一。迪羅大道的分隔島曾經出現過有軌電車，不過到了四〇年代末期，當局決定放棄。如今大家都認為當初犯下了天大的錯誤，而且隱隱覺得捨棄電車改採公車是通用汽車公司與各大油業集團的一大詭計。這種陰謀論假設一直甚囂塵上，將近有四十年之久。

迪爾是在「巴吉」租了這輛福特大車。那是他們最大輛的福特汽車，要是他們有林肯的話，他一定會租下來。迪爾自己是開福斯，需要租車的時候，一定會選擇來自底特律的超強馬力車款，因為他覺得這是絕對不可錯過的機會——就像是為自己租了專屬的恐龍一樣。

就在二十七街與迪羅大道的大彎處，那個巨大的牛奶瓶終於映入眼簾，不過，它已經不是白色的了，反而成了黑色的平臥牛奶瓶。迪爾放慢速度，仔細觀看，

那棟小小的建物什麼都沒了，只剩下一些似乎佈滿灰塵的玻璃展示窗。入口有一塊褪淡的霓虹色巨大招牌，「尼布甲尼撒大麻店」，不過，看來這間店應該是多年前就已經收攤。迪爾心想，這間倒掉的店鋪應該是六〇與七〇年代凋零的最後印記。

過了那個黑色牛奶瓶之後的三個街區，就在三十二街與狄羅大道的交叉口，矗立了一棟巨大的三層樓維多利亞式建築，外牆的雙層粉蠟綠油漆已經剝落。這棟房子據說是密西西比河西部的老牌記者俱樂部，歷史悠久程度的排名不是第三就是第四。一開始的那六十多年，本來是與「仁善和保護秩序麋鹿俱樂部」在市中心的某一地利之處共享空間。不過，當時的市長在都市更新計畫進行的時候，很不爽媒體（想也知道），所以市中心的記者與麋鹿俱樂部就被列入第一批的拆除名單。

這間俱樂部其實提供的服務不多，也就是在法定營業時間結束之後、依然可以買醉的酒吧，

提供購自派金鎮神秘來源的超高品質牛排，以及行之有年、輸贏僅限桌上籌碼的撲克牌遊戲，每個星期六中午立刻開賭，而且也在星期日下午五點立刻封桌，所以每個人都可以趕回家看電視，看看那些急切受害人在《六十分鐘》裡自我獻祭的完整受訪過程。

活躍的媒體人其實都是這間俱樂部的成員，至少有百分之三十的會員是新聞從業人員或是在相關產業工作。其他的則是從事廣告、法律、政界或是公關工作。他們被稱之為附屬會員，而這些人的會員費是媒體人的五倍之多。俱樂部裡的少數族群認為這些沒有投票權的多數人想要與媒體人打交道，那麼當然應該要付出大把鈔票才能享受特權。吧檯後方懸掛許久的那塊黃銅匾牌，刻有俱樂部的不成文座右銘：我以前一直是個自由自在的新聞人。

自從俱樂部搬到新址之後，迪爾就再也不曾造訪。它與麋鹿俱樂部共享那棟市中心三層樓空間的年代——記者俱樂部在二、三樓，而「仁善和保護秩序麋鹿俱樂部」位於一樓——迪爾一直是常客。其實，只要當他為合眾國際社工作到深夜，他經常是負責鎖門的那個人。

他把自己的福特停放在最靠近那棟維多利亞建築的位置——僅相隔了一個街區——努力回想自己到底有沒有付清最後一筆賒帳的酒錢。萬一沒付的話，他知道就算所有人都忘了，一定還是會有某人提醒他，那個「希臘人」。

迪爾走上那道通往紗門迴廊的六階短梯，距離天光消散還有一個小時。他跨越門廊，站在上鎖的大門前面，按了電鈴。有個細弱的聲音應門，態度一如往常暴怒，只簡單問了一句「幹嘛？」

「我是班恩．狄爾。」

「天！」對方發出驚呼，過了一會兒之後，發出鈴響，大門開了。過了小玄關，就進入了某個偌大空間，除了後頭的廚房區之外，似乎整個樓面都是它的天下。右側是餐桌與包廂座位，靠近玄關處有個休憩區，搶眼的主角是某扇巨大凸窗，迪爾心想，坐在這裡的時候，就和全世界其他的私人俱樂部同樣快意，宛若某人說過的一樣，可以看著外頭倒霉的人在淋雨，他甚至覺得這搞不好就是當初有人發明私人俱樂部的真正原因。

迪爾走向休憩區左方的L形吧檯。他發現這裡的吧檯還是市中心地點的那個桃花心木吧檯，他們甚至還買下了昔日吧檯上方的老舊黃銅桿，上頭懸掛了真皮掛帶，對於那些喝酒喝過頭的人來說，是很方便的支撐工具。

那個站在吧檯後頭全身前傾、以雙手支撐重心的男人，已經站在那個位置長達三十年之久，他是俱樂部的經理，也是首席調酒師。他名叫克里斯托斯．里懷茲，也有人叫他希臘人克里斯，或者，大家通常只喊他「希臘人」。現在的他五十多歲，但容貌與二十五歲時的差異不大。黑色眼眸依然盈滿狡獪，鬍鬚還是修整得很講究，而且那略顯自傲、宛若尤里西斯的奸詐表情也一如過往。當然，他的臉龐新添了些許紋路，挺拔的鼻翼兩側留下了深溝，前額也有多條平行的皺痕，顯然是聽過許多人生謊言與藉口、滿佈鑿刻殘跡的面孔。

里懷茲動也不動，也沒開口，靜靜等待迪爾坐定在某張高腳凳，東張西望，確定四周是否有他依然認識的人，沒有。吧檯的另一頭有兩個人，但看起來像是律師，還有十多名食客散坐各桌。

「嗯，」里懷茲終於開口，「你回來了。」

迪爾接腔，「是啊。」

里懷茲若有所思點點頭，彷彿迪爾的模樣就與他預料的一樣慘不忍睹，「我聽說你妹妹的事了。」里懷茲沉默許久，彷彿在細心琢磨接下來該說什麼是好，「很遺憾。」

「謝謝。」

「太可怕了。」

「是啊。」

「我還記得你以前把她帶來舊店時的情景，那時候她根本還不到這裡，」他把手舉到肩膀的高度，標示出迪爾身故妹妹當時的身高，「當時是十歲吧，還是十一歲？」

「差不多，」迪爾說道，「反正沒差多少，其實也只有大一點而已。」

里懷茲點頭，一臉鬱色，這段短暫的哀悼結束之後，他開口問道：「要喝點什麼？」

「啤酒，要是能有貝克啤酒最好。」

里懷茲再次點頭，轉身，從櫃子裡拿出一瓶啤酒，開了瓶蓋，又轉身，把啤酒與冰鎮玻璃杯一起放在吧檯上。「兩塊美金，」他說道，「還有，你的賒欠帳款是三十八點八二美金，你飛去華盛頓的時候應該是忘了付——什麼時候的事？十年前了嗎？」

「應該吧。」迪爾從皮夾裡拿出五十美元的鈔票，從吧檯遞過去，請里懷茲一次結清。

里懷茲面向收銀機，計算總額，然後又回頭，把找零交給了迪爾，他詢問里懷茲，「都還好嗎？」

「老樣子。」

迪爾環顧四周，「這地方看起來很不錯。」

「要是你喜歡看到木頭出現乾腐症，對，這裡的確很好。」

「牛排還是不錯吧？」

里懷茲聳肩，「我前天吃了一客，還沒死。」他迴避迪爾的目光，開口問道：

「是誰幹的？」

「他們不知道。」

「是誰說的？」

「總警司來找過我，」迪爾說道，「斯楚克。」

「我認識這個人。」

「然後呢？」

希臘人聳肩，「很聰明，不是學院派的聰明，而是厲害警察的那種智慧。他入行至少已經有二十五年，搞不好更久。念了法學院夜校，還上過卡內基的公眾演講課程。第二次婚姻娶的老婆超有錢，過著好日子，衣服很講究，行事清廉。」

「還有警監寇德，」迪爾說道，「基恩．寇德。」

「他啊。」

「對。」

「哦，他嘛，我就幾乎不認識了。兩年前，他們把他從遙遠的東部——我想是堪薩斯市或奧瑪哈的地方調來。聽說是要特地栽培他。」

「是為了斯楚克的工作需要？」

「斯楚克繼續高升的話，沒錯，據說他打算要出馬競選某一公職，接替的人選可能是寇德，但應該坐那個位置也坐不久，等到老頭林克勒退休之後，寇德就可以直接升上去了。」

「林克勒還是局長？」迪爾的語氣相當驚訝。

「還是啊。」

「靠，都三十年了，至少三十年。」

「幾乎了，」里懷茲說道，「他是在三十五歲的時候被指定為局長，現在他至少六十四歲了。反正，到了六十五歲就是得退休，這是規定。」

迪爾喝了幾口啤酒之後，開始提問，「現在《論壇報》是誰跑警務線？」

「還會有誰？」里懷茲回他，「就是佛列迪．拉菲特。」

「天，這地方是不是萬年不變？」

希臘人似乎陷入沉思，最後聳肩，「的確是沒有什麼大變動。」

「拉菲特還是每天晚上都來這裡報到？」

「八點整——晨版一印出就過來。」

「他應該很清楚寇德的事吧？」

「也就只有他了。」希臘人東張西望之後才繼續提問。迪爾記得這是里懷茲的假動作，可以讓他看起來像是隨口問問，甚至還有漠不關心的況味。他語氣百無聊賴，「你怎麼對寇德這麼有興趣？」

「因為他宣稱自己馬上就要娶我妹妹了。」

希臘人又望向迪爾，微笑，「是啦，」他說道，「這理由相當充分。要不要再來杯啤酒？」

當那老頭子走進來的時候，迪爾依然在慢慢啜飲他的第二杯啤酒。他心想，這傢伙現在至少有七十歲了，搞不好更老。他為了要掩蓋不穩的步伐，假裝行動敏捷，速速衝向餐廳的後頭，戴著金屬框雙光眼鏡的眼眸直視前方。他有戴帽，土色的波浪邊巴拿馬帽，可能是這座城市、甚至是全美僅有的四頂純正巴拿馬帽的其中一頂，而他的戴帽方式，一直都是把波浪邊往下折壓。

這老頭的條紋夏日西裝顯然是來自床墊鋪面布料。他內搭人造絲襯衫，早就因歲月而泛黃，領口至少大了兩號，灰色領帶老舊，似乎還泛著油光。左邊的外套口袋露出了記者的筆記本，而右邊口袋則是捲成一團、剛印好的《論壇報》晨版。老頭腳上穿的是簇新的古馳樂福鞋，迪爾覺得應該是假貨。

希臘人叫住他，「喂，查克斯！」

佛列德．Y．拉菲特本來要一口氣直衝到後頭，突然停下腳步，轉身，一臉輕蔑望著里懷茲，「媽的你要幹什麼？」

「這裡有個人想找你聊一聊。」

「誰？」

希臘人的下巴朝迪爾點了一下，「就是他。」

拉菲特轉頭，那是顆蛋形頭，所幸肥大的那一端是在上方，除了近乎血紅色的鈕釦鼻之外，膚色可說是一片粉紅。眉毛泛白，稀疏得幾乎看不見。原本的藍色眼睛已經褪到近乎無色。苛刻的細薄唇線，看起來出奇拘謹。臉龐雖然佈滿了歲月刻蝕的細密蛛網，不過，那雙慘白、死白的雙眼依然銳利，充滿好奇心，現在他開始在打量迪爾，充滿興味。

「迪爾，」拉菲特說道，「班恩．迪爾。」

「對。」

「以前在合眾國際社工作。」

「是合眾國際社。」

「靠，我還是叫它合眾。你想要聊什麼？你妹妹的事？」

「如果你有時間的話。」

「我還沒吃東西。」

「我也還沒，不如我們就一起吃晚餐吧，我請客。」

「我要吃牛排。」

「查克斯，」希臘人說道，「你這五年來都沒點過牛排。」

拉菲特沒理會里懷茲，「我要吃牛排，」他又說了一次，「厚片的大份牛排，佐新鮮蘆筍，可能再來個雞尾酒蝦當開胃菜。」

「好，」迪爾說道，「我也來一份。」

拉菲特面向里懷茲，「你這個沒大腦的娘炮，聽到了沒？告訴『服務生哈瑞』，這位先生和我要兩客大牛排，上等腰肉，我看我來個三分熟好了。雞尾酒蝦先上，還要蘆筍。搭配開胃菜，好，先來個兩杯馬丁尼，都是雙份。此外，也要一瓶紅酒——要跟平常不一樣，也許可以拿勃根地。當然，之後是干邑白蘭地，也許再來根雪茄，但我要等一下再決定。」

里懷茲嗆他，「吃下那些亂七八糟的東西，你就得回去住加護病房了。」

拉菲特早就已經面向迪爾，「你知道嗎，他與他自己的真正志業失之交臂，」老頭的下巴微縮，指向希臘人，「他應該要待在雅典海港當皮條，把希臘小男孩的屁股賣給那些土耳其船的水手。」

里懷茲不耐煩，瘋狂痛罵老頭的媽媽之後，又走到吧檯，查看那兩名律師是否需要加酒。

6

他們坐在用餐區的某個角落座位，等到雙份馬丁尼送上來之後，拉菲特從口袋裡取出捲起的《論壇報》，交給迪爾，「你看一下第三頁。」

迪爾翻到第三頁，右上方出現字首齊左、佔據一欄寸的三十六點級字體標題：

汽車爆炸

市警喪命

迪爾迅速瀏覽新聞，發現裡面的內容他幾乎都早就知道了。他又摺好報紙，交還給拉菲特，對他說道：「她是二十八歲，不是二十七歲。」

「他們告訴我是二十七。」

「今天是她的生日，她今天剛滿二十八歲。」

「哦。」

「跟我說一下寇德警監的事。」

「你的無緣妹夫。」

「所以你也知道了。」

老頭聳肩，「他們也沒有要低調的意思。」

「他們決定了婚期嗎？」

拉菲特一臉好奇，端詳迪爾，但那股興味迅速消失。「他還沒有離婚，所以他們都是在公開場合約會，就像是回到根本沒有人記得的那種古早時代一樣。但我不覺得他們有打算同居，至少沒有任何人發現。」老頭的慘白眼眸又燃起了強烈的好奇心，但隨即再次消失。「她沒有向你提起寇德的事吧？」

「沒有。」

「哦，一定有她的理由吧。」

「比方說？」

「靠，我怎麼知道？你去問寇德。」

「他說他以為她已經告訴我了。」其實寇德並沒有這麼說，但迪爾很想要知道這老頭的反應。

「他說她撒謊，是不是？」

「有這個意思。」

「這樣說實在不厚道，但這年頭擺出仁厚姿態又會有誰給你回報？」

拉菲特一大口喝完馬丁尼，開始東張西望找服務生哈瑞。迪爾拿起自己那杯還沒碰過的酒、放在老頭面前，「給你吧，」他說道，「我根本還沒喝。」

「天，要是看到有人看到酒杯居然這麼客氣，就會讓我受不了。」

拉菲特拿起自己的新酒，佯裝乾杯，「敬我們熬得最久的傳奇人物——酒鬼新聞人。」他喝了一點酒，放下杯子，拿出一盒無濾嘴的威豪香菸，他先遞給迪爾，但遭到婉拒，自己隨即拿出簇新的芝寶打火機點菸。

老頭問他，「你猜我在這一行待多久了？」

「一百年？」

「九月三號就是五十年了。天，半世紀嘍。當年我二十二歲，畢業一年多沒工作，老哈特索恩找我去上班，一個禮拜付我十七點五美金——那時候是一周工時四十八小時的時代，週休一日。我固定週二排休，靠，有誰會想要休星期二？你知道他還在吧？」

「誰？」

「哈特索恩。」

迪爾搖頭，「不可能吧。」

老頭笑得開心，迪爾發現他裝了好幾顆閃亮的新牙。「他每天走路去上班，都九十七歲了。沿著葛蘭特大道走到第五大道，然後從南抄捷徑到『我們的傑克街』，老彼得開著凱迪拉克、鬼鬼祟祟跟在後頭，那個黑人司機自己至少也是八十歲。九十七歲的人，而且還每天早上八點去上班，所以我還待在那裡，他把我當成了『小伙子拉菲特』。」

「那『小吉米』呢？」

「真好笑是不是？明明已經六十七歲了，卻還是讓大家喊你『小吉米』？他是總編兼主席，而他爸爸依然是總裁兼發行人，擁有百分之六十二的股權，所以你也知道是誰發號施令。」

「服務生哈瑞」走過來，送上兩客雞尾酒蝦。服務生哈瑞的真實姓名其實是哈洛德・龐德，黑人，四十歲，身材肥胖，早從十六歲開始就在這間記者俱樂部工作，當時是個瘦巴巴的洗碗工。他不斷精益求精，脫胎換骨，現在已經可算是全市首屈一指的餐廳服務生。「櫻桃丘高爾夫球鄉村俱樂部」想挖角他至少有十二次之多，但「服務生哈瑞」卻一直拒絕，堅持待在記者俱樂部，他可以待在這裡佯裝鄙視他們，或者，是真心鄙視，只是假裝不是。他痛罵他們的文章，嘲弄他們的消息，訕笑他們的虛榮。會員們把他當作俱樂部之寶，而且對於他的羞辱總是津津樂道，得意不已。

服務生哈瑞把雞尾酒蝦放在拉菲特面前之後，開始他的長篇大論，「老頭子，你吃蝦子吃個兩三隻就要開始吃抗胃酸藥，每次都這樣。我這個人就是沒辦法看到像你這種老蠢蛋狂吃狂喝，塞進嘴裡的全是醫生警告過會讓你喪命的東西。之後總有一天，當我給你送上你平常吃的辣醬通心粉、而不是今天晚上你吹噓騙來的上好腰肉的時候，你拿湯匙挖了一大口、送入醜陋的大嘴裡，吞下去，眼睛就會開始暴凸，整張臉比喝醉的面孔還紅，接下來，你會跪倒在地斷氣，猜最後是誰要清理現場？我，就是我。希臘人說你要喝法國勃根地。你根本不懂酒，我給你一瓶上好的納帕黑皮諾老酒就夠了。」服務生哈瑞面向迪爾，「班恩，你還好嗎？我聽說你妹妹的事了，很遺憾，真是太可怕了。我本來剛才就想要安慰你，但一直沒機會。」

迪爾說道：「哈利，謝謝你。」

「滾啦，」拉菲特開嗆，「回去廚房啊，要在湯裡吐口水還是幹什麼隨便你。」

「在湯裡吐口水？」服務生哈瑞回他，「我的老天，我還從來沒想到可以這樣搞！等一下我就告訴其他的黑鬼們。」

等到他離開之後，拉菲特開口問道：「為什麼他對待你就像是把你當成白人一樣？」

「哈利和我認識很久了。」

「多久？」

「十五、六年吧。我們當時都很窮，還會互相接濟，有時候他還會開車送我回家。」

「為什麼？」

「為什麼開車送我回家？」

拉菲特點點頭，充滿興趣。

迪爾回道：「因為我沒有車。」

「哦。」拉菲特戳起一隻肥美的灣蝦，把它放入辣椒醬、番茄醬與辣根的綜合醬料裡，咬一半入口，大嚼特嚼，嘴裡含著碎蝦肉說道：「你妹妹在警界爬升的速度非常快。」

「他們說她很優秀。」

拉菲特聳肩，「她還可以。她當初怎麼會當警察？」

「她當初如果不是當警察，那就是在初中當法文老師，教導那些沒興趣學法文的小孩。退休金也是一大考量，她想要在四十二、三歲左右退休。」

「她喜歡兇案組？」

「她說比反詐騙小組好。」

老頭舔弄手指的醬汁，「我寫過她的小專題，大約在一年前——可能是更久以前的事吧——但他們一直沒有刊登。」

「為什麼？」

「我不知道。那篇文章明明很精采。兇案組的女性新秀啊之類的讚詞。我是不想要把她叫作新一代的福爾摩斯，但其實內心很掙扎。她破了兩起兇案，其中一個算是超級重案，我覺得給她來篇專文也不為過，但他們砍掉了那篇文章。」

「誰？」

「這我就沒繼續問了，我沒追問下去是因為我根本不在乎。大概在一九四五年左右，他們把我從《星條旗報》攆走、送去紐約之後，我就根本不在乎了，」

迪爾沉默了好一會兒，嘆氣，終於開口，「在紐約出了什麼事？」

拉菲特停下咀嚼動作，望著迪爾左肩後方好一會兒，「你有沒有聽過《PM》這家報社？」

「紐約某間略微左傾的小報，後來收了。」

拉菲特點頭，目光又飄向他的蝦子，他直接用手抓起其中一隻，咬成兩半。「好，在法國的時候，我遇過雷夫．英格索爾，也就是《PM》的真正創辦人，他說他曾經看過我在《星條旗報》的某些報導，所以當我去紐約的時候，他安排我與《PM》的傢伙見面，那是我第一次去那裡，」

他停頓了一會兒，「也是最後一次。」

老頭沉默了一會兒，等待迪爾接話，過了快一分鐘之後，迪爾才開口，「然後呢？」

「哦，那傢伙開的薪水是我在這裡的三倍之多，甚至還說要開專欄給我。不過，那只是『也許』式的閒聊——我的意思是專欄。好。我回到飯店，仔細思索，那是我在這個大時代的大好機會。我們那時候是這麼說的，大時代。我不覺得《PM》會有什麼前途，但我可以把它當成跳板、進入《日報》甚至《時報》，我那時候文筆很好。嗯，我一直沒有回電給那傢伙。反而想要搭下一班離開紐約的飛機，但全滿，所以我改搭火車，一路窩在座位裡、回到了這個地方。」

老頭不講話，等待迪爾作出回應。迪爾心想，他希望我追問原因，『查克斯？』

「什麼？」

「十五年前，也就是我二十三歲的時候，你支開其他人，只留下我，對我講了這一段故事，那是我第一次聽到，其實不是很信。不過，你那時候還加進了一段某個紐約金髮女演員求你留下來、但你不依的情節，後來她還揚言要自殺或是去好萊塢，但究竟是哪一個，我已經記不得了。」

老頭冷冷盯著迪爾，「我從來沒有把這故事告訴過任何人。」

「從來沒告訴過誰？什麼事？」服務生哈瑞現身桌前，左臂堆放了兩個大型的牛排白鐵盤。他以熟練的姿態收下雞尾酒蝦的碗、把它們放在另一桌，輕鬆一揮，兩客大牛排已經上桌，拉菲特盯著自己的盤子，口水都快掉下來了。

「《PM》報、英格索爾、紐約的最後一次機會。」迪爾說完之後，拿起了刀叉。

「哎，我自己都聽過十幾次了。他有沒有加進金髮女演員的那個段落？」

「這次沒有。」

「他最近都沒提，不過，大約在兩三個禮拜之前，他開始死纏著剛來的美聯社女孩，靠著他的金髮女演員的那些故事，把她搞得哭哭啼啼，還騙她請他喝酒。」

拉菲特怒氣沖沖盯著服務生哈瑞，「你忘了送酒！」

「我全部都記得一清二楚，」服務生哈瑞把手伸到背後，拿出了一瓶紅酒，宛若在變魔術一樣，他拔開軟木塞，在迪爾的酒杯裡先倒了一點，迪爾試酒，露出微笑。

「不錯吧？」

「非常好。」

服務生哈瑞仔細檢查了一下桌面，滿意地點頭離開。拉菲特切牛排，叉了一塊送入嘴中，繼續說道：「許多人為了那一段故事而請我吃大餐喝酒。」他暫時閉嘴，大嚼特嚼，嚥下食物，「但我真的沒有回去紐約，也許當初應該要回心轉意，你覺得呢？」

聽到對方詢問意見，迪爾嚇了一跳，「我不知道，」他繼續說道，「也許你應該要回紐約才是。」

拉菲特點點頭，又繼續專心對付他的牛排、沙拉、蘆筍，以及被他大分六塊、抹滿奶油的烤馬鈴薯。他全部嗑光之後，才再次開口。他拿著幾乎全空的酒瓶，一臉問號望著迪爾，而迪爾的反應卻是搖頭。拉菲特把最後的酒倒入自己的杯內，喝光，打了個輕嗝，點菸，轉換姿勢，身體微微前傾，兩隻前臂都擱在桌面，那是一種歡迎對方開誠佈公，甚至是說出秘密的姿態。迪爾覺得這老傢伙擺出這種姿態，恐怕早有數千次之多。

「好，」拉菲特說道，「你到底想要知道什麼？」

迪爾若有所思，盯著他好一會兒，然後又繼續切弄腰肉的最後一小塊嫩里肌，迪爾總是把它留到最後一刻。也不知道為什麼，對於沒有這種習慣的人，他總是缺乏信任感。他記得自己的前妻，就是性好貪先享受。「你覺得，」他開口問道，「是誰殺了我妹妹？」

「你想要問的其實是兇手的基本背景吧？」

「對。」

「是有錢人。」

「為什麼這麼說？」

拉菲特將威豪香菸的菸氣吐向空中，「那枚炸彈，是專業人士製作，C4塑膠炸彈，水銀引爆裝置，手法極為高段。很可能是出自一流高手，而且所費不貲。所以，買兇者一定是有錢人。」

「好，」迪爾說道，「知道了這個人的背景，那動機呢？」

「是叫我猜嗎？」

「沒錯。」

「她發現了某條情報，很可能會讓那個買兇者再也無法賺錢。」

「什麼？」

「你的意思是她發現了什麼嗎？」

迪爾點頭。

「嗯，她在兇案組，所以也許她發現了某起兇案的殺人犯，」他停頓了一會兒，「我聽說了那間雙拼屋和那些錢的事。我沒寫，只是還沒下筆而已，但很可能會寫出來。」

「你認為她收賄？」迪爾切下附在牛骨上的最後一丁點嫩里肌。

拉菲特回道：「我不知道。」

「我也是——而且她還是我妹妹。」迪爾把最後一塊牛排送入口中，嚼吞下去，然後把刀叉放在盤子上面。

拉菲特問道：「你習慣最後才吃嫩里肌？」

「一向如此。」

「哈，」老頭回他，「但那是我馬上就下刀的部位。」

7

迪爾把租來的福特停在郝金斯飯店停車場、進入飯店大廳的時候，瞄了一下第一國家銀行的時間與天氣電腦看板，現在時間是晚上十一點十二分，攝氏三十度。迪爾覺得應該是長住客的那位老太太，依然坐在大廳裡看書。迪爾走過去的時候，想要瞄一下對方在看什麼書，這是他的習慣動作。她發現他在注意那本書，立刻把它放下來，眼露怒光。迪爾對她微笑，看到了書脊上的書名，《牛津英國詩選》。

站在接待櫃檯的是一名新的男職員。迪爾稍作停留，想知道自己房間的置物格是否有東西。沒有，所以他對著櫃檯人員露出自信一笑，隨即走向四部電梯的入口。他按下按鈕，抬頭望著樓層指示燈，看到最靠近一樓的電梯是在五樓。就在這時候，有人拍了拍他的肩膀，某個男人開口，「迪爾先生？」

相當低沉的男低音，講出「先生」的時候，聽得出字尾的「r」是柔軟的南方口音。迪爾轉身，發現這聲音與它的主人搭配得還真是天衣無縫，那種體格，看來的確需要那種男低音予以調和，又高又壯，宛若車庫大門一樣。而且他面容奇醜。迪爾心想，天，他比我還醜。不過，那男人露出微笑，根本不醜了。迪爾覺得這話也不對，這傢伙還是醜，但是那笑容實在耀眼，會讓人睜不開眼的那一種。

迪爾說道：「我看你一定是經常笑嘻嘻。」

那個大塊頭男人點頭，臉上依然掛著燦笑，「一直都這樣。要是我不笑的話，大人會嚇得臉色慘白，小孩會立刻逃走。」他收起笑容，又恢復了那張醜臉，可說是邪惡，也可算是極端冷酷。

「我是克雷．柯克朗。」大塊頭男人自我介紹，殷殷期盼望著迪爾的臉龐。

迪爾搖頭，「我完全沒印象。」

「我本來希望你知道我是誰，那麼我就不需要解釋自己有多麼難堪了。」

「難堪？」

「被甩的情人總是很難堪，就是我，克雷．柯克朗，被甩的男朋友。也許應該算是戴綠帽吧，這種說法就更難堪了。不過，我們還沒有結婚，我不知道這能不能算戴綠帽。」

迪爾回他，「這個可以查一下字典。」

「現在，想必你已經明白我要講你妹妹的事。」

迪爾點頭。

「費莉希蒂出了這種事，我實在很遺憾，」柯克朗說道，「我真的是徹底崩潰了。」一滴清淚從他的左眼落了下來，彷彿要證明自己所言不假。柯克朗的眼眸都是綠色，但左邊還參雜了一些黃斑，兩眼都很小，眼窩過於深陷，離鼻的位置也太遠，而那鼻子彷彿像是被粗陋之手重新捏塑過一樣。那顆頭就是個標準的正方形，上頭有一層近乎全白的淡金色薄髮，他的髮絲十分纖細，巨大身軀稍稍晃動，細髮也會跟著飄動，就連那低沉的聲音一開口，似乎也會隨之輕揚。髮線下方是大約只有一吋高的額頭，眉心緊蹙，讓那張臉成了一直緊繃不放的怒容。最下方是宛若破犁的下巴。整體表情所造成的效果，會讓勇者為之皺眉，膽怯者懼怕不已，但一等到那閃亮燦爛的笑容一出現，讓一切浸浴在那溫暖又令人安心的光輝之中，氣氛又會立刻改變。

柯克朗伸手抹去那滴淚水，一臉茫然，將沾淚的指頭在覆蓋巨大肩胸的白色短袖帆布襯衫上面抹了幾下，「嗯，我只是覺得我應該過來向你致哀。」

迪爾說道：「謝謝你。」

那個大塊頭男子遲疑了一會兒，「我想我應該要讓你好好補眠才是。」

「要不要聊聊她的事？」

對方的臉龐又浮現笑容，迪爾覺得自己找到了這種表情的精準形容詞：天使般的笑容。十八英寸脖圍頸項上面的那顆大頭，猛點了好幾下，又反扭過去，目光尋索了一會兒，然後，他開了口，「『雪泥坑』還在營業。」

「沒問題。」

他們前往酒吧，柯克朗說道：「迪爾先生，你人真好。」

迪爾問道：「你幾歲？」

「三十歲。」

「三十歲以上的人都叫我班恩。」

「費莉希蒂是——比你小十歲吧？我記得她二十七歲？」

「二十八，」迪爾回道，「今天是她的生日。」

「啊，天哪。」柯克朗驚呼，笑容瞬間消失了。

他們挑選了桌子入座，正好與迪爾稍早前與律師欣茲一起喝酒時是同一張。他向雞尾酒女侍點了一杯干邑，而柯克朗則要了波本與水。當她詢問要哪一個牌子的波本酒時，他說沒差，迪爾喜歡這大塊頭男人的淡然態度。

酒送了上來，迪爾喝了一小口，開口問道：「你在哪認識了費莉希蒂？」

「大學的時候。當時我大四，她大三，我當時的法文中級課遇到了一點麻煩，因為我前一年是紅衫球員，而——」

「紅衫球員？」

「你不是運動迷吧？」

「不是。」

「我因為膝蓋有撕裂傷，所以休學一年，因為是休學，所以就可以繼續保有資格。」

「什麼資格？」

「打橄欖球。」

「所以就是在養傷，我懂了。」

「好，我的法文初級課與中級課之間有一年的間斷期，但我需要拿到學分才能畢業，所以我詢問法文系主任，請他建議家教人選，他推薦的是費莉希蒂。我們約會過幾次，但並沒有激起什麼火花，我畢業之後加入突襲者隊，隨隊四處奔波，我也搬走了。」

「到了奧克蘭對嗎？」

「那時候在奧克蘭，現在是洛杉磯。」

「他們遷移過主場？」

柯克朗忍不住皺起眉頭，迪爾真想要把話收回去。柯克朗也發現到了，露出微笑，「別管我，這只是我一貫的困惑臭臉而已。你是不是對橄欖球有什麼意見？」

「完全沒有。我純粹就是不關心體壇消息，可能是因為我從來沒參加過任何球隊。」

「從來沒有？」柯克朗似乎有些震驚，「連棒球也沒有？——小聯盟呢？」

「就連小聯盟也沒有。這多少得需要別人幫忙放水，不過，就算是不加入任何球隊，還是可以照常過日子。」

「你在跟我唬爛吧？」

「有那麼一點。」

柯克朗微笑，「沒關係。不喜歡運動的人並不多，我自己倒是覺得這種想法很有意思。」

「你本來在奧克蘭打球？」

「對。我本來有希望成為線衛，不過，當我的膝蓋不只是出現撕裂傷、而是整個爆裂的那一刻，我的職業生涯也結束了。好，我有哲學學士學位、一台全新的龐帝克GTO、兩套西裝、沒有合約——唯一的選擇就是當哲學家，這並不是我的專長。所以我回來家鄉，簽約當警察，而費莉希蒂也是同行。然後，我們就真正開始交往，非常順利，其實，可以用近乎完美來形容。」

「後來怎麼了？」

柯克朗悶哼一聲，「問題就是那個警監基恩．寇德。費莉希蒂和我，嗯，就是，老早就在一起——」

迪爾說道：「在公開場合約會——」他還記得那個資深警政線記者的措辭。

「你要這麼說也可以，但其實不只這樣。我們甚至還討論到結婚——反正就是類似的事。」他一臉好奇，盯著迪爾，「她從來沒有向你提過我的事？」

「沒有，從來沒有，我只知道她一直過著像修女一樣的生活。我不曾問過她，因為那不關我的事。她基於同樣的理由，也不會詢問我交往的那些女朋友。」

柯克朗說道：「她經常提到你。」

迪爾點頭，繼續問道：「所以你們兩人之間出了什麼狀況？」

「就這樣，沒有出任何狀況。前一天都很好，第二天就突然玩完了。她說她需要找我談一談，但我們那個禮拜的班表兜不在一起，所以我就等她等到十一點下班，約在這間酒吧見面，我們經常來這裡約會。然後，她說很抱歉，但我認識了某人，我沒辦法與你繼續交往下去了。然後，我就呆坐了一兩分鐘之久，慢慢吞嚥那股震驚與痛苦——我不能被那些情緒所玩弄，那才是真正的痛——終於，我知道自己該說什麼了，所以我問她到底是誰。她說不重要，但我說這一點對我而言很重要。她只是搖搖頭，彷彿對於一切感到十分抱歉。然後，我像個呆子一樣坐在那裡，再也想不出該說什麼才好。她站起來，傾身向前，親吻我的額頭——居然是額頭！——然後，她對我說，謝謝你，克雷。隨後就離開，我們之間就這麼結束了。」

迪爾問道：「是什麼時候的事？」

「一年半前的二月十二日，十一點五十四分。十八個月之前，某個禮拜五。」

「她那時已經在兇案組。」

「待了兩三個月，剛從反詐騙小組轉過去。」

「你就這麼放棄了嗎？」

柯克朗搖頭，「我有次喝醉，想要再見她一面，最後卻搞砸了。後來又打電話給她三次，第一次的時候，她是這麼跟我說的：『克雷，很抱歉，我沒辦法和你講話。』說完之後就掛我電話。第二次，我打電話給她，才剛開口說出『嗨，是我……』，她就劈頭回我：『不要再打電話找我了！』隨即掛我電話。第三次，我打電話過去，『是我……』她不發一語，直接切斷，我就再也沒打電話找過她。」

「這也不能怪你。你是她在反詐騙小組工作時的同事？」

「我們從來沒有一起工作過，也不算是真正的同事。她在反詐騙小組工作時，經常擔任臥底。我是在公關部門，職務內容就是到處去見學童——真的是小朋友——宣導警察叔叔有多麼偉大。公關認為小孩子要是能夠習慣我這種長相，日後與正常模樣的警察互動就完全不成問題了。我還滿喜歡這種工作，但自從我發現費莉希蒂與寇德警監在一起之後，我實在無法忍受，所以就辭職了。」

「你現在的工作呢？」

「我專門負責嚇人。」柯克朗擺出臭臉，不禁又讓迪爾想要趕緊閃開，這個大塊頭男人微笑，還發出咯咯輕笑。「我現在的工作就和戴綠帽的王八一樣，很難令人啟齒。我是私家偵探，你一定會想要問我，我這種體格怎麼可能保持低調？不會引人側目？」

「我等一下上樓的時候再好好想一想。」

「嗯，我也經常當保鑣，大部分是石油公司的人，出身於政客行為鬼祟的那些國家——像是安哥拉、印尼之類的地方。」

「你飛去那裡？」

「不是，當那些人來這裡的時候，他們就會派我上場，我的職責就是要確保不會有任何本地的問題人物接近他們。他們——我指的是那些油業公司——把我當成了他們的僱員——那個薪水支付我的日常支出不成問題，我的生活消費不高，只有電話費除外，我必須經常打電話執行任務。」

「你嚇唬的對象是誰？」

「欠債不還的人。比方說，有人在派金鎮丟了工作，付不出車貸，好，這就是欠債不還，對不對？現在有人會說他其實是過時經濟體系的受害者，他們被當成舊車一樣被拆卸得乾乾淨淨，但你我都很清楚其實是什麼狀況吧？大家都知道，身處在我們這個偉大光榮的國家之中，只要願意穿上乾淨的白襯衫出門找工作，一定不成問題。我的意思是，五十四歲的人，在派金鎮的威爾斯工廠包了十七年的培根，最後因為公司經營不善而被解雇了，好，我靠，可以去別的地方繼續包培根吧。要是我需要找人包裝培根，一定會找他啊，你當然也會這麼做。

「好，這個本來在從事培根的包裝員老手，繳不出車貸，所以他借款的金融單位就把他交給了我。要是他家的電話沒有被斷話，我就會打給他，用我十分深沉可怕的聲音說道：『我叫柯克朗，老哥，你欠我們錢，要是不趕快吐錢出來，我們就會採取必要手段——明白嗎？』我是嚇唬人的高手，有時候對方就真的乖乖付錢了——我也不知道那是怎麼辦到的，但我不需要操心。要是他不付錢，我就會找習慣偷車維生的小孩幫忙，我們一起出去查扣他的汽車，讓這傢伙搭公車去找尋包培根的工作。」柯克朗停頓了一會兒，「我剛才也說過了，這工作有點難以令人啟齒。」

柯克朗只是轉頭瞄了一眼，女服務生就匆忙趕了過來。他點了酒，等到她離開之後，又繼續說道：「有時候，我就只是想要出去透透氣，破壞一下東西，你懂我的感覺嗎？」

迪爾點頭，「應該可以體會。」他喝了一小口干邑，「喪禮將在星期六的十點舉行，地點在三一浸信會教會。」

「為什麼要在那裡？費莉希蒂明明是那種『少給我來這一套』的無神論者。」

「我最後的印象是，」迪爾回道，「對於宗教，她已經成了慈悲的不可知論者。」

「那是在進入兇案組之前的事了。轉組之後，大約在南百老匯大街巡邏了兩三個週末夜，她突然變得再也不信神，而且自此之後的態度一直十分堅決。那時候，我們還在一起，我還記得某個星期天早上，大概是六點鐘的時候，她打電話給我，我說了聲嗨，她只丟了一句，『這世界沒有上帝。』馬上就掛了電話。我後來才知道，有個傢伙拿了童軍小斧殺死全家人，總共六口慘死，不包括他太太，我的意思是，死了六個小孩，最大的才八歲，而第一個衝入現場的是費莉希蒂。」

「他們會派禮車來接我，」迪爾說道，「要不要一起去？」

柯克朗想了至少十五秒，才緩緩搖頭說不，「我沒有不敬的意思——靠，我不是要說這個字，我要講的是冷漠。我不是冷漠的人，但我不想參加費莉希蒂的喪禮。喪禮是可怕的句點，我還不想就這麼和她道別。不過，還是謝謝你問了我。」

「我是不是應該還要問一下其他人——她其他的好友？」

柯克朗想了一會兒，「哦，你應該要問一下『煙燻妹』。」

「誰是『煙燻妹』？」

「安娜．茅德．欣茲——欣茲的意思就是燒焦，烤焦——所以是『煙燻妹』。她是費莉希蒂的律師，也是我的律師。她們兩人很要好，我知道你在這裡，也是『煙燻妹』告訴我的。」

「你今天和她講過話了？」

柯克朗點點頭。

「她有沒有告訴你費莉希蒂保了二十五萬美元的定期死亡險？而我是唯一的受益人？」

「沒有，什麼時候的事？」

「生效的日期嗎？」迪爾問道，「三個禮拜前。」

「煙燻妹沒有告訴我這件事。」這個大塊頭男人低頭望著自己的酒，表情也變得若有所思。當他再次抬頭望著迪爾的時候，那雙長得有些不太協調的綠色雙眸發生了變化。先前看起來的確是太小、太凹陷，而且分得太開，但依然很聰明。現在，眼睛的位置雖然還是很不協調，但那目光卻不只是聰明而已，已經變成了機警，甚至可說是散放出智慧光芒。迪爾心想，柯克朗想要靠著醜惡小眼掩藏那股銳意，但偶爾還是不小心露了餡。「煙燻妹也沒有理由說出來吧，」他說道，「我的意思是，不需要告訴我。」

「我想也是。」

「不過這就表示費莉希蒂知情，對嗎？」

「知道什麼？」

「有人要暗殺她。」

「應該是心存懷疑。」

「對，懷疑。要是她心裡有數的話，一定早就採取行動了。」

「什麼？」

柯克朗微笑，但那是一種反而讓他哀戚盡顯的笑容，「她是警察，她大可以採取許多預防措施，而且她很清楚所有的步驟。」

「萬一她做出了逾越警方分際的事，那就另當別論。」

這一次，柯克朗的怒容完全沒有任何誇飾成分，他靠在桌前，綠色眼眸冒出了火氣，表情相當難看。迪爾依然挺直身軀，努力忍住顫慄。「你是她哥哥，」柯克朗幾乎是輕聲細語，但也不知道為什麼，反而聽起來更加可怖，「如果你不是她哥哥，而說出了這種話，那我一定會扭斷你的脖子，你最好給我好好解釋清楚。」

「讓我把來龍去脈講給你聽，」迪爾說道，「這牽扯到某間磚造雙拼屋、以現金支付的頭期款，還有下個月一號要支付的五萬美元大尾還款。」

柯克朗的表情依然充滿懷疑，整個人又倒靠在椅子上，「好，」他開口，「你說吧。」

迪爾花了十分鐘、才講完自己所知道的一切，說完之後，柯克朗依然沉默不語。最後，他嘆了一口氣，「聽起來不太妙吧，你說是不是？」

「沒錯。」

「也許我應該要好好查清楚。我這個人就是喜歡挖掘真相。這就像是在做研究，我一直很喜歡研究工作。要是我開始調查，你應該不介意吧？」

「我真的不在乎她到底做了什麼，」迪爾說道，「我只想知道是誰殺了她。」

「以及動機。」

「對，」迪爾說道，「還有動機。」

8

八月五日星期五，七點剛過沒多久，迪爾醒來，起身，走到了窗前。從九樓往下望，他只能看到第一國家銀行的時間與天氣顯示板。現在是七點零六分，氣溫是三十一度，就在他盯著螢幕的時候，溫度又跳到了三十二度。迪爾忍不住驚擂了一下，他離開窗前，走到電話旁邊，叫了客房服務送早餐，他平常的習慣是直接跳過這一餐。他點了兩顆水煮蛋、配白土司與培根，另外加上咖啡。

接電話的女子問道：「哪一種果汁？」

「我不要果汁。」

「早餐本來就會附送。」

「我不需要，謝謝。」

「馬鈴薯餅或玉米粥？」

「我也不需要。」

「同樣免費。」

「真的免了。」

「哦，」那女子心不甘情不願，「知道了。」

早餐還沒來，迪爾趁這時候洗澡刮鬍子。除了那套藍色的葬禮西裝之外，他別無選擇，所以只好再次穿上灰色的泡泡紗外套，以及深灰色的輕便長褲，他發現長褲的多數皺痕已經被冷氣機的一夜潮氣所撫平。迪爾穿好衣服之後，走到門口，打開大門，拿起免費的地方《論壇報》，它被週末廣告頁壓得十分平整。迪爾算了一下，一共有四大疊，一百零六頁。

《論壇》報的頭版向來（對迪爾而言，「向來」的定義就是從他的記憶源頭開始起算，如果不是一九四九年就是一九五〇年）有四分之三的版面專給本市與本州的大新聞，至於全國性消息與國際新聞就只能爭奪剩下的版面。兇殺案、衝動行兇、令人關注的鬥毆事件，以及其他不適合早餐閱讀的辛辣新聞，全部都被擠到第三頁。迪爾翻到那一頁，看到他妹妹的命案依然佔據了右上方一欄寸的那個位置。

迪爾繼續翻閱報紙的其他版面，發現第五頁與第九頁各有兩段通訊社的新聞，想必一定是出於《紐約時報》與《華盛頓郵報》的頭條新聞。他的目光停留在《論壇報》的社論對頁版，想知道最近是否發生了什麼變化，沒有，他的心中居然產生了一股莫名其妙的快慰感。那些人都還在：巴克利、克伊帕翠克、威爾、伊凡斯，還有諾佛克——就像是某些老牌律師事務所的成員，總是喜歡在歷史悠久的酒吧吧檯前面討論自家的棘手案件一樣。

迪爾繼續翻報紙，發現《論壇報》已經沒有「社交」版——至少這個名稱是已經看不到了。現在，新的版名是「家庭」版——但依然有長達六頁的派對、婚禮、訂婚、食譜，還有安．蘭德絲夫人專欄。整體而言，迪爾覺得《論壇報》完全沒變，依然是一份墮落的暢銷報。

有人敲門，迪爾讓送早餐的侍者進來，對方把餐盤放在辦公桌上面，迪爾給了他兩元美金小費，超過了一元美金的平常水準，他也微笑以對。迪爾慢條斯理吃早餐，一直摸到快要九點鐘，雖然大型銀色保溫壺裡的咖啡已經涼了，他還是喝了一點。九點的時候，他站起來，走向自己的行李，取出傑克．史畢維的檔案，打開之後，抄寫了某個電話號碼，又回到書桌前，開始撥打電話。才響了三聲，某名女子就接起了電話，但只肯說出代表這支專線號碼的最後四位數，迪爾老是覺得這種行為很討人厭。

「麻煩您，我找史畢維先生。」

「史畢維先生不在，但要是您留下大名與電話，他一定會盡快回電。」迪爾發現對方聲音很年輕，冷酷又專業，還有點淡淡的東岸腔，可能是來自麻州附近。

迪爾問道：「幫我個忙好嗎？」

「我盡量。」

「請您轉告史畢維先生，我是迪爾，除非他立刻回電給我，不然就準備當全世界下場最悲慘的大混蛋。」

那女子不發一語。聽起來似乎是壓住了通話保留鍵。然後，另一頭傳來歡天喜地的大吼聲，「是你啊？皮寇？真的假的？」

「國小四年級的時候，你喊我皮寇，我狠拍你屁股，我真希望現在可以繼續鞭你。」

然後，對方哈哈大笑，那是一種充滿感染性、不可思議的歡喜宏亮笑聲，迪爾覺得應該要予以隔離檢疫才是。那是某種狂放男人的笑聲，認為人生是一條由彩虹、藍天、歡樂所組成的康莊捷徑，而且在追求幸福的路途上遙遙領先別人一大截，那是約翰．傑克博．史畢維的專屬笑聲。

突然間，他的笑聲戛然而止，「皮克，我昨天沒看電視新聞，是不是已經播出來了？」

迪爾回道：「我不知道。」

「我五分鐘前才在《論壇報》看到這消息。我嚇壞了，真的。我就只能坐在那裡，看著新聞，心想不可能，他們報的一定是別人，不是費莉希蒂。然後我又看了一次，以非常緩慢的速度閱讀，啊，我不得不信了。你打電話給我的時候，我正準備要打到華盛頓找你。靠，出了這種事，真的非常遺憾。」

迪爾道謝，最多也只能說出這句話而已，顯然大家也不覺得他還能多說什麼。

「費莉希蒂，」史畢維刻意拉長發音，每一個音節都充滿了關切與感情，「說起你那個孤單的小妹妹，你父母剛過世的時候，她年紀真的很小，就已經是個可愛的獨立小大人了。前一分鐘還是十歲、十一歲的妹妹，突然之間，行為舉止就像個十八歲的大人，嗯，至少也有十六歲的模樣。」史畢維嘆了一口氣，「對了，你住在哪裡？」

「郝金斯飯店。」

「不會吧？皮克，沒有人要住那了。」

「我就是。」

「想也知道。什麼時候入住的？」

「昨晚，」迪爾撒謊，「深夜到的。」

「你怎麼能這麼快就趕過來？」

「哦，我不知道。傑克，我——」

史畢維打斷他，「讓我猜猜看。但這不是瞎猜。最起碼我希望不是，畢竟我花了那麼多錢給華盛頓的那些混帳律師。你來到這裡，是小孩參議員派你來這裡出差，對不對？我靠，皮克，這不就是你的風格嗎，出差跟奔喪搞在一起。好，我們之後再來把這一切談清楚。現在，你必須要有朋友陪在身邊，老朋友就是我了吧？說到這個，有誰像我們作了這麼多年的朋友？又有誰比我們的交情深厚？」

「傑克，你還是一樣實心實意。」

「你居然還會使用這種老掉牙的字眼，實心實意！這二十年來，除了你之外，我從來沒聽過有人講實心實意，搞不好三十年了，甚至這一輩子都沒有。但話說回來，我身邊的人，不論是白人還是黑人，會叫別人『小親親』的也就只有你而已。以前你會對莉拉．李．卡蒂喊出這種暱稱——是高二的時候吧？你記得莉拉．李嗎？」

「我記得她。」

「她現在肥得跟烤乳豬一樣。前兩個禮拜我看到她在街上走路，像鴨子一樣晃呀晃的——你知道我說的是什麼樣子吧？我還得蹲下來，以免被她看到。」他又爆出大笑，然後開口問道：「要不要我派車去接你？」

「我已經租了車。」

「你什麼時候可以趕過來？」

「傑克，我連你人住哪裡都不知道。我只有你的電話號碼和郵政信箱。」

「天，我們真的是好久沒聯絡了。好，至少我不需要告訴你該怎麼開過來，你猜我在哪裡落腳？」

「不知道。」

「大約在六個月之前，我買下了道森之家。」

「我的天哪。」

「滿厲害的吧，是不是？可愛的傑克．史畢維住進了『頂尖高手』道森之家。」

迪爾說道：「道森豪宅。」

「對，沒錯——《論壇報》總是這麼稱呼它的吧？『道森豪宅』，而且豪宅的第一個字母還得要大寫。這麼屌的地方居然有白蟻，你一定想不到吧？我花了一大筆錢才弄好，總算可以入住。」

「傑克，你負擔得起——而且一定十分享受，我想全世界只有你住進那裡才會這麼爽快。」

史畢維又發出了不可思議的大笑，迪爾面露微笑，他怎麼可能忍住笑意呢？史畢維依然咯咯笑個不停，繼續說道：「裡面有三十六個房間，天！三十六間！我幹嘛需要三十六個房間？」

「你可以躲在裡面。」

「你的意思是他們找我的時候，正好可以作為窩藏之地。」

「是啊。」

「不可能。」

迪爾回道：「但願如此了。」

「你還要多久才能過來？」

「一小時吧，我得去找地方弄個東西。」

「什麼東西？」

「錄音機。」

「不需要，」史畢維說道，「可以用我的，我有十幾台。」

「好，」迪爾回道，「那就用你的吧。」

9

一九一五年，也就是美國加入第一次世界大戰的前兩年，某位名叫莫提梅爾．伽利的有錢牙醫買下這座城市北界六點七英里之外的七塊灌木叢土地，不斷發展擴建，最後，終於把這裡搞成了全州最高檔的郊區，他把它稱之為「伽利丘」。

伽利醫生認為，這裡不能有筆直的街道——只能有徐緩弧狀車道，蜿蜒小徑，也許再加上兩三條綿延大道。此外，所有街道的名稱都應該要有英格蘭風情：德魯里巷、斯洛恩道、雀兒喜路之類的名稱。最小的土地單位——也就是給一般有錢人所使用——面寬三十公尺、深達四十五公尺，而富豪則可以選擇十英畝甚至是十五英畝的土地興建豪宅。

到了一九一七年，土地已經都規劃好了，街道也完成勘測，馬上要開始修築道路，美國卻在這時候參戰。伽利醫生作出明智決定，延後開發計畫，一切等到戰後再說。

一九一九年二月初，《論壇報》以一整個頭版的篇幅揭發伽利醫生的本名其實是莫迪凱．奇洛斯基，出生於波蘭或烏克蘭的猶太教家庭，《論壇報》一直沒有講出確切的地點，但他們幾乎已經讓每一個人都相信伽利醫生是冒牌牙醫。《論壇報》承認，對，他的確在德州拔了許多人的牙齒，不過，那是當他待在杭茲維爾州立監獄的時候，當時的身分是模範囚犯護理員，他最初是因為詐欺而入獄服刑兩年。一九〇九年獲釋之後，伽利醫生換了名字，搬到了這座城市，開始執業。他的證書來自威奇托佛爾斯的某間牙醫學院，被他得意懸掛在接待區的牆面。他的診所生意很不錯，幾乎人人都大讚他是超級好牙醫。《論壇報》也揭發了那份文憑其實是偽造品。一九一九年三月一日，伽利醫生從那已經無法執業的診所開車回家，把自己鎖在浴室裡面，朝頭部開槍自盡。

到了一九一九年夏末，油業大亨菲利浦．K．「頂尖高手」道森以極低廉的價格買下了「伽利丘」開發案，他出身博蒙特，原本是私酒商與賭場老千，也曾經在杭茲維爾州立監獄坐過六個月的牢。「頂尖高手」道森擁有開發案三分之二的股權，而剩下的三分之一，則是在他的幕後合夥人手中，詹姆斯．B．哈特索恩，二十九歲的《論壇報》總編兼發行人。

到了一九二〇年，「伽利丘」的街道路面鋪設已經完工，水電瓦斯管線接通，「伽利丘高爾夫球鄉村俱樂部」的建物也接近收尾，「頂尖高手」道森三十六房的廣大都鐸式豪宅，也在以往只有馬列蘭櫟樹與桑橙林立、廣達十五英畝的大片土地之上昂然而起。「頂尖高手」道森一直住在那間豪宅裡，直到一九三四年的聖誕節卻傳出意外，他遭到麥克．尼可斯雙胞胎兄妹丹恩與瑪麗喬綁架，他們要求五萬美金贖款，得手之後卻對著「頂尖高手」道森的背部連開九槍。一九三五年六月三日，就在這對雙胞胎二十五歲生日過後沒多久，他們自己也在加爾維斯敦遭到德州騎兵隊射殺身亡。

警方最後在堪薩斯州自由城郊外、某輛廢棄的一九二九年艾賽克斯超六轎車後座找到了道森的屍體，自此之後，他的遺孀就在這整座屋宅外頭蓋了一座三公尺高的蜿蜒磚牆。除了傭人之外，豪宅裡就只有她與十七歲的兒子「頂尖高手」小道森。一九七三年，八十五歲的她過世，將包括這棟有三十六間房間的豪宅與一切都留給了「頂尖高手」小道森，而他早在許久之前就飛到了加州的馬林郡，多年來一直想要處理掉這間老房子，但一直不順利，後來傑克・史畢維接手，交易價格並沒有公開，有些人說不到兩百萬美金，有些人說不止如此，而且，遠遠超過了這個數字。

有關伽利丘、自殺牙醫、「頂尖高手」道森以及其他部分的過往歷史，迪爾幾乎都很清楚，這是兒時傳說的一部分。當他在里大道開車一路北行的時候，甚至還勾起了一些回憶。里大道——它的地位就與迪羅大道、葛蘭特大道一樣——是貫穿這座城市無聊棋盤格狀路線的三大蜿蜒幹道之一。迪爾進入了自動駕駛模式，不需要思索接下來該怎麼走，於是，他開始努力回想是否曾經有人對那位不幸的伽利醫生表達過同情之意。他想起自己的父親曾經說過這樣的話，幾乎算是在不經意的狀況下隨口提了一下，迪爾的父親雖然有多年的國外教育背景，但一直是個多愁善感之人，大部分的日常生活智慧都來自於三〇與四〇年代的流行歌曲，迪爾的爸爸認為〈九月之歌〉的歌詞尤為深刻辛辣。不過，身為兒子的迪爾，卻十分慶幸父親過世的時候還沒有遇到硬派搖滾時代。

迪爾轉向北克里夫蘭路，要是從這條路南行，可以直接通往派金鎮，他發現他們終於拆除了那道鐵門。在「頂尖高手」道森被綁架不久之後，他們在葛蘭特大道通往伽利丘的入口架設了這道鐵門。直到一九四二年的時候，身穿制服的私人警衛依然會抽檢進入郊區的車輛。不過，後來大戰爆發，所有的警衛如果不是辭職就是從軍，不然就是進入加州的洛克希德與道格拉斯公司。自此之後，這一道彷彿依照迪士尼規則所設計的老舊鐵門，就一直被荒棄在那裡，不過，現在已經完全消失不見，迪爾猜測這一定是最近才拆除的，因為地面依然凌亂不堪。

他注意到葛蘭特大道兩側的樹木一片欣欣向榮，長得更高了，累積了十年的成果。白楊樹最為突出，榆樹、胡桃樹、柿樹以及懸鈴木的成長速度就緩慢許多。他經過了曾被稱之為岔尾溪的伽利丘小溪，看到棉白楊也同樣繁茂，不知道為什麼，眼前這幅景象讓他心情大好。

迪爾從葛蘭特大道轉東行，進入波暢普路。這裡的房舍建地面積大多了，從三英畝起跳，五英畝、八英畝，最後，終於看到了十五英畝，也就是道森豪宅的矗立地帶。波暢普路旁的那一長排房屋，什麼風格都有，從寬闊農莊到地中海式平房都有，可說是百花齊放，但只有一點除外，每棟都是超大型豪宅，毫無例外。

迪爾沿著道森豪宅的蜿蜒磚牆前行，現在，牆頂又多加了碎玻璃，最後，他終於開到了鎖控的鐵門前面。他按下對講機按鈕，一名女子應答，「哪位？」迪爾回道：「我是班恩・迪爾。」大門立刻開了，迪爾驅車前進，駛向彎曲的柏油路上坡，一旁有灑水器不斷對著連綿的草坪噴水，就連在這種八月熱浪侵襲之下也能保持盈綠，廣播電台已經宣佈早上氣溫有三十七度，到了中午的時候，溫度很可能會逼近三十八度。這座仿都鐸式豪宅的周邊已經種植了足夠的高大樹木，綠意盎然，感覺幾近涼爽。不過，它的格框飾窗全都關得緊緊的，迪爾知道史畢維一定會把冷氣開到最強。

他繼續前行，經過了停放六輛車的開敞式車庫時，算了一下，勞斯萊斯、賓士500 SEL雙門跑車、雪佛蘭高馬力貨卡、摩根古董無頂車、福特野馬敞篷車、福特的大型鄉村領主旅行車。除了那輛摩根之外，其他的車子看起來都像是不到六個月的新車。

迪爾看到了某道附有平薄黑色金屬鉸鏈的精刻橡木大門，把車停在前面，然後從攝氏二十四度的車內出來，進入將近三十七度的豔陽天之中，趕緊脫去了他的泡泡紗外套。他把衣服披掛在左臂，內側臂肉正好夾住那個牛皮紙信封，也就是有傑克．史畢維檔案的那個信封。他伸出右手食指，按下門鈴。裡面的遠處傳來〈我滴酒不沾〉歌曲的鈴響聲，迪爾心想，不知道是「頂尖高手」道森還是傑克．史畢維搞這種名堂，他覺得這兩個人都有可能。

迪爾看到打開門的那位女子，要不是因為和他的前妻極為神似，他一定會覺得這女人高不可攀。他早已累積了心得，這種貌似高不可攀的女性都不是太苗條，不是高瘦型，而且也絕非那種驚世美女。但看起來十分聰慧，動不動就擺出百無聊賴的模樣。而且，看起來都很有錢，或者貌似曾經風光一時。而且，他真心覺得她們都散發出某種幽微的香氣，要是他能夠把它裝入瓶中的話，一定會把它命名為「氣質獨具」。

這位大方展露曬褐色長腿與裸臂的女子，盯著迪爾好幾秒之後，終於以充滿東岸口音與高貴姿態的拉長聲調問道：「您是……迪爾先生，對嗎？」

「沒錯。」

「電話裡的你真是粗魯。」

迪爾微笑，「我只是想要引起傑克的注意力而已。」

「嗯，對啊，你的手段十分成功。」她拉開那道大門，「還是請你趕快進來吧。」迪爾也立刻走了進去。

她穿的是暴露的白色短褲，藍白條紋無袖挖肩上衣，除此之外，似乎什麼都沒有，就連鞋子也沒穿，她的腳趾甲是低調的珊瑚色。充滿陽光膚色的蜂蜜色髮絲、不停在打量的棕色大眼、似笑非笑的雙唇，還有微微曬傷的鼻子。她沒有化妝，迪爾猜她從來不化妝，因為根本不需要。她又轉身看著他，他也回以注目禮，覺得這女人的模樣看起來就像是繼承了大筆祖產。

她開口，「你一直在看我。」

「對。」

「我是不是讓你聯想起某人？」

「我前妻——妳們有點相像。」

「她個性好不好？」

「三不五時就嘆氣，而且吃番茄切片時會撒糖。」

「哦，不難猜測她為什麼會這樣——我的意思是，三不五時就嘆氣。對了，大家都叫我達菲。」說完之後，她並沒有主動伸手致意。

「是因為達菲鴨還是水仙[2]？」

「是因為達菲妮，達菲妮．歐文絲。」

「史畢維是我的老闆。」

「了解。」

「如果你特別注重職銜，好，我是他的行政秘書。」

「待在這裡工作想必十分愉快——如此休閒的氣氛以及一切。」

「對，的確如此。當然，我也住在這裡。」

「嗯。」

「好，我想我們就去找傑克吧。」她轉身，走入寬敞的木板飾面長廊，旁邊放滿了許多狹長邊桌，上頭有許多無用的釉彩花瓶。這是一條非常長的走廊，如果想要休息的話，有十幾張配有褪色紅坐墊的直背式深木座椅。兩邊的牆面都懸掛了身著十九世紀服飾的大鬍子男性的漂亮油畫。這些人看起來都十分高尚體面，迪爾相信他們與「頂尖高手」道森或是傑克．史畢維都沒有任何關係。

歐文絲回頭問道：「你知道這地方嗎？」

「傑克與我許久之前來過一次。」

「真的嗎？什麼時候的事？」

「道森太太每年聖誕節都會為全市最貧困兒童舉辦一場百人派對，我想，一直持續到一九五九年吧，傑克和我曾經想盡辦法把自己弄進受邀名單裡面，」他停頓了一會兒，「那是一九五六年的聖誕節。」

「但你們其實不是吧？」

「什麼？」

「原本的一百名窮困兒童名單之中，應該是沒有你們兩個。」

「誰說的？」

「反正這故事聽起來很有意思。」

❷ 發音也為『達菲』。

她停下腳步，轉身。迪爾嚇了一跳，少了陽光的照拂，她看起來老多了，貌似快三十，而不是二十五歲。

她開口，「我還有另一個問題要問你。」

「請說。」

「你是不是要來找他麻煩？」

「我不知道，」迪爾回她，「也許有這個可能。」

10

達菲妮．歐文絲走到長廊盡頭，在某扇高達二點四公尺的雙開門前面停下腳步，推開滑門。迪爾跟在她後面、進入了某個超大的房間，看來是這間豪宅的書房，三面都擺滿了書架。最遠的那面有六面高達一點八公尺的彩繪玻璃窗，最上方為扇狀設計。從窗外望出去可以俯瞰精心養護的花園，有三名墨西哥人正在挖東西。迪爾看得聚精會神，其中兩個停了下來，抹了抹滴汗的臉龐，然後開始監督另一名工人。那幾個墨西哥人的後方有凋萎的白色玫瑰花叢，從隙縫中可以看到另一頭的游泳池藍色水光。

約翰．傑克博．史畢維坐在高窗前的大型黑色胡桃木書桌，站了起來，傾身向前，掌心平貼桌面，他的大頭略偏左側，狡猾的藍色眼眸緊盯著步步逼近的迪爾。迪爾心想，這傢伙還是一樣圓滾滾，臉色紅潤，現在看起來就像是當初那個比大家強壯又聰明的地方惡棍。然後，傑克．史畢維露出淺笑，繼之咯咯大笑，又變身成為全世界最可愛的人。

他的笑容有暖意，那表情的確看得出真誠的關切，而且，要是那雙藍色眼眸願意放棄算計、開始閃閃發光之際，還可以看到殷殷期盼。迪爾心想，對方已經完全沒有察覺自我的意識，看待自己就像看待自己的大拇指一樣無感。迪爾，他有興趣的部分是你。他想要知道的是，你想要什麼？你的感受呢？有什麼想法？還有這一陣子你跑去哪裡了？

迪爾距離書桌越來越近，史畢維朝他點點頭，那是一種開心認可的姿態。「皮克，你知道我們變了嗎？」他開口說道，「兩個人都越來越老了。」

迪爾回他，「這很正常。」史畢維把手伸過書桌，迪爾也與他握手致意。

「你見過達菲了。」

「對。」

「她出身遙遠的東岸，」史畢維說道，「麻州，在那裡念書。」

「我猜是霍利奧克吧。」迪爾說完之後，還對達菲妮．歐文絲笑了一下。

她回道：「差得遠了。」

「皮克，坐啊。一起吃午餐吧？」

「好，謝謝。」

史畢維又坐在他的古典旋轉木椅裡，抬頭看著歐文絲，「親愛的，可否請妳通知麥貝兒午餐有三個人？」然後，他面向迪爾解釋，「麥貝兒是廚師。」

歐文絲回道：「我要出去了，還有什麼需要交代的事嗎？」

史畢維興沖沖看著迪爾，「要不要來點可樂還是什麼飲料？」

「有冰啤酒嗎？」

「這個內建式的老舊小冰櫃裡面正好有啤酒，」史畢維的手已經伸到下方，打開書桌小冰箱的門，拿出兩罐美樂啤酒。

歐文絲問道：「所以就不需要可樂了？」

「親愛的，應該是不用了，」史畢維打開那兩罐啤酒，「反正現在是不需要。」

「迪爾先生，我們午餐見。」

迪爾回她，「希望到時候見了。」

她轉身走向雙開門，史畢維緊盯著她不放，充滿欣賞之意，然後，他笑瞇瞇望向迪爾，把其中一罐啤酒給了他，開口說道：「搞不好我會告別單身，娶這個女人。」

「傑克，你們兩個有許多共通點：背景、品味、教育，還有年紀。」

「別忘了錢，」史畢維說道，「她沒錢，但我財力還不錯。」

「這樣正好是天造地設。」

史畢維躺靠在旋轉椅背，仔細打量迪爾，「悲傷還沒有完全宣洩吧？」

「對，還沒有。」

「這需要時間，皮克，需要很長的時間。」他喝了一小口啤酒，「我們多久沒見面了？」

「七年了，將近八年。」

「上次是在熱那亞？對嗎？」

「沒錯。」

「我在布拉托身邊，和你在一起的那女人叫什麼名字來著？羅爾娜？拉娜？還是雷娜？」

「蘿拉。」

「哦對，蘿拉，你們分了？」

「你聽說了？」

「沒有，但你看起來就像是已經跟她分手的樣子，離婚了吧。出了什麼事？」

迪爾聳肩，「我想她應該是覺得無聊到爆。某天晚上她出去看劇——應該是契訶夫的作品——之後再也沒回來。」

史畢維大笑，「不會吧？契訶夫？」

「劇作是《櫻桃園》。」

史畢維搖頭，可能是覺得好笑，也可能是因為出於同情，「她長得很漂亮，你知道我看到誰的時候會想到她？」

「你的達菲小姐，我也注意到這一點。」迪爾喝了啤酒，「傑克，我也該表明來意了。」

史畢維點頭，表情充滿興味。

「參議員想要你的庭外證供。」

「我沒問題。不過，你能挖的也只是同一套說法而已。我和司法部見面談話的次數連我自己都數不清了，稅務局還找我弄了永久性審計檔案，就連財政部也派了個大帥哥過來，我們聊了整整三天。唯一不肯棄守的就是他媽的中情局，我覺得他們一定會哪天晚上躲在牆邊，只是為了要知道我跟別的單位說了什麼。」

「傑克，他們已經找到了布拉托。」

那雙藍色眼眸突然稍微睜大了一點，原本的咧嘴神情也變成燦爛但充滿疑心的大笑，「找到了克萊德？克萊德．布拉托？他現在人在哪裡？開普頓？仰光？的黎波里的某處？還是在塔爾薩市中心？我靠，皮克，這幾個月以來，他們一直說看到了克萊德，一下說在這，一下說在那，然後又跑到天邊去。你知道我怎麼想嗎？」

「怎樣？」

「親愛的克萊德已經死了。」

「這是你的期盼。」

「哦，在他的喪禮現場，我不太可能會坐在前排就是了。」

「但你就可以脫身了。」

「老實說，我現在也安然無恙。他們這次宣稱在哪裡看到他？」

「倫敦。」

「什麼時候？」

「兩個月前。」

「為什麼不直接抓人？靠，可以把他引渡回來啊。」

「跟丟了。」

「這些人是誰啊？」

「英國人。」

「哎，難怪了。好，我們就趕快解決這事吧。你說要幫那位參議員弄庭外證供，來啊。」

迪爾四處張望，「錄音機在哪裡？」

史畢維搖頭，臉色黯然，「我說皮克啊……」

「怎樣？」

「打從你走進來的那一刻就開始錄音了。」

迪爾大笑，「早知道我一開始表明來意就好。」

「你開始就是了，等一下達菲會把帶子交給底下的某個女孩打字、影印、弄好宣誓作證的一切手續。」

「好，」迪爾說道，「那就來吧。」他停頓了一會兒，在心中默默數到十五之後才繼續開口。「各位小姐，這是約翰．傑克博．史畢維本人宣誓的庭外證供，日期是今天，八月的某日，地點是他位於波暢普路住家的那個地址。」

迪爾把啤酒放在書桌上，打開了傑克．史畢維的檔案，瞄了一會兒之後，又抬頭望向史畢維。

「你名叫約翰．傑克博．史畢維？」

「對。」

「年紀？」

「三十八歲。」

「你是美國公民，永久地址是我剛才唸的那個地方？」

「對。」

「職業？」

「已經退休了。」

「先前的職業？」

「從事軍火買賣。」

「多久的時間？」

「七年，將近八年。」

「在此之前呢？」

「某政府機構的約聘人員。」

「哪一個機構？」

「中央情報局的約聘人員。」

「在哪裡接受約聘？」

「你是要問在哪裡簽約雇用？還是我在哪裡工作？」

「我都要知道。」

「我是在墨西哥市簽約，工作地點在泰國、越南、寮國，以及柬埔寨。」

「多久？」

「一九六九年到一九七五年。」

「工作性質？」

「中央情報局雇用我的時候，我曾經立下誓約不得向外透露自己的工作性質，除非我提出要求，得到中央情報局的書面許可。」

「你有沒有向他們提出許可？」

「有。」

「核准了嗎？」

「被拒絕了。」

「最後一次被拒絕是什麼時候的事？」

「今年的六月十四日。」

「當時為什麼會要求許可？」

「因應聯邦調查局的要求。」

「中情局拒絕了？」

「沒錯。」

「這次願意違背誓約嗎？」

「不願意，我才不要。」

「為什麼不要？」

「因為這可能會害我自己入罪，而且我站得住腳，我可以援引憲法第五修正案。」

「你是在什麼時候認識了克萊德．湯莫林．布拉托？」

「一九七〇年，約莫是三、四月，我不記得詳細日期。」

「在哪裡？」

「曼谷。」

「怎麼認識他的？」

「他是我的長官。」

「你的專案長官？」

「我的督導。指導我要如何在越南、寮國以及柬埔寨完成我起誓不能外洩的工作內容。」

迪爾露出賊笑，伸出食指，在喉嚨上橫向比劃了一下。史畢維大笑，把手伸到書桌下方，切斷了錄音機。

「傑克，拜託一下好嗎？」

「不然你覺得我會怎麼講？」

「你講的話就像是預錄的台詞。」

「被你說中了，就是這樣沒錯——這是唐普、迪多、斯夸特對我下的指導棋，這幾個人，就是我說的把我榨乾的華盛頓臭律師。你上次收到律師帳單是什麼時候的事？」

「好久以前了。」

「那聽我的忠告，打開之前，一定要先坐下來——或者，要是能躺下來就更好了，因為看到數字之後一定會讓你痛得當場暈死。」

「但你講的都是有關誓詞的屁話。」

「我說過了，我的確發過那樣的誓，中情局有否認嗎？靠，沒有，就是沒有，他們只是否認我曾經為他們工作過而已。」

「他們也沒有否認，」迪爾回他，「只是拒絕確認而已。」

「皮克，我根本不鳥自己在那些混蛋面前所說過的誓詞。我當時二十三歲，等到我擺脫他們的時候，已經三十歲了，老得不像話，我的意思是，已經老到這種程度了。」史畢維拍了拍自己的額頭，「這裡，我覺得自己跟一百零二歲一樣。他們給我週薪一千美元，那時候可算是十分豐厚，而我所做的那些事，現在我一定是打死不做，而且現在根本是不堪回首。不過，我當初之所以做出那樣的舉動，不是為了上帝或國家，我是為了一個禮拜一千美元的現金，信不信由你，我也付出了代價。你一定在想，什麼代價？好，我的老友，我從來沒有度過二十四、二十五、二十六歲或是任何一段的青春美好歲月，因為，我過了二十三歲生日沒多久，六個月之後，我就成了馬上又要再老一歲的一百零二歲的老人。」

「可憐的小傑克。」

史畢維聳肩，突然態度轉為冷漠，甚至是百無聊賴。

「所以，要是你真的違背所謂的誓詞，又會怎樣？」迪爾問道，「我的意思是，你覺得會出什麼事？」

「沒什麼，」史畢維回道，「可能會有精采的頭條新聞，持續個一兩天吧，但絕對不會有審判啊什麼的事，因為中情局絕對不會透露半個字。就像是他們以前的作法——國家安全利益為上。靠，皮克，現在的越南已經是古董了。你去問問現在的年輕人對越南有什麼感想，如果他們還知道那是什麼的話，那答案就像是你我對二次大戰的感覺，古早歷史啊。那場戰爭是你我二十一歲的時候，已經結束二十二年了，搞不好是二十三年。」他停頓了一會兒，「要不要再來杯啤酒？」

「好啊。」

史畢維又從書桌冰箱取出兩罐美樂啤酒，打開拉環。迪爾喝了一大口，繼續說道：「好，可以繼續錄庭外證供了吧？」

「現在講到哪——布拉托？」

「布拉托。」

史畢維的手移到書桌下方，「好，現在開始錄音了。」

迪爾再次默數十五下，然後問了第一個問題，「克萊德・布拉托為中央情報局工作了多久？」

「二十年。」

「他是什麼時候辭職的？」

「他不是自己辭職的，他是在七十五歲的時候被炒魷魚。」

「為什麼？」

「我不知道。」

「猜猜看吧？」

「我不是律師，但我覺得猜測應該不在合法範圍之內。」

「是不是與他掌控的基金有關？」

「我的答案純屬自己的臆測。」

「那些基金是不是被他侵佔？」

「我聽說過，但也僅止於耳聞。」

「你的聲明已經表達得很清楚了。盜用金額有多少？」

「我聽說是五十萬左右。」

「美金嗎？」

「對。」

「你什麼時候離開了中情局？」

「一九七五年四月，就在西貢失守之後。」

「你那時候在哪裡？」

「失守的時候嗎？我在西貢。」

「克萊德．布拉托當時在哪裡？」

「他也在西貢。」

「你和布拉托都沒有想要逃離當地？」

「沒有。」

「為什麼不考慮？」

「因為我們已經不搞情報了，開始自己做小生意。」

「請簡述一下你的業務內容。」

「我們成立了一間公司，從新的越南政府那裡採購多餘的設備，然後在公開市場銷售給有需求的客戶。」

「什麼樣的設備？」

「防禦性武器，交通與通訊設備。」

「什麼樣的武器？」

「小型武器。迫擊砲、小口徑槍砲，還有些交通運輸器材——吉普車與卡車、戶外通訊器材，以及一些直升機，反正他們不要的東西，我們都接手。他們很需要錢，而我們正好手邊有一點資金，也知道要去哪裡賺更多的錢。」

「你和布拉托自掏腰包成立了公司？」

「對。」

「他投資了多少錢？」

「將近四十萬美元。」

「你呢？」

「所有的身家，十萬美元。」

「利潤怎麼分配？」

「我拿四分之一，克萊德拿四分之三，因為我手中握有合約。」

「與越南人的合約。」

「是北越。不過當時他們全國上下一片和樂，北越南越都一樣。」

「你把那些多餘的美國武器賣給誰？」

「那不是美國的東西，而是越南人所有。他們打仗，也贏得了戰爭，掠奪的武器當然成了他們的財產。」

「但那是美國貨？」

「沒錯。」

「所以你賣給誰？」

「只要是有意願的買家，都不成問題。」

「比方說住在安哥拉、衣索比亞、黎巴嫩、南葉門與北葉門、玻利維亞、厄瓜多的那些人，還有一些在烏拉圭的客戶，數量不多。」

「這些美國製造、越南取得所有權的設備，你的總共賣了多少錢？」

「大約有一億美元。」

「利潤呢？」

「你指的是我的部分？」

「對。」

「扣除相當高昂的支出之後，我的淨收入總額略高於四百萬美元。」

「布拉托的呢？」

「扣掉支出之後，我想有一千六百萬美元。」

「持續了多久？」

「你是指我與布拉托之間的往來？」

「對，你們的結盟，合作關係。」

「大約五、六年。」

「然後呢？」

「然後他想進入某個亂七八糟的產業，我就退出了。」

「什麼亂七八糟的產業？」

「電腦科技、精密武器、導航系統，反正就是全掌握在美國手中、但絕對沒辦法合法販賣的那些東西。克萊德說我們可以偷渡出去，我說幹你去死，然後我就不玩了。」

「拜託，千萬不要把『幹你去死』打進去，改成『免了，謝謝』。好，所以你就真的——退出了嗎？」

「對。」

「布拉托先生有沒有動怒？」

「哦，反正他並沒有對我開心哼唱〈藍天〉就是了。」

「你們之間有沒有發生什麼不快？」

「我必須找律師，他也動用了自己的律師，雙方搞了很久，最後我拿到了一千三百萬美金左右，資料已經交給了稅務局，我剛才也告訴過你了，是永久性審計檔案。」

「你最後一次看到布拉托是什麼時候的事？」

「大約一年半前。」

「在哪裡？」

「堪薩斯市。他有些一般文件需要我簽名。我飛過去，簽完之後，還和他喝了一杯，然後我又飛回來。」

「之後還見過他嗎？」

「沒有。」

「你們見面沒多久之後，他就搭飛機逃離美國了，對嗎？」

史畢維爆出他的招牌宏亮笑聲，「對，我想你應該這麼說吧，克萊德算是被迫離境。」

「謄打時要刪去他的笑聲，」迪爾說道，「你一定知道他為什麼逃跑。」

「因為他與惡人做生意，當局要逮捕他。」

「你覺得現在他人在哪裡？」

史畢維回道：「死了吧。」

「我們現在先假設他沒死好了，」迪爾說道，「假設他被逮捕，必須接受審判，你願意出庭指證他的罪行嗎？」

「這一次我就不予置評了。」史畢維說完之後，將左手移到桌緣下方，關掉了錄音機。他盯著迪爾好一會兒，開口問道：「皮克，你可以讓我全身而退？」

迪爾緩緩點頭。

「白紙黑字？」

迪爾搖頭，表示不可能。

「給我幾天好好想一想。」

迪爾又點點頭。

史畢維大笑，「你是不是覺得我有另外一台錄音機在錄音？」

迪爾微笑，點頭。

11

他們在「家庭」用膳房吃午餐，裡面的空間超大，除了精刻橡木餐具櫃、與其配襯的瓷器展示櫃，還有一張可以容下十二人的大桌——或者，用力擠一下的話，十六人也不成問題。史畢維帶迪爾過去的時候，還先經過了「公司」的用膳房，那地方就算坐個三十六人也不成問題，但史畢維說他從來不曾使用過那裡，因為他不知道自己是否真的想跟那麼多人一起坐下來用餐。

他們坐在距離廚房最遠的桌尾——迪爾後來才發現——那不是廚房，而是食物儲藏室。家庭用膳房可以俯瞰游泳池，橢圓狀設計，那是在建屋完成之後、於三〇年代初期所完成的附加設備，過沒多久之後，游泳池就開始流行起腎狀與回力棒狀。很大的泳池，至少有十二公尺乘以二十一公尺，迪爾覺得這很像是當初他與史畢維在華盛頓公園學游泳的那個市立游泳池。

史畢維坐在桌頭位置，迪爾在他的右方入座，就在這時候，達菲妮・歐文絲進來了，已經換上了裙子與上衣。她進入用膳房的時候，迪爾起身致意，但史畢維卻動也不動，她被逗樂了，看了一下迪爾，也不知為什麼，那表情害他覺得自己好笨拙。

「迪爾先生，是誰教導您這些規矩？」她問道，「您的母親還是兄弟會？」

迪爾回道：「我母親。」

「她個性很善良，」史畢維說道，「有點——」他看著迪爾，「我該怎麼說才好——疏離嗎？」

迪爾回道：「淡然吧。」

「也不是，正確的措辭是很虛無飄渺。不過，想想她必須忍受你老爸的那些行為，能有這樣的個性，正好可以讓她不必那麼頭痛。」

迪爾微笑，輕輕點了一下頭。

歐文絲問道：「迪爾先生，您父親從事哪一行？」

「他是專業夢想家。」

「這有什麼問題？」

「這暗指他本來應該要好好支付他們養育費，但卻經常拿不出錢。」

「皮克與我是賀洛斯曼小學裡最窮的小孩，」史畢維一臉驕傲，「我們本來也應該是中學裡最窮的小孩，但是他們那時候搞併校，把某些比我和皮克更窮的黑人與墨西哥小孩弄進來，不過，我們還是庫利知初中最窮的白人小孩，皮克，我沒說錯吧？」

「對。」

史畢維正打算要繼續回顧過往，但原本在挖掘花園的其中一名墨西哥人卻在此時進來，他身穿漿挺的白色外套，搭配整齊熨燙的牛仔褲。大家都點了飲料，迪爾看著那位園丁或者男僕離開，推開旋轉門之後，進入了食物儲藏室，他也發現到桌布是愛爾蘭亞麻，搭配英國銀器以及法國瓷器——他猜應該是來自里摩——還有，他盤邊的那兩個酒杯材質是沉甸甸的彩繪玻璃，很可能是來自捷克。他很清楚史畢維的喜好，猜想午餐一定是德式墨西哥料理。

黛芬妮．歐文絲詢問史畢維，「所以，話說在五〇年代，你們還是小孩的那個時候，就來過這裡了？」

他望著迪爾大笑，「你把那件事告訴了她？」

「她先問我有沒有來過這裡。」

「我和皮克當時在全市最窮困百大孩童之列——至少我們是這麼吹捧自己。皮克，我們那時候幾歲——十歲吧？」

迪爾回道：「對，十歲。」

「好，親愛的，我們先前已經聽過了老『頂尖高手』豪宅的事，天，大家都知道啊，純金衛浴設備之類的東西。我們就是得要親眼見識一下。所以，皮克靈機一動，要是我們穿上最舊的衣服——其實，我們最破舊的衣服與最好的衣服根本沒什麼太大差別——然後，去見我們的校長，麥克穆倫老太太——皮克，你覺得她那時候幾歲？」

「很老了，」迪爾回道，「至少四十歲。」

「她不止這歲數，對我們超好，」史畢維說道，「所以我們就使出了那一招。」

「傑克滔滔不絕，」迪爾說道，「我只是站在那裡，一臉期盼，超可憐，眼巴巴想望這次機會。」

「接下來，我和皮克就搭上了學校租來的公車，同行的還有五十八個可愛的黑人小孩、三十五個更可愛的墨西哥小朋友，以及另外五個白人窮小孩，一同前往伽利丘和老『頂尖高手』道森的豪宅，歡度聖誕節。」

「你們不會不好意思嗎？」歐文絲問道，「我的意思是，難道你們不覺得——哎呀，拜託，這樣貶低了自己身分？」

「充滿好奇心的時候，哪會去想什麼貶低的問題？」迪爾反問，「『頂尖高手』道森是神秘人物，我們想要知道神秘人物是怎麼過日子的。」

「親愛的，而且我們真的沒撒謊，」史畢維說道，「我們那時候是真的很窮，但迪爾是那種教養良好的清貧兒童，而我就是那種又髒又窮的小孩，」他面向迪爾，「還記得那天晚上我們搭公車回家的時候，我是怎麼跟你說的？」迪爾還沒說出答案，史畢維又立刻面向達菲妮‧歐文絲，「妳覺得我跟迪爾說了什麼？」

「總有一天，你一定會成為道森豪宅的主人。」

史畢維搖搖頭，彷彿困惑又失望，「達菲，妳天生就是有股浪漫氣質，這一點我從來不曾懷疑。」他又面向迪爾，「把我那晚在回程公車上講的話告訴她吧。」

迪爾微笑，「有錢人的日子顯然比窮人好過多了，然後，你覺得自己還不如趕快去摸索一下致富的捷徑。」

歐文絲盯著史畢維，那神情有崇拜也有懷疑，「你十歲的時候說出那種話？」但從她的語氣聽起來，崇拜佔了上風。

史畢維笑得開懷，「哦，措辭不是百分百精確，」他的臉上依然掛著燦笑，「但已經是八九不離十了。」

迪爾把車開到三十二街與德州大道的交叉口，停在身故妹妹那間黃磚雙拼屋的門前，嘴裡依然有午餐墨西哥起司餡餅與綠玉米粽的殘留氣息，此外，還有酪梨的氣味。迪爾一向不喜歡吃酪梨，而他的沙拉裡也未免放了太多片了。基於禮貌，他全部吃光光，但現在實在很後悔。

他坐在車內，讓引擎空轉，把空調轉到最強，然後仔細端詳那棟雙拼屋。他現在想起這棟屋子了，倒不是因為他曾經進去過，而是因為他路過不下數十次，光是這樣的浮光掠影，就已經深植在他的記憶之中。

迪爾打開廣播電台，轉到了全新聞頻道，他等待達美航空的廣告結束，準備迎接氣象女孩登場。這女子聲音低沉，說話的時候帶有氣音，讓天氣預報聽起來格外撩人。廣告結束，她這次深吸氣，下午兩點四十九分，而氣溫是攝氏四十度。濕度只有百分之二十一，風勢發生變化，西南方吹來的風也變得溫柔，只有時速八公里。她開始提供消暑妙方，迪爾立刻熄火，也關掉了收音機。

他下車之前，把傑克．史畢維的檔案鎖在置物箱裡面。現在，這份檔案裡多了宣誓的庭外證供，迪爾覺得內容可說是乏善可陳。史畢維的那些隱形打字員——其實，她們不用打字機，而是靠文字處理器——已經謄打出口供，而達菲妮．歐文絲剛好可以當見證人，因為她正好具有民間公證人身分，資格效期到明年的六月十三日。

迪爾下車，乾燥熱氣差點讓他無法喘息。他把泡泡紗外套披在左肩，急忙鑽入誘人高大榆樹下方，看來應該會有涼爽樹蔭。沒想到期待落空，誘人原來是假象，樹蔭之下同樣高溫逼人，當迪爾緩慢步上屋外階梯的時候，襯衫已經濕透，下巴也開始滴汗。他到達梯台，拿出總警司交給他的那把鑰匙，開鎖，推開大門，走了進去。

他先找空調開關，在附近的牆面上發現了一排控制鍵，兼具暖氣與冷氣功能。他打開冷氣，將冷溫效果由中段調到最高，然後，走到了客廳中央，四處張望，發現完全看不出妹妹住在這裡，其實，應該這麼說，看不到有任何人在此居住的跡象。

當然，客廳裡有家具：方正的深綠色沙發，搭配同色座椅，還有鉻與玻璃材質的咖啡桌，上頭什麼都沒有，只放了一本上禮拜的《電視指南》。由於這裡也沒有其他空間，所以地板上還有一台新力牌的可攜式黑白電視機。沒有書，一本都沒有，迪爾覺得奇怪，因為他知道費莉希蒂痛恨電視，她小時候每個禮拜會固定看八到九本書，有時候甚至是十本。雖然都是青少年讀物，但她在十一歲的時候卻已經對它們嗤之以鼻，「幾乎都是狗屁。」在她十二歲的那年夏天，她的興趣轉移到那些俄羅斯小說家，看完之後，又不知道從哪裡弄來了桑塔亞那的《最後一個清教徒》。她在八月時、花了一整個禮拜讀這本書，期間一直眉頭深鎖，身邊還放著一壺隨時可以拿到的「酷愛」牌濃縮果汁。後來，她說桑塔亞那的書「沉悶又無趣」，在那個八月剩下的日子當中，她全心鑽研狄更斯的作品。

迪爾還記得她坐在牌桌前的模樣，正前方攤放的是《小杜麗》，她的右邊放著「大酋長」記事本，是為了做筆記與摘錄，然後，另一頭的桌角是偶爾翻閱使用的《韋伯大學生字典》，而字典對面放的就是那一壺「酷愛」果汁，迪爾還記得是葡萄口味。費莉希蒂告訴她哥哥，狄更斯作品很不錯（她給予高度評價），但有點太過「多愁善感」。有時候，迪爾覺得在他的世界之中、妹妹是感情最為淡薄的人。

他仔細觀察客廳，想要找出顯露她個性與習慣的蛛絲馬跡。地上鋪有一張天然砂色的小地毯，牆上掛了好幾幅畫，顯然都是靠郵購買來的廉價印刷複製品，有杜菲、塞尚以及莫內的畫，某個角落放置了簇新的廉價韓國音響，簡直就像是沒用過一樣。至於那二十幾捲錄音帶，迪爾就懶得逐一細看了，他知道如果真的是費莉希蒂的東西，那就一定是貝多芬、巴哈、披頭四的早期作品，再加上尤．蒙頓的每一首歌曲。

這間客廳也兼具用膳區功能，四張椅子，圍靠在枯楓色的桌子旁邊，這應該是西爾斯百貨型錄的郵購品。餐桌上方還有一個沉重金鍊懸掛的假蒂芙尼餐燈，迪爾心想，這也不是費莉希蒂的風格。

他進了廚房，仔細觀察冰箱，一共有四瓶沛綠雅礦泉水、一條奶油、三顆雞蛋、一罐狄戎芥末醬、一條只吃了三四片的白土司，他想起妹妹總是把麵包放在冰箱裡的老習慣。他拿了一罐沛綠雅，扭開瓶蓋，一口氣喝個精光。

迪爾左手拿著瓶子，右手逐一打開櫥櫃的櫃門。有一組餐碟——模仿丹麥製品的日本假貨，品質還不錯——六個杯子，還有一些碗，除此之外，什麼都沒有了。擺放罐頭食品、香料、日常必需品的地方，只有兩罐「凡．坎普」牌的豬肉與黃豆綜合罐頭、一罐「育邦」牌即溶咖啡，幾乎可算是空空如也，此外，除了一個「摩頓」牌的鹽巴圓罐、一小盒「希令」牌的黑胡椒之外，其他香料都付之闕如，就連龍蒿也沒有，迪爾記得妹妹不管是做什麼菜，一定會拚命加龍蒿。

至於料理區，只有一個煎鍋，近乎全新。還有兩個舊鋁鍋，一定是拿來煮蛋與熱豆子。迪爾又在某個抽屜裡找到了兩人使用剛剛好的不鏽鋼刀叉與湯匙。他逐一打開其他抽屜，但只看到零星的廚具用品，他不知道費莉希蒂是怎麼處理媽媽的銀器。

迪爾依然拿著沛綠雅的空水瓶，從廚房回到了客廳，然後，走向某條短廊，左邊第二道門看來是通往他妹妹的臥房。裡面有張雙人床，鋪得整整齊齊，還有五斗櫃與附鏡衣櫥。一整套的胡桃木膠合板家具，看起來是剛買沒多久的廉價品。床的左側有張小桌，桌面有可彎折的閱讀燈。迪爾打開床邊桌抽屜，只有一個裝了避孕丸的圓形淺盤。

迪爾打開旁邊的衣櫃，裡面掛了好幾件洋裝、長褲、上衣，有件輕薄的風衣，但沒有冬裝外套。五雙鞋子整整齊齊擺在衣櫥下方。只有一雙黑色包頭高跟鞋，其他則是涼鞋與樂福鞋，還有雙破破爛爛的綠色球鞋。

至於衣櫃與梳妝檯的抽屜，迪爾只找到兩件還放在乾洗塑膠袋裡的毛衣、好幾件摺好的襯衫與上衣、一些內衣與褲襪，除此之外，也沒什麼東西了。他心想，這樣的數量可以讓人撐一兩個月，搞不好到三個月。不過，這裡完全沒有任何的紀念品或旅行小物，也就是可以作為個性、人格，或是壞習慣的各種表徵品項——不過，這裡的住客似乎對於整潔有偏執狂，而且似乎很討厭煮菜或是吃東西。

迪爾離開這間大臥室，回到走廊，進入較小的第二個房間，這裡像是山窮水盡之人的避難所。裡面有牌桌與可調式落地燈，桌面上擺放了一台非常老舊的雷明頓可攜式打字機。帆布導演椅被倒扣在桌上。桌子的右側有個灰色的雙層抽屜檔案櫃。迪爾彎身，打開了第一個與第二個抽屜，但什麼都沒有。他猜應該是警方取走了裡面的物品。第二間臥室的衣櫥裡什麼都沒有，只看到三個衣架。

迪爾離開那間比較小的房間／避難所，進入浴室，打開藥櫃，找到了阿斯匹靈、衛生棉條、牙齒美白貼片、化妝品、剃刀，但並沒有處方藥。香皂碟裡面有一塊雅麗牌的圓形香皂，牙刷架放了兩支牙刷，還有一小盒綠色的含蠟牙線。浴室裡除了毛巾、洗手巾以及塑膠浴帽之外，什麼都沒有，迪爾發現連浴室體重計都看不到，他覺得這一點很重要，很可能是條線索。

迪爾離開浴室，準備要再進入廚房，不知道能不能發現費莉希蒂藏酒之處，他覺得廚房水槽下方的可能性最大。正當他準備要進入廚房的時候，門鈴響了。迪爾轉身，走過去開門。眼前出現了一個身穿暴露黃色短褲、同等暴露的藍點小可愛的女子，她也沒穿鞋，她擁有一雙膚色黝黑的長腿，軟趴趴的金色捲髮似乎快要窒息。她有雙藍色大眼，其實，應該說可能太大了一點，閃亮的嫩紅色鼻子，還有一張大嘴，暗紅色口紅顯然是完全選錯了顏色。

「你是她哥哥吧？」

「對。」

「你和她髮色一樣——某種紅銅色，不過，除了頭髮以外，你們兄妹一點都不像。」

「她很漂亮，我不是。」

那女子說道：「哦，男生也不需要俊帥吧，是不是？」迪爾本來一度擔心她會開始假笑，但並沒有。

迪爾問道：「您是她的——朋友還是鄰居？」

「哦，我是辛蒂，辛蒂．麥克卡貝。我和哈洛德住在樓下，我們是她的房客。」

迪爾直接作出結論，「所以哈洛德先生的姓氏是麥克卡貝。」

「哎，不是，真的不是。我的意思是我們沒結婚。哈洛德的姓氏是史諾，他的全名是哈洛德．史諾。我們在一起，哦我看看，已經兩年了，至少兩年。」她停頓了一會兒，再次開口的時候，聲音低沉，語氣也轉趨嚴肅，「哈洛德看到費莉希蒂出事——嗯，幾乎算是親眼目睹。」

迪爾說道：「您還是進來吧。」

「我想裡面應該比外頭涼快，是不是？」

12

辛蒂．麥克卡貝進入屋內，坐在搭襯綠色沙發的那張休閒椅裡面。她把下唇翻出來，向上吐氣，彷彿想要把覆蓋在額頭與上唇的那一層薄汗吹乾，她開口說道：「這高溫真可怕吧？」看來是自言自語，也沒有要對方接腔的意思。

「我正打算要喝點東西，」迪爾說道，「要不要來一點？」

「哦，有冰啤酒就太好了。」

「抱歉，沒啤酒。除非我找到費莉希蒂有藏酒，不然就只有沛綠雅而已。」

麥克卡貝回他，「廚房水槽下面。」

「我也是這麼覺得。」迪爾說完之後，立刻走向廚房。

水槽下方有兩瓶綠標金賓威士忌，一旁還有「象牙」牌洗手皂、「易除」去油劑，以及「彗星」去污粉。其中一瓶酒根本還沒有拆口，而另一瓶也只不過少了五公分左右而已。迪爾記得費莉希蒂要是喝酒的話，一向只喝波本，因為她認為波本的味道比蘇格蘭威士忌純正。他也記得她對伏特加的評語，酒鬼的飲料，至於琴酒，則是喝光「水瓶座維瓦爾」之後的替代品。不過，她覺得蘭姆酒還可以，尤其是混了「酷愛」牌濃縮果汁之後。迪爾在冰塊杯裡倒入威士忌，又加了一點沛綠雅，心中一陣納悶，怎麼會完全沒有「酷愛」牌果汁包？他再次提醒自己，華生，這又是一條重要線索。

他帶著酒杯回到客廳，將其中一杯交給了辛蒂，她點頭稱謝，拿著冰涼的酒杯、來回撫擦額頭，「天，真舒服，」她喝了一大口，微笑說道，「這感覺更棒。」

迪爾坐在沙發上，也嚐了一下自己的酒，「妳說的一點都沒錯。」

「迪爾先生，費莉希蒂出了這樣的事，哈洛德和我都感到十分難過。這真的是——嗯，令人十分傷感。前一分鐘她才按我們家的電鈴，下一分鐘人就走了。」

「你們住在這裡多久了？」

「大約一年半，應該還不到。費莉希蒂才剛買下這棟房子，我們就搬進來了。她是個非常好的房東。你也知道，某些房東每隔六個月就會調漲房租，但費莉希蒂從來不曾開口漲租，因為只要這間房子哪裡有問題，哈洛德就會幫她修理，這一點他十分在行。」

「哈洛德從事什麼工作？」

「哦，他現在是販賣家用電腦的業務，做得還不錯。不過，他說市場又出現過多產品，業績在這個月或到了下個月就會開始萎縮。他真正想做的是回到電子領域。他曾經在大學念了兩年的電機，但被迫休學。那才是哈洛德的專長，他對電機的興趣遠遠超過了業務行銷。」

辛蒂顯然是講得口乾舌燥，喝了一大口酒。迪爾望著她那幾乎小得看不見的喉結上上下下了三次。她放下酒杯，微笑，就算稱不上緊張，也看得出有些侷促不安，她開口說道：「其實，我也不太願意在這種時候提這檔子事。」

「什麼？」

「嗯，昨天，就在那個——那件事之前，費莉希蒂曾經來找我們，提醒哈洛德又忘了付房租。有時候我真的是搞不懂哈洛德，就是心不在焉，有點像是那種恍神的教授，你知道那種人的樣子吧？」

迪爾點頭。

「反正很丟臉啦。所以他昨天開了支票交給她，然後就出事了，就在我們家外頭，哎，我們真的不知該如何是好。你覺得我們是不是應該把房租繳給別人？如果真的必須這麼做，又該繳給誰？我知道現在拿這種問題煩你實在有些冒犯，不過，我們不希望之後有人過來大聲嚷嚷說我們沒繳租。」

「在月底之前，都不需要操心，」迪爾說道，「等到事情解決完之後，費莉希蒂的律師會打電話通知你們該把房租匯到哪裡，還有收款人是誰。」

「所以我們付給費莉希蒂那一次之後，就不用再付了？」

「對，我想是這樣沒錯。」

「哇，真是鬆了一口氣。」她彷彿要證明自己所言不假，三大口喝光了酒。迪爾起身，伸手拿她的酒杯。

辛蒂皺眉，「我想就不需——哦，好吧，我看再來一杯好了。」

當迪爾拿著剛倒好的酒回來的時候，他發現對方的藍點小可愛不知道是往下滑動或是塞進褲頭裡，多露了兩三公分左右，辛蒂・麥克卡貝漂亮胸部上方的四分之一部位也一覽無遺，看來那裡的顏色與她身體的其他地方一樣，都曬得相當黝黑。迪爾把酒遞過去，低頭盯著她的雙乳，或者，應該說他現在可看到的那一部分，開口說道：「妳曬得很漂亮。」

她咯咯笑個不停，「我超認真曬太陽。」她把小可愛領口拉高了一點，但那只是敷衍的假動作，她繼續說道：「房子後面有個樹籬……」她抬高尾音，本來的直述句成了問句。

迪爾點頭，表示相信她的說法。

「哦，它正好包住了整個後院，大約有兩百七十幾公分高，而且枝葉十分濃密，沒有人可以看到裡面的動靜。所以，我在這個夏天就一直躺在那裡裸曬，直到上禮拜三禮拜四飆升到可怕高溫的時候，我才停止日光浴。我要說的是，就算什麼都沒穿，感覺就像是躺在烤箱裡一樣。初夏的時候，天氣比較涼爽，有時候費莉希蒂上晚班或午班的時候，也會在白天出來和我一起曬太陽。」

迪爾問道：「一絲不掛？」

「哦，沒有，不是那樣。」

「不然呢？」

「哦，她來到院子的時候，我還是得穿上衣服嘛。」

「妳和哈洛德常看到費莉希蒂？」

「老實說，沒有。因為她總是在奇怪的時間工作。前一個禮拜都是白天班，下一個禮拜又都是夜班，接下來的那個禮拜卻是下午班。有時候，我們甚至是連續好幾個禮拜都沒看到她。其實，我們連她在樓上的動靜都聽不到。我是說，要是她在半夜工作，那她就是在清晨返家，我們那時候都還沒醒來，然後，通常她出門的時候，哈洛德已經在上班，而我也外出。她從來不會在樓上發出噪音。有一次我告訴她，我們從來沒有聽過她的聲響，她只是微笑，還說她習慣光著腳丫子走路。不過，只要有什麼東西壞了，她就會留下字條，請我找哈洛德修理，等到他搞定之後，她總是很開心，開口請我們上去喝一杯。但我們從來沒有一起去過她家，我剛也說了，我們幾乎很難判斷她到底在不在。我們只有一次聽到她家傳出聲響，那個大塊頭跑來大吼大叫，猛拍她的門。」

迪爾問道：「哪個大塊頭？」

「我想應該是她的前男友。我只知道他個頭超魁梧，哈洛德說他大學時打橄欖球，不過，就算他跟我提過名字，我也忘了，因為我覺得橄欖球這種運動很噁心。」

「那個大塊頭傢伙多久過來一次？」

「難道你覺得他——跟這件事有關？是不是？」

「不，我只是對於費莉希蒂與她往來的朋友感到好奇罷了，就連她交往過的那些對象也一樣。」

「哦，他是金髮，壯得要命，很年輕，反正不超過三十歲，我是覺得這年紀算年輕，我自己二十八，也從來不在乎別人知道我的年齡。」

「妳看起來不到二十八。」迪爾撒了謊。

「哎呀，我就是啊。」

「他跑來大吵大鬧敲門的頻率有多高？」

「那個大塊頭？哦，只有一次而已，就是我們搬進來的第一個月。我當時心想，我們怎麼會捲入這種事情？感覺好可怕，我請哈洛德要想想辦法，但他不理我。哈洛德說警察的所作所為不關我們的事，就算是女警也一樣。我覺得他應該是有點怕那個大塊頭——他真的超級高壯。當然，費莉希蒂自己也不矮——至少有一百七十八公分。但我還是不知道她和那個大塊頭要怎麼那個——哎，你知道嘛……」她的表情變得有些迷離，迪爾心想，不知道她是不是經常對那個大塊頭產生綺想。

迪爾問道：「所以到底出了什麼事？」

「哦，我第二天早上到樓上去，看到了她，跟她說昨晚的吵鬧聲害哈洛德沒法睡覺，我撒謊，因為他幾乎從頭到尾都睡得很熟，被他們吵到失眠的人是我。她人一直很好，就連他媽的哈洛德付房租支票出包的時候也一樣——哦抱歉我講髒話，一定是波本酒害的。」

他繼續問道：「那個大塊頭再也沒有出現過？」

「沒有，再也沒有。費莉希蒂說結束了，果然如此。自此之後安安靜靜。她幾乎很少開電視，就連早上也聽不到《早安美國》的聲音，我是那節目的忠實觀眾。她有時候會收看晚間新聞，但從來不會開得太大聲。」

迪爾問道：「寇德警監經常過來嗎？」

「誰？」

「哦，他啊。他昨天有來，詢問我與哈洛德一些問題，而且還假裝從來沒看過我們一樣。」

「難道你們之前見過他？」

「當然哪。他經常來接費莉希蒂，可能一個禮拜有一兩次。」

「是不是每次都送她回來？」

「有時候，不過她偶爾根本沒回家。」

迪爾心想，她透過酒杯上緣打量他的那種表情，應該是為了要展露風騷，但反而略顯呆滯，他這才注意到她有些醉了。

「妳的意思是，她有時候和寇德出去，整晚沒回家？」

「你覺得不舒服嗎？」

「沒有。」

「我想，兩個成年人啊什麼的，這是很自然的事，你說是吧？」

「沒錯。」

「比方說，就像是你和我。」

「嗯。」

「嗯什麼？」

「嗯，比方說妳和我。」

「對嘛，如果你和我之間突然對彼此有了渴望，決定要付諸行動，又有誰會在意呢？」

「哈洛德？」

「他不會介意。他曾經很哈費莉希蒂，但從來沒有亂來。去嘛，要是他真的做了什麼，我也不介意。每次她敲門的時候，他總是穿著他的四角短褲跑過去應門，而且已經勃起了一半。我覺得這就是他經常遲交房租的背後原因，可以穿著內褲幫費莉希蒂開門，讓她看到半硬的小弟弟。」

「哈洛德聽起來像是真男人。」

「他的確就像是你想的那樣，廚房裡還有沒有波本？」她搖了搖自己的酒杯，迪爾先前已經發現她醉了，但沒想到這麼嚴重。

「當然有啊。」他起身，拿了她的酒杯，回到廚房為她繼續調酒，不過，他加在自己的杯子裡則只有剩下的沛綠雅。迪爾回到客廳的時候，她已經脫掉了那件小可愛。他把酒杯遞過去，露出微笑，「這樣似乎更涼爽。」

「你覺得怎麼樣？」她捧起自己的左乳，讓他好好欣賞。

「漂亮。」

「就只有漂亮？」

「十分漂亮。」

「我這是在對你放電耶。」

「我知道。」

「嗯？」

「嗯，很可惜，我十五分鐘之內就要下樓了。」

「不會吧？」

迪爾點頭，十分惋惜。

開始喝第三杯酒，當她放下酒杯的時候，目光依然呆滯，但也多了一些怒氣，反正，她死盯著迪爾，「你知道嗎？」

「什麼？」

「我曾經撩過費莉希蒂——就在後院那裡。」

「後來呢？」

辛蒂．麥克卡貝哈哈大笑，短暫刺耳的笑聲，悲傷大過歡愉，「她以非常溫柔的方式婉拒了我，」麥克卡貝停頓了一會兒，皺眉，低望自己的裸胸，抬頭補了一句：「幾乎就跟你現在打發我的態度一模一樣。」

13

迪爾終於擺脫了辛蒂．麥克卡貝，把車開進市中心，將自己租來的福特停入郝金斯飯店停車場，於下午三點四十六分走入了涼爽宜人的飯店。根據第一國家銀行的看板，現在外頭的氣溫是攝氏四十度，無風，就他印象所及，還沒有遇過什麼無風時段。

他判斷應該是長期住客的那位老太太，坐在大廳裡的老位子裡面，忙著刺繡。他進去的時候，她抬頭看了一下，這一次倒是沒有皺眉或怒目相向，但也沒有微笑，純粹就是盯著他。迪爾微笑，向她點頭致意，她也點頭回禮，開口說道：

「颶風天。」

「應該沒錯。」迪爾說完之後，繼續走到接待櫃檯，他停下腳步，想知道自己的房間置物格有無信件字條。他看到一張粉紅色的紙，請櫃檯人員拿給他。此時當班的櫃檯人員正好是迪爾登記入住時的那一位，他先瞄了一下自己的手錶，然後，將那張字條取出來，傾身向前，態度突然變得親密，或者該說是鬼祟，迪爾心想，也許是兼而有之。

「寇德警監。」那位櫃檯人員的嘴唇幾乎是動也不動。

迪爾喜歡戲劇化的場面，尤其在下午時分，「在哪裡？」

「雪泥坑。」

「多久了？」

櫃檯人員聳了一下細瘦的雙肩，「十五分鐘，可能已經有二十分鐘了。」

「嗯？」

「這裡有沒有後門可以讓我逃走？」

「他在找你。」

「你可以——」櫃檯人員突然講不下去，他的耳尖變成了粉紅色，「哦不會吧，迪爾先生，你一定是在鬧我。」

「其實沒有。」迪爾說完之後，轉身走向雪泥坑。他一邊往前走，一邊閱讀字條，「請在美東下午六點之前，打電話給華盛頓特區的多倫先生。」迪爾再次看錶，他還有一個小時，但反正不急，提姆西．多倫一定會待到七點鐘才會離開小組委員辦公室，就連週五傍晚也不例外。

雪泥坑名符其實，裡面總是宛若原油一樣墨黑。過了一會兒之後，迪爾的眼睛才終於適應裡面的光線，找到了基恩．寇德警監，他坐在靠近北方牆面的某張桌子。他背牆而坐，前頭擺了杯啤酒，看起來根本沒喝過。寇德雖然昨天下午在迪爾房間裡喝了兩杯蘇格蘭威士忌，但迪爾覺得他平常根本很少喝酒，搞不好那兩杯酒可能就已經是寇德一個禮拜的喝酒上限。

迪爾走到桌前，寇德抬望，對他點點頭，不算友善，但也不能說是不友善。那是某個陌生人打量另一個陌生人的冷酷態度，完全不流露任何評價，且等對方出招再說。

寇德開口，「坐吧。」

迪爾也回敬點頭，他擺出自己那一套的陌生人點頭姿態，拉出椅子入座。

「喝酒吧？」

迪爾其實根本不想喝，但還是開口說道：「好，我來杯生啤酒。」

寇德揚手，雞尾酒女侍立刻趕過來。迪爾心想，自己最近喝酒的對象，都具有那種需要服務生、對方就會立刻報到的呼喚能力。

寇德交代那名女侍，「露西歐，他要啤酒。」

她問道：「總監那你呢？」

「我這樣就好。」

露西歐離開之後，寇德拿出一包沙龍牌香菸，拿到迪爾面前敬菸，他搖頭，「我戒菸了。」

「要是我繼續抽這種菸，我也會戒。」寇德拿出某個印有廣告的打火機，點了菸，傾身向前，手肘放在桌上，「我希望，在沒有總警司緊迫盯人的狀況下，我們可以好好聊一聊。」

「沒問題。」

「費莉希蒂……」寇德說道，「我想要談一下她的事。」

「好。」

「迪爾，也許你看不出我的心情，但我幾乎快崩潰了。」

迪爾點頭，希望自己的這個舉動已經流露出憐憫之情。但顯然是沒有，因為寇德盯著他，彷彿在期盼他作出更熱切的回應。

「我也是，」迪爾回道，「近乎崩潰。」

迪爾看得出來，自己這樣的回應得體多了，不算太好，但也不錯。寇德別開目光，開口說道：「我娶了一個賤貨。」

「這種事所在多有。」

「我出身堪薩斯市，她是那裡的退休副警局局長的女兒。」他捻熄了那根幾乎沒怎麼抽的香菸，「而這就是我當初娶她的原因——因為她爸爸是副警局局長。」他繼續仔細捻菸，「我犯了錯。」

「我這一生都在犯錯。」迪爾之所以這麼說，全是因為他發現寇德正在對他討拍安慰。女侍走過來，把啤酒放在迪爾的面前就走了。他淺嚐了一口，而寇德依然沒有碰自己的啤酒杯。

「我三十六歲，要是我的表現一切稱職，三十歲的時候可以當上頭頭，甚至可能有機會提早坐大位。我說的職位不是像斯楚克那樣的總警司，我說的是警局局長——老大。」

迪爾說道：「不過……」

「這話什麼意思？不過？」

「你會跟我講這麼多，想必是因為出現了某個以『不過』為前提的轉折吧。」

寇德盯著迪爾，是那種「宗教大法官」式的目光，迪爾覺得那眼神在下達命令：懺罪、吐實、坦白、說出一切。

寇德問他，「你覺得是哪一種『不過』？」

迪爾聳肩，「我不會亂猜，因為我在等你說出口。」他心想，其實，你早就迫不及待想要告訴我，大法官已經成了受審者，不過，這位警監，我想無論你口供出什麼，他們都會讓你無罪脫身。

「我的妻子，」寇德開口，「哎，在我認識費莉希蒂之前，她害我過得痛不欲生。老實說，我搬出來就是為了要躲避她。」

「之後你就認識了費莉希蒂。」

「對，我一搬出來就認識了她。」

「了解。」

「我不希望你誤會，費莉希蒂並沒有破壞別人的和樂家庭。」

「我知道她不會做出那種事。」

「我和我太太沒有小孩，所以我搬出來的時候唯一的麻煩就是她。」

「她也住在這裡？」

「對，她住在這裡。」

「她年紀多大？」

「比我年紀稍微大一點，三十八歲。」

「這年紀要是想生小孩，幾乎是太遲了。」

「反正我覺得她也從來沒想要生小孩，」寇德悶悶不樂，喝了一小口啤酒，迪爾覺得放到現在早就沒氣了，但寇德似乎不覺得有什麼差別。

「所以那時候出了什麼事？」迪爾問道，「我的意思是，她發現費莉希蒂之後呢？」

「你一定聽說了吧？」

「聽說什麼？」

「我太太曾經出言威脅要殺死費莉希蒂。」

「沒有，我不知道這件事。」

「反正以後也會有人告訴你。」

「真的嗎？」

「出言威脅？當然。」

「不是，」迪爾說道，「我要問的不是這個。」

「你的意思是她殺了費莉希蒂？」

「對。」

「沒有，」寇德回道，「不是她做的。」

「你的妻子當初是怎麼威脅她的？」

「她打電話給費莉希蒂，大吼大叫。她打到費莉希蒂的家裡，『要是妳不離開我老公，我一定殺了妳。』她也會打電話到費莉希蒂的辦公室。要是葛楚——我太太的名字——找不到費莉希蒂，她一定會留話給接電話的人，比方說：『我是寇德警監的太太，轉告一下迪爾警探，要是她不離開我老公，我一定殺了她。』她就這樣鬧了兩個禮拜之久。」

「然後呢？」

寇德又點了一支薄荷菸。他深吸了一大口，露出了菸味入舌的表情，或者，應該是他接下來吐露這段話的心情，「在我們這一州，只要有兩個醫生同意，就可以判定病人入住精神病院治療，我們警局一直掌握了其中兩個人，算是以備不時之需——他們和州立醫療委員會有些糾紛，要是我們想處理，他們就完蛋了，我們一直沒出手，把他們當成自己的活棋。」他停頓了一會兒，「這一招是不是很惡劣？」

迪爾點頭，「對，沒錯。」

「所以，我硬是把她藏了一個月之久。」

「你的意思是葛楚。」

「對，葛楚。」

「什麼時候的事？」

寇德思索了一會兒，「去年九月。」

「所以她已經出來了多久——十或十一個月？」

「對。」

「然後呢？」

「她已經恢復平靜。他們給她開了煩寧，她甚至已經開始和在那裡認識的某個男人開始約會。我查過那傢伙的背景，斷斷續續有酒癮，她認識他的時候，他們正在治療他的酒癮。他家裡很有錢，給他準備了信託基金，這是每個酒鬼的必備條件，所以他完全不需要擔心錢的事。他每個月可以拿兩千美金，有時候會賣一點房產，但大多數的時候都在與葛楚約會，送她鮮花，帶她去看電影，只要這裡有舞台劇演出的時候，他們也一定捧場，她很喜歡這類活動。他年紀比較大，五十歲出頭，我想他有尬她，但次數不多，這一點對她來說當然也不成問題。」

迪爾問道：「所以她就答應離婚了？」

「對，沒錯，她出來之後，終於願意離婚。」

「她現在人呢?」

「米爾朗農莊。有沒有聽過?」

迪爾點頭,「那原本是萊斯克老醫生執行墮胎手術的地方,他在這裡,大家遠道而來——從紐約、洛杉磯、曼菲斯,還有芝加哥。那裡曾經是很漂亮的地方,但那也是陳年往事了。」

「那裡還是很美,」寇德說道,「你知道嗎?萊斯克死了。」

迪爾搖搖頭,「我不知道。」

「他年歲已高,而且墮胎合法化之後,他的生意一落千丈,所以他把那裡賣給了兩個年輕的心理醫生,搞得有聲有色,天知道他們到底賺夠了沒有。」

迪爾喝光了剩下的啤酒,「原來費莉希蒂想要結婚,我不知道她為什麼從來沒有告訴過我這件事。」

寇德搖頭,彷彿十分困惑,但迪爾覺得對方在作態。在寇德的假面具之中,困惑,就與謙遜所佔的比例不相上下;然而,這位警監,無論你個性如何,反正完全沒有謙遜的成分。

寇德說道:「她說她有寫信告訴你。」

「沒有。」

「也許是因為葛楚和她之間的那些事。」

「可能吧。」迪爾決定再叫一杯啤酒,目光飄向吧檯,與女侍露西歐四目交接,作出畫圓手勢、又用食指點了一下桌面。露西歐點頭示意知道了,迪爾的注意力又回到寇德身上,還露出最和善的笑容。

「有件事要請教你……」迪爾講完之後，露出了充滿溫暖、諒解與同情的笑容。

寇德在當下似乎並不相信那樣的笑臉。他的手肘離開了桌面，整個人躺靠在椅背上，那是防衛的姿態。等到他開口的時候，已經又恢復到全然陌生的語調，「要問我什麼？」

「費莉希蒂住在哪裡？」迪爾小心翼翼，依然掛著盈盈笑臉。

寇德不假思索說出他的答案，「三十二街與德州大道的交叉口。」

迪爾的笑容瞬間消失，搖頭，一臉抱歉，「我想我剛才沒講清楚。」

「你剛問我她住哪裡，我也說了，三十二街與德州大道的交叉口。」

「那只是她外宿的地方，」迪爾說道，「我今天下午過去那裡，四處觀察了好一會兒。沒有人住在那裡，沒有人。有人在那放了一些衣服，有人偶爾會在那裡喝咖啡，偶爾，有人會在那裡過夜。但沒有人住在那裡，至少，那裡的住客絕對不是費莉希蒂．迪爾。所以，我想我要問你的是，費莉希蒂的真正住所在哪裡？是你家嗎？她是不是在那裡煮東西？把爐子搞得到處都是肉捲醬汁？一次看九本書，大部分都攤在地板上，而且每天抽兩包『幸運牌』香菸？還有，每天至少量兩次體重，而且總在廚房裡儲存足夠的食糧、撐兩個月也不成問題，就算明明知道自己最後會扔掉一大堆也還是習慣不改？警監，那才是我妹妹，那才是她的生活方式。她沒有潔癖，也不會把郵購的印象派畫作印刷品掛在牆上。只要讓費莉希蒂待在房間裡五分鐘，任何房間都不成問題，她就可以把那裡搞得像是她已經住在那裡一輩子之久。警監，她喜歡佈置自己的窩，而且會拿各種東西佈置空間——奇怪的、好玩的，就連愚蠢的東西也不放過，比方說，她十五歲的時候買的消防栓，她把廢棄的洗手台焊接在上面，把它變成了前院的鳥兒戲水盆。」迪爾深呼吸，屏氣許久之後才緩緩吐氣，以平靜理性的聲音問道：「所以，警監，她到底住在哪裡？」

露西歐帶著兩杯啤酒過來，走到他們面前，她本想要對寇德說話，但一看到他的表情就改變主意，匆匆離開。寇德依然緊盯著迪爾，同時把左手放入他的褲子口袋，右手拿起啤酒，一連喝了好幾口。

寇德放下啤酒杯之後，開口說道：「費爾摩路與十九街的交叉口，知道在哪嗎？」

迪爾在腦海中搜尋自己的城市記憶地圖，果然不曾磨滅，「費爾摩路靠近公園那裡有一些死巷，華盛頓公園，然後，從另外一頭進去，角落有些老屋，都是大型老房子。」

「西南邊，費爾摩路一七三八號。當初有位建築師買下了那棟屋子，改裝成一間間的公寓，後面有一棟車庫改建的公寓，在巷子裡，那就是費莉希蒂的家。」他的左手從口袋裡伸出來，取出一支鑰匙，放在迪爾啤酒杯的旁邊，「這是鑰匙。」

迪爾望著那把鑰匙，又抬頭看著寇德，思索了一會兒之後，發現對方的眼眸當中流露出某種情緒，也許是苦痛吧。不過，立刻就消失無蹤。迪爾問道：「為什麼她要住兩個地方？」

「我不知道。」

「但你知道她有兩個住處。」

「天，對，我知道。好，也許有件事你應該要搞清楚：我打算要娶她。不是因為她可以讓我升官，不是因為她有錢，不是因為她——唉，反正我愛她，所以我才想要娶她為妻。」

迪爾發現寇德眼中又出現了那股痛楚，這一次倒是沒有消失，「為什麼有兩個住處——她是怎麼解釋的？」

「她說，另外一間，也就是那間雙拼屋，是你和她的投資。她說你考慮要搬回來住，而且你還幫她出資買下這棟房子。」

「她是這麼說的？」

寇德點點頭，他眼中的那股苦痛已經快要憋不住、即將蔓延到臉龐的其他部位。

迪爾說道：「她撒謊。」

「對，」寇德回她，「我們現在都知道了，不是嗎？」

14

與寇德道別之後，迪爾回到飯店的地下室停車場，從自己的福特租車置物箱裡面拿出傑克・史畢維的檔案，搭乘停車場電梯前往九樓。他打算打電話到華府找提姆西・多倫，而且要把史畢維比較重要的部分庭外證供唸給他聽。

迪爾打開九八一號的房門門鎖，推開，走了進去。正準備要關門的時候，有人伸臂勒住他脖子。粗壯的手臂，肌肉發達，非常孔武有力。迪爾的腦中剛閃過鎖喉，立刻就注意到對方並沒有喘氣，也沒有激烈呼吸，迪爾心想，也許對方專門以此維生，然後，他吸不進任何氧氣，頸動脈被阻斷，沒有足夠的空氣進入肺部，也沒有足夠的血液衝流入腦，迪爾失去意識，昏迷了九分鐘之後才醒來。

他發現自己躺在床邊的地板上。他睜開雙眼後的第一件事是吞口水。沒有斷骨，傷勢也不算嚴重——只有喉間的一股微痠，他覺得應該過沒多久之後就會消散。迪爾心想，小學五年級的時候，傑克和我互玩的把戲其實也好不到哪裡去，不過我們那時候不知道那是頸動脈，只覺得那種昏倒的方式很酷。

他緩緩坐起身，依然十分警覺，他四處張望，想要確定那個鎖喉高手是否依然還待在房內，不在了。他拍了拍外套胸部口袋找皮夾，還在。他取出皮夾，端詳裡面，開始算錢，都還在，手錶也依然貼在左腕。迪爾先跪地，然後站起來，開始找尋傑克・史畢維的檔案。他只是隨便瞄了一下，不抱任何希望，他知道檔案一定不見了，果然沒錯。

迪爾坐在床上，伸出右手小心翼翼撫探喉嚨。微痠感已經消失。他告訴自己，腦部損傷微不足道，最多也只是死了數十萬個腦細胞而已，但反正你還有數十億個腦細胞，而且大部分都用不到，所以聰明才智不減，換言之，依然可以靠自己過大馬路。

他努力回想那名攻擊者的所有細節。他記得那條前臂，嚇死人的前臂，應該是右臂，因為左手扣住了右腕、負責施壓。然後，還有那從容又規律的呼吸節奏。

對方並沒有因為在等待你現身而陷入恐慌，不知道這傢伙到底有沒有神經，要是有的話，也一定十分穩健。還有，對方激動的時候——如果他真的會激動的話——脈搏的最高速率應該也只有一分鐘七十二下左右。迪爾當時雖然沒有觸摸自己的脈搏，但想也知道是高速狂飆。

這名攻擊者動作如此順暢，簡直不費吹灰之力，迪爾判斷對方在過往一定經常使用這一招，很可能在進入黑社會之前是警探，也許是好警察，甚至也可能是壞警察，八成是來自洛杉磯，據說那裡是鎖喉高手的大本營。要是有鎖喉的奧林匹克大賽，這傢伙取得參賽資格也絕對是輕而易舉。當然，他也可能是在別的地方學到了此等本領。可能是出身特種部隊、個性有些瘋狂的退役軍人，行事陰沉的陸軍特戰隊，在布雷格堡學到了鎖喉與無聲突襲殺人的所有技巧，然後在越南不斷練習到爐火純青，現在到處向可能的客戶兜售自己好不容易才累積的技能。在軍隊裡學習一技之長，這是政府當初宣傳入伍的廣告詞，看來對方的確學到了東西。

迪爾從床上起身，走向書桌，拿起依然放在桌面的那瓶「老牌走私客」威士忌，他打開之後，一臉猜疑，拚命嗅聞裡面的液體（他在心中自問，這是怎樣？擔心有氰化物嗎？）他開始倒酒，稍微超過了六十CC，一口喝光，微灼感讓他全身顫慄，但除此之外一切如常。

迪爾放下酒杯，拿起電話，閉眼，回想他要撥打的電話號碼，開始撥號。響到第三聲的時候，另一頭出現達菲妮．歐文絲的聲音，她還是一樣，只報出自家電話號碼的最後四位數。

「又是我，班恩．迪爾，我要找傑克講一下話。」

「請稍等。」十秒鐘之後，史畢維已經拿起話筒，爆出一長串的招牌歡樂笑聲，「我正準備要打電話給你，」

「什麼事？」

「星期天，我說星期天你還在這裡對吧？哦，氣象播報員說又是個大熱天，所以我在想你搞不好想來這裡吃點烤肋排，跳進泳池裡涼快一下，欣賞半裸的小姐們，眼睛可以大吃冰淇淋，開心過一天。」

「聽起來不錯，」迪爾說道，「也許我會帶一個過去。」

「半裸小姐？」

「對。」

「你高超的都會男子把妹技巧，我當然深感佩服。」

「傑克，我遇到了麻煩。」

「大事還是小事？」

「小事，我弄丟了你的庭外證供。」

史畢維愣了好一會兒，「弄丟了？」

「不小心的。」

「我其實是要問你在哪裡掉的，要是你知道地方的話還可以去找一下。好，你是在哪裡掉的？」

「我放在手提箱裡面，」迪爾撒謊，「我把它放在飯店的書報攤地板上面，想要找雜誌，等到伸手下去一摸，發現已經不見了。」

「市區裡就是常出這種事，」史畢維問道，「裡面還有什麼？」

迪爾決定要繼續編造故事細節，「我的機票，還有某些文件，但都不重要，不知道你可不可以再作一次庭外證供？」

「不需要那麼麻煩。我只需要交代底下的其中一個女孩按下某個按鍵，印表機就會吐出另一份。我靠，電腦真了不起是吧？」史畢維還沒等迪爾回答，自己又繼續講下去，聽那語氣似乎是在沉思，「反正那份庭外證供也沒什麼，我的意思是，也沒有我需要擔心的內容。這樣吧，我再印一份出來，讓達菲作公證人，找個墨西哥傭人送過去。應該一個小時內可以搞定，萬一你得要打電話到華盛頓回報、讓他們知道你在這裡的表現也多麼傑出，手邊至少也有個底。」

「傑克，你個性就是這麼實心實意。」

「我真想知道你怎麼會冒出這種話。好，星期天的時候，你帶著你的女伴在中午左右過來？」

「沒問題。」

「那就星期天見了。」

迪爾再次向史畢維道謝，然後掛了電話。他起身，盯著電話，小心翼翼記下自己對史畢維撒謊的所有細節，再次拿起電話，按下了十一個號碼，聆聽接通長途電話時發出的吱嘎與嗶嗶聲音，鈴響，最後，聽到了提姆西．多倫在另一端開口，「我是多倫。」

「提姆，我是班恩。」

「我接獲情報，克萊德．布拉托回來了。」

「回到哪裡？」

「美國，他從加拿大入境。」

「但沒有當場攔住他嗎？」

「過了兩天之後，他們其中一人才驚覺，嘿，那傢伙有點面熟，然後開始翻找通緝犯名冊，最後認出了是布拉托。」

「他在哪裡入境？」

「底特律。」

「什麼時候的事？」

多倫可能是嘆氣，不然就是在吐雪茄的菸氣，「十天前，不過這段期間完全沒有人來通知我們，今天下午才知道消息。參議員已經飛往聖塔非，必須在週末從事政治宣傳活動，我還沒辦法聯絡到他。他一定會興奮到不行，我自己都已經相當激動了。」

「你覺得布拉托為什麼要回來？」

「我判斷他應該是需要解決一些麻煩。」

「比方說，像是史畢維？」

「可能吧。你找到他了嗎？」

「今天下午見過面了。」

「他同意給你庭外證供？」

「已經給我了，有完整宣誓。」

「裡面說了些什麼？」

「沒有特別之處。」

「他沒說的部分是想要怎樣——拿豁免權交換？」

「對。」

「你怎麼說？」

「我點頭。」

「哦，錄音帶也不會錄到你點頭。」

迪爾回道：「還有一件事。」

「班恩，你的語氣讓我發毛，聽起來好像是發生了什麼空前大災難。」

「我被人襲擊。」

「天，什麼時候的事？」

「大約在十五分鐘前，我的飯店房間裡面，他們拿走了史畢維的檔案。」

「還有呢？」

「他們只要那東西而已。」

「他們？」

「那傢伙個頭非常高大，一人充當兩人也不成問題。他對我施出鎖喉功，不對，我並沒有受傷，但還是謝謝你關心。」

「我在想，」多倫說道，「檔案本身並不重要，反正我們還是拿得到複本。」

「而且史畢維馬上就會給我送來他庭外證供的另一份複本，我告訴他有人偷了我的手提箱。」

「你從來不用手提箱。」

「史畢維又不知道。」

華盛頓那一頭陷入靜默，終於，多倫開口，「在這份庭外證供之中——是不是還有其他的弦外之音？」

「要是我聽的沒錯，判讀正確，傑克．史畢維只要想出手，克萊德．布拉托就必死無疑，要是我們答應給他豁免權，那麼他自己就可以省事了。」

「布拉托結束了底特律的行程之後，」多倫慢條斯理說，「不知道接下來要去哪裡？」

「你這不是問句，而是在暗示他已經到了這裡，想要看一下史畢維的檔案。」

「是有這個可能。」

「也許我應該要警告一下傑克。」

「快去吧，要是克萊德．布拉托要他死，他就死定了。我們的問題是要保住史畢維的命，撐到——」多倫的話講到一半，又另起話頭，「好，要是我可以先取得批准，說服主席與那個混蛋克魯森，嗯……」多倫的聲音慢慢消失。克魯森就是小組委員會的高級法律顧問，多倫很討厭這個人。他突然開口，「我可以搞定。」

「搞定什麼？」

「在下個禮拜二或是禮拜三排定小組委員會聽證會的議程。我們的參議員可以擔任主席，靠，他趕不回來。我自己來，地點就在聯邦大廈，我會給史畢維豁免權，趁他還活著的時候，讓他暢所欲言。」

迪爾回道：「他們不會批准的。」

「一定會，」多倫自信滿滿，「他們別無選擇，我會告訴他們，要是他們不從，就再也沒機會拿到史畢維句句屬實的證詞，因為他之後必死無疑。」

「你真認為他會送命？」

多倫停頓了一會兒才回答，「當然。難道你不這麼覺得嗎？」

「你不像我那麼了解傑克。」

「你的意思是，掛掉的會是布拉托？」

「有這個可能。」

「真的假的？班恩，反正就算被你料中，我們還是贏家。」

15

星期五傍晚五點五十七分，律師安娜接起辦公室電話，聲音清脆，語氣毫不拖泥帶水，「我是安娜．茅德．欣茲。」

「我是班恩．迪爾。」

「哦，」她回道，「你好。」

「我不知道這時間還能找到妳。」

「我正準備要離開辦公室。」

「我打電話找妳，是因為他們——也就是警方——明天要派禮車來接我，我想找妳跟我一起去參加喪禮，然後前往墓園。」

欣茲陷入沉默，終於開口，「好，沒問題。」她又停頓了一會兒，「反正我本來就要找你。」

迪爾問道：「今晚怎麼樣？」

「今晚？」

「晚餐。」

「你的意思是真正的約會？」

「相當接近。」

「吃真正的美食？」

「這一點我可以拍胸脯保證。」

「嗯，這聽起來比冷凍食品好多了。我們在哪裡碰頭？」

「何不讓我去接妳？」

「你的意思是我家？」

「對。」

「天啊，」她說道，「你真的要把它搞得像是約會啊？」

安娜・茅德・欣茲住在二十二街與凡布倫大道交叉口、興建於一九二九年初的某棟七層樓公寓，業主同樣是買下破產投機建商摩天樓的油業集團。他們之所以要蓋這棟略帶喬治亞州風情的建物，顯然是要幫那些覺得父母礙眼礙事的油業新貴找地方安置父母，從此圖個清淨。這是一棟規劃周詳、設計精美的大樓，這些油業新富也立刻簽下長期租約——但卻發現他們的父母不願住在公寓裡（大部分都覺得不舒坦），就是不肯在這裡落腳。

到了一九三〇年，這棟豪宅大樓似乎成了油業集團成員昂貴卻毫無用處的資產，他們無奈認栽，讓自己的女友或情婦住進來，後來大家戲稱這裡為「老人院」，名號十分響亮，但其實它的真正稱呼是「凡布倫大樓」。

這是一棟蓋得十分完善的漂亮建築，運用了許多義大利大理石，尤其在那些俗豔的浴室裡更是到處可見。後來，油業大亨們與他們的情婦逐漸老去，分手，死亡，這些公寓開始以優惠價格出租，在一九四一年年尾的時候，兩房公寓的月租只要一百美元，當時承租的房客樂不可支，因為戰時管制的關係，房租必須凍漲，直到一九四六年年尾，這項政策才宣告終結。

迪爾曾經進去過一次，當時是一九五九年，壞胚子賈克．薩克特邀請他與傑克．史畢維，與薩克特的「露易絲阿姨」見面，三十三歲的大美女，後來他們才知道她是薩克特爸爸——州眾議院議長——的地下情婦。露易絲阿姨以可口可樂與波本招待這些小訪客，後來，又讓他們一個接著一個進入她的房間。迪爾與史畢維當時還不滿十四歲，而後來成為西岸撞球場詐騙高手的薩克特也才十五歲。對迪爾來說，那是個永誌於心的夏日午後。

迪爾在凡布倫大樓的大理石門廳裡等待唯一的電梯，準備上五樓，他發現這裡的門廳地毯已經有些磨損，牆壁也出現油膩指印的污漬，而厚玻璃門也該要好好刷洗了。進入電梯之後，還聞得到狗尿味，他努力回想露易絲阿姨到底住哪一間，但怎麼也想不起來，迪爾希望欣茲的家千萬不要是同一間。

他按下象牙色的門鈴按鈕，她開了門，身穿條紋粗紡長袍。她微笑，後退一步，他進門的時候，她開口說道：「歡迎來到繁華褪盡之地。」

迪爾四處張望，「妳說得很好，的確如此。」

「你知道那一段令人感傷的過往嗎？我的意思是這棟建物。」

他點點頭。

「哦，這間特別公寓的主人，是一位名叫艾蓮娜．安．瓦許伯恩的小姐，她從一九三〇年一直住到去年初，然後，艾蓮娜小姐過世，把一切都留給了我——家具、衣服、書籍、畫作、所有的東西——也包括了她的回憶。你知道嗎，它早就是有獨立產權的公寓。」

迪爾說他不知道。

她回道：「是一九七二年的事。」

「她為什麼要把房子留給妳？」

「我幫她處理了一些在三〇年代初期、『頂尖高手』道森贈與她的某些油礦租約。她是『頂尖高手』的地下情人，他留給她一堆被她稱之為垃圾的租約，在五〇年代根本毫無用武之地。不過，石油危機爆發之後——不是一九七三年的那一場，而是一九七九年的那次石油危機——挖掘那些老油井的確可以得到暴利。所以，當油業公司的人來找過艾蓮娜小姐之後，她把談判任務交給了我，因為她說她這輩子只要遇到搞油業的人，每一個都是老狐狸，她還說自己要是早知道就好了。我盡可能幫她爭取，最後的交易成果還不錯，然後她又去找了另一位律師，修改遺囑，把她的公寓與裡面的一切全送給了我。」

「她是『頂尖高手』道森的女友嗎？」

「她是其中之一。她告訴我，他有六個左右的女友，散布在全美各地。」

「我認識買下他房子的那個人。」

「傑克．史畢維。」

「妳認識傑克？」

「他是眾人口中的風雲人物，但認識他的人似乎不多。」

「妳想不想認識這個人？」

「認真的嗎？」

「當然。」

「什麼時候？」

「星期天，他們要烤肋排，辦泳池派對。」

「星期天啊……」

迪爾點頭。

「什麼時候？」

「我們會在中午左右開始。」

「一整天的活動？」

「應該吧。」

「好，我不是什麼追星族，但我很想要見識一下那棟屋子的內裝。」

迪爾大笑，「你覺得傑克是明星？」

她聳肩，「在這，他算是號人物。」她瞄了一下客廳，皺眉說道，「你幹嘛要一直站著？坐啊。」她伸手指向某張休閒椅，上頭的花紋墊布雖然沒有磨損，但已經褪色。圖案是帶有尖刺的紅黃玫瑰互相交錯，搭襯淡綠色的花莖。迪爾坐下來，欣茲微笑，「剛才我就告訴你了，這是繁華褪盡之地。」她轉身，朝走廊入口走去，「我馬上回來。」

等到她離開之後，迪爾開始打量這間巨大的客廳、以及高度達三公尺半的挑高天花板。牆面是細紋狀的奶白色厚灰泥，家具都具有三〇與四〇年代風情，甚至還有凱普哈特牌的留聲機，能夠在七十八轉唱片播放完畢之後、自動把它們輕輕丟入軟墊槽的那一種。迪爾曾在某個住在維吉尼亞州亞歷山卓的朋友家中看過這種留聲機，也看到他親手操作了一次，那朋友稱它為古董。

其餘的家具看來依然有型有款，看來是鮮少使用，不然就是最近才整理過。而除了那張褪色花朵休閒椅之外，其他都是低調的棕褐色、奶黃色以及灰白色，但四處都是豔紅色、黃色以及橘色的抱枕。迪爾覺得這些抱枕與馬克思菲爾德．派黎胥的那幅大型複製畫《破曉》極為搭襯。他起身，仔細看畫，想要知道畫中的那些青春身體到底是男是女。他還沒想出答案，欣茲已經出來了，她身穿奶白色真絲及膝洋裝。迪爾心想，這洋裝真是既優雅又奢華，他露出微笑讚道：「妳看起來超美。」

她低頭看了一下洋裝，低圓領，袖身極短，「這件舊衣服啊，我看應該有四十八年或四十九年的歷史，是真正的中國水洗絲。艾蓮娜小姐和我身材差不多——至少一開始的時候是如此，後來她就稍微發福了一點。」

搭乘電梯下樓的時候，欣茲概述了迪爾接下來該採取哪些步驟、才能順利請領到妹妹投保的二十五萬美金定期死亡險。走向他停車處的時候，她又以簡明扼要的方式告訴他，如果想要賣掉那棟黃色磚造雙拼屋的話，可能會遇到哪些困難，迪爾發現她敘事簡潔又客觀。當他們一進入他的租車，他立刻開口說道：「我覺得我可能需要律師。」

她聳肩，「也許吧。」

他把鑰匙插進去，發動引擎，「妳可以當我的律師。」

她沒吭氣，迪爾把車駛離人行道，往前開了一個街區之後，又繼續問道：「怎樣？」

「我正在思考。」

「什麼事？」

「是否要當你的律師。」

「天，我又不是在向妳求婚。」

「不是你的問題，」她回道，「你將會是個傻乎乎的好客戶，重點是費莉希蒂。」

「費莉希蒂已經死了。」

「但我依然是她的遺產管理人。」

「所以呢？」

「所以可能會有利益衝突。」

「我念過一年的法學院，雖然記憶模糊，但當時所受的訓練告訴我這根本就是鬼扯。」

她轉頭看著他，背貼車門，雙腳放在座位上，「費莉希蒂曾經告訴過我——其實，應該算是偷偷向我——也就是她的好友兼律師——吐露心事，有時候很難判斷法律保密關係的起點與終點。」

「妳這種話根本不合邏輯。」

「因為我覺得我的話最多只能點到這裡為止。」

迪爾怒瞪了她好一會兒，然後目光又回到前方的路面。「靠，我是她哥哥啊，」他說道，「又不是他媽的稅務局，她先前神秘兮兮過日子，然後又被人放炸彈轟死，她明明根本沒那個錢，卻變出現金買了一棟根本很少入住的雙拼屋，她買了二十五萬美金的定期死亡險，付現，然後三個月後身亡——就像是事先安排好的一樣。難道沒有任何人——比方說，妳——懷疑這些錢到底是哪裡來的嗎？拜託，難道沒有人想到這筆錢與與兇手可能有關？而妳卻只是坐在那裡，跟我大談機密性。天，這位小姐，要是妳知道什麼線索的話，趕緊去跟警察說清楚。費莉希蒂已經死了，妳要是說出她的秘密，她也不會介意，完全不會。」

欣茲開口，「前面是紅燈。」

「我知道是紅燈。」迪爾猛踩煞車，車子停了下來。

他們不講話，靜靜等紅燈，她終於開口，「好，我當你的律師。」

迪爾搖頭，一臉懷疑，「我甚至不知道妳到底夠不夠聰明，是否能夠擔任我的律師，畢竟我有許多大麻煩有待解決。我得要賣房子，申領保險，可能需要相當繁複的法律策略。搞不好得發出一兩封律師函，甚至還得要打幾通電話。」

「燈號變綠了。」

「我知道是綠燈。」迪爾瞬間加速，穿越了十字路口。

「怎樣？」

「什麼怎樣？」

「你要我當你的律師？」

迪爾嘆道：「哦，靠，也好啦。妳想要吃什麼？」

「小羊胸腺。」

他看著她，隨即露出開懷笑容，「真的嗎？」

「我好愛小羊胸腺。」

「也就是說派金鎮的『喬伊酋長』？」

「不然還有哪裡？」

「天，」迪爾樂不可支，「小羊胸腺。」

只要是黃叉河以南，就都算作是派金鎮，當年的屠夫阿爾默與史威夫特都早已不在人世，現在只剩下威爾森依然會宰殺豬肉與牛肉，偶爾是羊肉——由於吃羊肉常常會被當成某種娘娘腔的行為，所以羊肉並不多見。對，黃叉河，大家對它的描述方式都是一點六公里寬，而水深只有兩三公分——不算是忠於原貌的說法，但這座城市從來就不是特別在乎原貌。

有時候，黃叉河有水，而且豐沛洶湧，但其他時候，比方說現在，只不過是一條寬闊蜿蜒的亮黃色乾沙河，兩側伴有垂柳與白楊。

多年來，黃叉河一直是這座城市社經位階的方便分隔線。南部住的是窮困的白人與各種有色人種。雖然在二次世界大戰之後，這條界線已經變得越來越模糊，但大家還是貪圖方便，而且也是習慣成自然，只要是黃叉河以南都被稱作派金鎮。甘迺迪中學還真的把自己的橄欖球隊稱之為「甘迺迪派金人隊」。而且，雖然現在只剩下一家屠宰場，但迪爾知道有時候一遇到炎炎夏日的夜晚，又正好出現方向不偏不倚的南風，依然聞得到慘死與垂死牲畜的臭氣，就連在伽利丘那種超級偏北位置都聞得到。

迪爾在凡布倫大道一路南行，東轉我們的傑克街，然後在郝金斯飯店再次轉南，進入百老匯大道，覺得自己在這段路程中幾乎已進入了自動駕駛模式。飯店以南的百老匯大道，依然維持得相當體面，不過，一到了南四街，也就是當地人所稱的「深四」區，南百老匯大街就變得亂七八糟。南四街、三街、二街、一街幾乎曾經算是黃叉河北邊唯一的黑人獨立領地。這塊曾經是貧民窟的地方，現在混雜了各方人馬，大部分的住民都是來自各種族、各種教派以及各種性別的人渣——不過，有時候最後一個族群的人渣定義比較模糊。只要是經濟能力能夠負擔，體面的黑人，以及不是那麼體面的黑人都早已北遷，將「深四」區留給那些低端人口，讓他們恣意從事那些通常相當可怕的活動。迪爾想起妹妹轉入兇案組之前，曾經在南百老匯大道「深四區」短暫工作過一段時間。這裡大部分都是酒吧、低級夜總會、酒品專賣店、色情電影院，還有廉價小旅館，但它們的名字都很炫，像是比爾特摩、霍姆斯特德、麗池，還有貝爾德雷。此外，這裡還有許多有寬闊前廊設計的老舊尖頂屋。坐在門廊的那些人看起來都像是熱得受不了，性格暴烈，怒氣沖沖，除非氣溫稍微恢復正常，不然他們已經絕望到隨時可以起身革命。剛過七點鐘的氣溫是攝氏三十五度，太陽還沒有下山。許多坐在前門門廊乘涼的人都在喝罐裝啤酒，身上只穿著內衣，空氣沉滯無風。

接近南一街的時後，迪爾問道：「這些妓女是從哪裡來的？」

「就業服務站，」欣茲回道，「費莉希蒂不時會和她們聊天，她們都這麼告訴她，不打砲就餓死。」

他們在某個紅燈前停下來。有個傢伙搖搖晃晃離開人行道，走到了他們的福特租車前面，在迪爾的窗前停下腳步。那傢伙年約三十五歲，身穿髒兮兮的綠色內衣與卡其褲，但迪爾看不見對方的鞋子。他的藍眼珠宛若漂浮在粉紅色小池塘的水面，應該很久沒刮鬍子了，而且他的嘴邊佈滿了某種白色的污垢。他手拿大石頭猛敲迪爾的車窗，迪爾搖下窗戶。

「喂，給我兩毛五，不然我就砸爛你的擋風玻璃。」對方的語氣完全沒有任何抑揚頓挫。

「滾！」迪爾搖下車窗，那男人後退，小心翼翼，準備拿石頭瞄準擋風玻璃，迪爾加速，闖紅燈衝過去。

「我應該要給他兩毛五才是。」

欣茲回他，「你一開始就不該搖下車窗。」

剛過南一街沒多久，百老匯大道開始向右弧彎，通往橫跨黃岔河起源處的大橋。這座四線道水泥大橋在一九三八年興建完工，以時任內政部長的哈洛德·伊克斯之名作為橋梁名稱。當杜魯門在一九五一年開除麥克阿瑟的時候，市議會——幾乎爆發出愛國怒火——以這位五星上將的姓氏為這座橋重新命名，不過，大部分的人都還是沿襲習慣的舊稱，「一街橋」。

車子開始爬行陡峭的橋梁引道，迪爾問道：「當初他們拆除整座城市的時候，為什麼不順便解決『深四區』與南百老匯大道？」

「他們曾經有考慮過，」欣茲回道，「但他們後來很害怕。」

「到底在怕什麼？」

「擔憂這些怪胎與變態會搬到其他地方——搞不好就成了隔壁的鄰居。」

「哦。」

16

他們的晚餐是小羊胸腺佐秋葵與黑眼豆，搭配涼拌高麗菜與玉米麵包，飲品是酪奶，至於甜點則是檸檬蛋白派。他們的座位上方是某條死於三十九年前的北美野牛的大毛頭。「喬伊酋長」餐廳的牆上掛滿了北美野牛、野鹿、駝鹿、北美麋、山貓、山獅、郊狼、野狼、大角羊，還有三種不同的熊的標本頭。迪爾與欣茲用完晚餐之後，都大讚吃了這樣的餐點真是死而無憾。

這間餐廳的創辦人是喬瑟夫．梅托比，他是切羅基族與喬克托族的後代，還混了一點基歐瓦族的血統。大家都喊他酋長，因為只要是印第安人，一定會被別人取這個綽號。在第一次世界大戰的時候，梅托比是在法國的軍廚。戰爭結束之後，他繼續待在那裡，娶了一個二十三歲的法國人，後來把她帶回這裡，兩人在一九二二年開設了「喬瑟夫之家」。一開始的時候只有一個流理台與四張桌位，但食物超棒，而且，那些畜牧業的客人有次還發現梅托比太太很會料理牛睪丸，這間餐廳也就成了派金鎮的兩大名店之一。另一家店是「牛仔」，他們的專長是牛排。你當然也可以在「喬伊酋長」那裡點牛排，但沒什麼人會這麼做，大部分的客人都會點他們的招牌菜，像是小羊胸腺、牛睪丸、豬腦炒蛋、燉羊肉、牛尾湯，還有野鴨季到來時的可口無名特餐。

那一堆動物標本頭，得要從一九二七年開始說起，某個畜牧業的客人在加拿大洛磯山脈獵殺了某頭灰熊，他把熊頭作成標本之後，送給了喬伊酋長。喬伊酋長不知該怎麼辦，乾脆掛在牆上。自此之後，只要有人去打獵，就會把獵物的頭當成禮物送給他，最後牆面佈滿塞了玻璃眼珠的各種動物。喬伊酋長死於一九六一年，而他太太在一九六六年過世。他們的獨生子皮爾・梅托比接手餐廳，許多老客人想要喊他酋長彼得，但他受不了這個稱號。在皮爾坐鎮之下，這間餐廳的水準依然和外頭的招牌一樣，「喬瑟夫之家」，不過，現在除了梅托比太太之外，已經沒有人會講出這名字了。

咖啡與干邑酒送上桌之後，迪爾往後一靠，對著欣茲露出開心笑容。他們的桌位面對其中一面靠牆長墊座，欣茲選的是靠牆位，坐在那頭死北美野牛的正下方，牠的那顆頭已經出現了一些蟲蛀的痕跡。

「妳居然選酪奶配晚餐，」迪爾說道，「我好像還沒跟有這種習慣的女人一起約會過。」

「很多人都知道我還會拿酪奶當早餐。」

「那需要很大的勇氣。」

「你的早餐呢？」

「咖啡，」迪爾回道，「以往是咖啡配香菸，但我現在戒菸了。雷馬克說咖啡與菸是士兵的早餐，年輕易感時看過這段話，一直忘不了。」

「你當過兵嗎？」

「為什麼這麼問？」

她聳肩，「你剛好是可以打越戰的年紀。」

「我沒去過越南。」

「可是你曾經待在海外。」

「我曾經出過國。平民是出國；軍人才派駐海外。」

「所以你沒當過兵。」

「沒有。」

「有些人說他們現在很內疚，因為他們沒有去越南打仗。」

「受過大學教育的中產白人？」

欣茲點頭，「他們認為自己錯失了一生中再也不會出現的難得機會。」

「的確，」迪爾回道，「他們錯過了屁股中彈的機會，但我覺得這種事也不會發生在他們身上。在前線打仗的連隊裡，很少看到受過大學教育的中產白人。」

「你似乎沒有什麼罪惡感。」

「我有緩召資格，我是某個十一歲孤兒的唯一支柱。」

「你當時想去嗎？」

「越南？我不知道。」

「如果他們說：『好，迪爾，你被徵召了，下個禮拜二到郵局報到入伍。』那你會怎麼做？」

「我可能會直接去郵局，不然就去加拿大。第一個選擇是因為不想坐牢，第二個選擇則是因為好奇。」

她端詳他好一會兒，「我覺得你會直接去郵局報到。」

迪爾微笑，「也許不會。」

「你在海外時做什麼工作？我的意思是你出國的時候？」

「費莉希蒂沒有告訴妳嗎？」

「沒有。」

「我以為她會講我的事。」

「她說的是你小時候的事，至於你在華盛頓或海外的時候倒是隻字未提。」

「出國。」

她笑了，「好啦，出國。你那時候做什麼工作？」

「四處打探情報。」

「幫誰？」

「政府。」

欣茲皺眉，一看到她這表情，迪爾就笑了，「別擔心，我不是和中情局那些人混在一起，不過，我偶爾會遇到他們。」

「那些中情局的人到底是什麼樣子？」她問道，「我閱讀過有關他們的文章，也有人會拍他們的電影。但我從來沒遇過，我覺得自己身邊從來沒有出現過這種人。」

「他們……」迪爾開始回想他們的模樣，眼前浮現尖挺的鼻子、緊貼頭部的雙耳、被啃得亂七八糟的手指甲、拘謹的唇線，還有自認是重要人士的那種表情。「我覺得可以說有點……像我，自以為是。」

「自以為是？」

他點頭。

「全都是這樣嗎？」

「我不認識全部的人。不過，星期天的時候妳會見到一位，他倒不是那麼自以為是。」

「誰？」

「傑克．史畢維。」

「天！**傑克．史畢維**曾經在中情局！我的天！」

「他們不會承認的，但這的確是事實。也許傑克會在妳面前講些當年的故事。他去過越南、寮國以及柬埔寨，但他的作為並不是出於愛國心，也不是因為被徵召入伍，更不是因為出於好奇。他之所以會去那裡，是因為對當時二十三歲的他來說，只有中情局會給他周薪一千美元的工作。」

「他在那裡做些什麼？」

「傑克？我想他殺了很多人。」

「他會覺得不安嗎？」

「你的意思是背負罪惡感？」

她點點頭。

「傑克不論做了什麼事，從來不會感到內疚。」

迪爾選擇另一條路送欣茲回家。他走南克里夫蘭大道，然後轉到黃叉河另一頭的北克里夫蘭，繼續走了約三點多公里之後，到達二十二街，然後東切凡布倫大道，回到了「老人院」。

欣茲不希望他幫她開門。她自己下車的時候，對他說道：「我家裡只有一些加州白蘭地。」

迪爾覺得這句話等同於邀請，他說他一直很想試試看加州白蘭地，尤其是因為它價格不菲。等到她回到公寓之後，她去拿白蘭地，迪爾繼續觀察馬克思菲爾德．派黎胥的那幅大型複製畫。等到她拿著酒瓶與兩個白蘭地杯出來的時候，迪爾幾乎十分確定畫中的那兩個人是女孩。他也發現欣茲又換回那件條紋粗紡長袍，從衣服內胸部的晃動程度看來，他知道她裡面什麼都沒穿。他猜這應該算是她又提出了邀約，但他不知道自己這次是否會接受？還是遺憾婉拒？

欣茲坐在灰白色的沙發上面，把酒杯放在不規則玻璃面的咖啡桌上頭，倒了兩杯白蘭地。趁她在忙的時候，迪爾拿出自己的支票簿，迅速開了一張五百美金的支票給安娜．茅德．欣茲，備註欄加上「雇用律師費」，然後，把那張支票撕下來，交給了她。

她看了一下支票，小心翼翼放在桌上，冷冷說道：「這種行為真是他媽的超粗魯。」

他點頭，「對，我想也是。」

「這裡不是我的辦公室，而是我住的地方——我的家。這裡有我的社交生活，也有我的性生活，多多少少吧。我本來以為今晚可以讓自己的這兩個面向更加多姿多采，但看來我是搞錯了。」

「所以妳收下這張支票了？」

她遲疑了一會兒才開口，「靠，你到底要怎樣？」

迪爾再次問道：「所以妳收下這張支票了？」

「沒錯，對，我收下了。」

「那麼你就真的是我的律師了——我必須說，這收費相當低廉——要是我遇到了什麼法律糾紛，妳會立刻幫我解決吧？」

「什麼樣的糾紛？」

「妳給我的是另一個問題，不是答案。」

「當我人在海外的時候——」

她立刻插嘴，「國外啦。」

這一次他沒有笑，「好，當我在國外四處走探的時候，培養出了某種直覺，我也不知道該怎麼稱呼才好，但反正後來就一直靠它，它像是某種預警系統。」

她回道：「就是預感。」

「嗯，說預感很正確。但它的確救了我好多次，因為它讓我會預做準備，找尋撤退位置。好，自從我來到這裡之後，心中就不斷感應到那種微弱訊號。」

「你說的是費莉希蒂的事。」

「多少算是吧。」

她喝了一點白蘭地，「你剛才提到了法律糾紛。」

「對。」

「所以到底是什麼——你參與了什麼陰謀？是共犯？你的妄想症？還是其他狀況？」

「我們姑且就當成妄想症好了，」迪爾說道，「今天傍晚五點鐘的時候，我進入自己飯店房間，有人伸出巨大的手臂扣住我脖子，直接鎖喉，我昏了過去，大約九分鐘之後醒來，手錶、皮夾、所有的錢都在。」

「什麼東西不見了？」

「傑克．史畢維的檔案。」

「什麼檔案？」

「我在某個參議院小組委員會工作，他們正在調查史畢維。」

「你的朋友。」

「我最要好的老友。」

「他知道嗎？」

「當然。」

她皺眉，「你已經被別人偷襲，還說這是預感。」她猛搖頭，「不，當然不能這麼說，這是對方為了引起你的注意而出的狠招。」她的雙眼突然瞪大，不是很誇張，但已經讓迪爾放心了，他選了這樣的律師，的確值得慶幸。他告訴自己，她也感覺到了，但她不太確定到底是什麼情形，但你自己也還無法參透。

欣茲問道：「還有呢？」

「還有……」迪爾重複她的話，拿起酒杯，喝了一點白蘭地，覺得那些加州的釀酒廠如果想要打敗法國競爭對手還言之過早，「好，『還有』的部分，包括了《論壇報》的某個資深記者已經掌握了費莉希蒂問題財務的內幕，但他先壓住了，還沒有寫出來。」

「他是從哪裡知道的？」

「他沒有說，我知道自己最好不要亂問。然後，還有費莉希蒂的前男友，那個以恐嚇維生的人，曾經是厲害的橄欖球隊員。」

「克雷．柯克朗。」

「我本來覺得，他對被拋棄的反應也未免太逆來順受了，不過，費莉希蒂的女房客，女的那一個，多少算是證實了他的說法。那位房客名叫辛蒂．麥克卡貝。她還宣稱自己曾經對費莉希蒂放電示好，但卻遭到拒絕。」

「你也拒絕她了嗎？」

「是的，我當時不知道其實有人在等我，原來是寇德警監，費莉希蒂的未婚夫，我後來就與他聊了一會兒，後來，他把費莉希蒂車庫公寓的鑰匙交給了我，那才是她真正的居所。」迪爾把手伸入外套口袋，拿出了寇德給他的那把鑰匙、放在玻璃桌上面，「費爾摩路與十九街的交叉口，距離這裡並不遠。」

她說道：「在華盛頓公園的對面。」

「妳知道？」他問道，「我的意思是，妳知道她在那裡有公寓嗎？」

欣茲緩緩搖頭，「不知道。」

「但妳是她的律師，是她的好閨蜜。她沒有邀請妳去過那裡？」

「我只去過那間雙拼屋，經常過去。我曾經告訴過她，那裡沒什麼佈置，甚至看起來有點像醫院，這不是她的風格。她說她待在那裡的時間並不多，因為只要晚上有時間，幾乎都和寇德在一起。」

「費莉希蒂有沒有告訴妳有關寇德太太的事？」

欣茲緩緩點頭，別開了目光，「他把她送進精神療養院。」

「妳知道為什麼嗎？」

「因為她喝酒喝太兇了。」

「不算是真正原因。因為她威脅要殺死費莉希蒂，不止一次，而是經常。」

「費莉希蒂從來沒告訴我這件事。」欣茲的聲音好微弱，幾乎是輕聲細語。

迪爾拿出寇德先前給他的那把鑰匙，拿到欣茲的面前，「明天葬禮過後，我想要使用這把鑰匙。我要看看費莉希蒂真正的住所，希望妳可以跟我一起去。」

「你需要目擊證人。」

「對。」

「好，沒問題。」她喝完剩下的白蘭地，放下酒杯，看了一下手錶，「很晚了，」她說道，「你要留在這裡還是回去？」

迪爾沉默了一會兒，「回去吧。」

她點點頭，立刻起身，彷彿在下逐客令，迪爾也站起來。她露出似笑非笑的困惑表情，站在那裡盯著他，他抓住她的手臂，開始吻她，那是一個綿長無盡的貪慾之吻，迪爾的雙手開始對著那美妙的身軀四處探索，就在他們快要到達再也無法退卻的熱火階段的時候，她卻張開雙唇，收回舌頭，整個人往後一退，開口問道：「有狀況，對不對？」

「妳是指我們之間？」

她搖頭，「遲早的事，不然就不會有火花。我指的是別的事，討人厭的大麻煩。」

「對，」迪爾回道，「我也這麼認為。」

她輕輕搖頭，有些困惑，然後又跟他一起走到了門口，兩人再次擁吻。這一次兩人都更加篤定，疑問都說出了口，也得到了解答，各自的需求與個性都已經表露無遺，兩人都有些瘋狂。等到這一吻結束之後，迪爾覺得他們更加了解彼此，而且也更喜歡對方。他對她微笑，但出口的話卻不是柔情低語，「費莉希蒂說那些錢是哪裡來的？」

欣茲似乎本來就不期待他會溫柔相待，兩人彷彿早已超越了那樣的階段，現在正準備要進入毫無任何保留的親密關係。她皺眉，開口問道：「那棟雙拼屋的頭期款和其他的錢？」

迪爾點頭。

「是你給她的錢，」她露出諷刺微笑，「她說你很有錢。」

「很可惜，她撒了謊。」

「嗯，」欣茲回道，「但真的好可惜呀。」

17

迪爾把租來的福特汽車停入郝金斯飯店的地下室停車場，下車，鎖門，走向電梯。正當他經過第二根大型水泥方柱的時候，有個男人從柱後冒出來，開口問道：「脖子還好嗎？」

迪爾立刻停下來，幾乎是不假思索，把右手伸向脖子，「還有一點痠痛。」

又有另一個男人加入陣容，身材削瘦如刀，大約是一百八十三公分高。和第一個男人相比，他看起來身材短小羸弱，因為前一個有一百九十公分，而且看起來像是舉重高手、直到四十歲才放棄職業生涯，迪爾猜對方停止舉重約莫也只是三、四年前的事而已。舉重選手有一頭灰金色細髮，沉穩藍眼，相當具有喜感的闊嘴。瘦竹竿男人把頭髮染為炭黑色，陰沉藍眼，還有緊抿的唇線，不知道算是悲傷還是下流，迪爾覺得是後者。他們都身著皺巴巴的深褐色府綢夏日西裝，舉重高手內搭藍襯衫，瘦子選白襯衫，兩人都沒有繫領帶。西裝外套都上了釦，似乎有點大。在氣溫超過二十六度的狀況下還能安然穿著外套，迪爾猜裡面一定是藏了槍。剛才他在開車經過我們的傑克街、準備回到飯店的途中，曾經特別注意了一下第一國家銀行的看板，凌晨一點十一分，攝氏三十度。

舉重高手說道：「他說他脖子還有一點痠痛。」

另一個人點點頭，表情很遺憾，「很抱歉，」他端詳迪爾好一會兒，「迪爾先生，我們不想要惹事。」

迪爾回道：「我也不想。」

那個瘦子朝停車場的遠方點了一下頭，「我們到那輛廂型車裡說話。」說完之後，他朝某輛車頭靠牆的藍色道奇廂型車走過去。迪爾遲疑了一會兒，舉重選手露出和氣笑容，打開外套，有槍。迪爾只瞄了一下，似乎是短槍身左輪手槍。舉重選手的下巴朝那輛廂型車點了一下，迪爾轉身，乖乖跟在瘦子的後頭。

他們走到車前，瘦子拉開後門，露出了裡面的客製化內裝。迪爾看到小水槽、瓦斯爐、冰箱，地板鋪了褐色絨毯。牆壁有原木鑲板，但迪爾懷疑那只是某種塑膠三合板而已，廂型車的後面並沒有窗戶。

瘦子開口，「我們在左側為你準備了舒服的座位。」

迪爾問道：「我們現在要去哪裡？」

「哪裡都不去。」

舉重高手輕觸迪爾的肩膀，朝廂型車的裡面點了一下，迪爾上了車，面向左方，先看到了椅子，然後是位於廂型車尾端、某張桌子後頭的男人。桌上放了幾個酒杯，一瓶斯米諾伏特加、膳魔師保冷冰桶、三瓶怡泉通寧水，還有傑克．史畢維的檔案。迪爾上次看到這傢伙是在熱那亞，可維托廣場的普拉薩飯店。當時那間位於五樓豪華套房的客廳裡一共有四個人。五二三號套房，他的驚人記憶力連自己都嚇了一跳。迪爾、迪爾當時的妻子、傑克．史畢維，以及此刻坐在桌後的男人，克萊德．布拉托。

布拉托微笑，「哇，班恩。」

「嗯，克萊德，」迪爾指了指那張高級仿真皮的旋轉椅，「這是我的嗎？」

「請坐。」

迪爾入座，發覺這椅子相當舒服，而那兩名男子也進入廂型車。瘦子坐在迪爾對面，也是同樣的旋轉椅，但他看不到舉重高手坐在哪，可能是地板吧。迪爾轉頭，發現舉重高手坐在廚房區的某張鉸鏈折疊椅，看來想要削胡蘿蔔皮的時候就可以坐在那裡。

等到迪爾轉頭回來之後，布拉托才開口，「真的是麻雀雖小，五臟俱全吧，你說是不是？」

「的確。」

「你對面的是席德，後頭的是哈利。」

迪爾重複，「哈利與席德。」

「好久不見了吧？」布拉托稍作停頓，「七年？」

「將近八年。上次見面是在熱那亞，普拉薩飯店，五二三號套房，你的房間。」

布拉托微笑，讚賞迪爾的記憶力，「沒錯。美麗的迪爾太太呢？」

「她很好，我們已經離了婚。」

「真的？我不知道，或者其實我知情，但忘了。」他皺著眉頭，看起來若有所思，神情肅穆，簡直會讓人產生真誠的錯覺。「班恩，我看到你妹妹的新聞了，」布拉托停頓了一會兒，時間長度計算得恰如其分，「很遺憾。」

迪爾點頭。

「我知道喪禮在明天。」

「嗯。」

「我看這才是你出現於此的真正理由，」布拉托伸出食指，輕敲傑克・史畢維的檔案，「而不是因為這種討人厭的事。」他露出溫暖微笑，「對了，傑克還好嗎？」

「他很好。」

「我們的小傑克啊。」布拉托搖頭，依然看得出他對壞蛋傑克・史畢維諸多可愛特質的欣賞之情，布拉托的面容很英俊，像是古老羅馬政治家頭像的那種俊貌——但不是那種帥度破表的英俊。他們的五官從來就不是常人之貌，表情也絕非孤傲，那雙永遠看不出任何變化的雙眼，絕對不會吐露任何心事。迪爾曾經在某個大雨不止的下午、待在西班牙的梅里達仔細研究一屋子的頭像。裡面有座雕像的面容就像是現在的克萊德・布拉托：世故、淡然、充滿了譏諷。迪爾覺得這種心態在遙遠的古羅馬時代一定能夠發揮制敵效益，才能面對源自東方與北方、一路殺伐而來的西哥德人。

五十五歲的布拉托，看起來就像是被放逐在某個淒涼遙遠省分的古羅馬執政官。同樣的微彎嘴唇、同樣的傲慢鼻線，還有同樣精明又看不出是什麼顏色的雙眸——除非有人能夠定義冬雨的色澤。略短的頭髮終於轉灰——灰濛天空的那種顏色——但依然濃密，完全沒有分線，最多也只是靠手指隨意梳弄一下而已，一開口依然是聲音沙啞、拉長尾音又過於文雅的古典腔調。

布拉托問道：「想要喝點什麼？」

「都可以。」

「好。」

瘦子席德起身，默默調了兩杯伏特加搭配通寧水。一杯放在布拉托前面，另一杯交給迪爾。布拉托喝了一口，嘆氣，露出微笑，「我想你已經聽說了我回來的事。」

迪爾點頭，「他們說你從底特律入境。」

「過程漫長無趣，畢竟得一直待在這種車子裡，班恩，你也很清楚這是什麼滋味。」他望著那個名叫席德的男人，「席德，迪爾先生曾經搞過『賈斯伯』。」

「啊？」席德問道，「賈斯伯是誰？」

坐在折疊凳的舉重選手開腔，「那是個案子，不是人。」

「哈利，你說對了，」布拉托說道，「那是福特總統成立的專案，就在尼克森難堪告別白宮之後沒多久。班恩，你覺得他下台那天喝了多少酒？快喝光了一整瓶吧？」

「我不知道，」迪爾回他，「我不知道他酒量如何。」

席德問道：「為什麼要把它稱之為賈斯伯？」

「我的理解是這樣，」布拉托開始解釋，「要是我弄錯的話，班恩可以糾正我。當大家開始討論尼克森特赦案的時候，福特總統知道了先前『總統連任委員會』的事，這單位的縮語正好是『鬼鬼祟祟』，聽到被他們污掉的金額數目，相當震驚，他是這麼說的，『某個賈斯伯[3]搞走了三百萬美元！』」

「沒錯，」席德說道，「我記得這個。我一直覺得很納悶，到底是誰因此而得到了龐大利

---

[3] 笨蛋的俚語。

益？」

「所以他們就設立了『賈斯伯』專案，」布拉托繼續說道，「把一些人找進來，派到國外，都是很清白的人，就像是我們的班恩，派他們去追查這筆失蹤贓款，十分機密的行動。就連中情局也不知道，聯邦調查局亦然。其實，他們雙方都嫌疑重大。班恩，你說是不是？」

「沒錯。」

「所以，在福特政府的主導之下，我們的班恩與其他愛國人士在歐洲各地尋找污走三百萬美元的那些『賈斯伯』。班恩，你在倫敦待了將近一年，接下來是巴塞隆納，待了快兩年。」

「差不多。」

「後來呢？」哈利在車內的廚房區問道，「結果如何？我一直沒聽說。」

「什麼都沒有。不過，班恩，你只差一點點就破了案，對嗎？」

「的確是功虧一簣。」

「希望傑克當初與我曾經幫上忙。」

「克萊德，你的確出了一臂之力。」

「但還是不夠，」布萊托嘆道，「那時候，他們都死了——我指的是那些『賈斯伯』。如果我沒記錯，一共是三個人。」他望向迪爾求證。

「對，是三個。」

「兩男一女，想也知道是亂七八糟的組合，註定失敗。」

席德問道：「所以最後是誰拿到了那筆錢——那三百萬美金？」

迪爾望著他，「殺死他們的兇手。」

「哦，」席德露出終於恍然大悟的神情，「嗯，想也知道，我明白了。」他點點頭，彷彿這一切十分合理。

「而我們的班恩在歐洲度過了三年的好日子，」布拉托望著迪爾，露出微笑，「班恩，那幾年過得很開心吧？」

「克萊德，的確，十分愜意的時光。」

布萊托身穿白色馬球衫，更加凸顯了他的一身膚色。這件襯衫的口袋並沒有品牌標誌，迪爾覺得布拉托只要看到沒有標誌的襯衫，一定很樂意以訂製服的價格買下它。現在，布萊托把手伸入襯衫口袋，取出瑞士製的金色打火機，又從桌上拿起一盒高盧菸，先向迪爾敬菸，但他搖頭婉拒。布拉托點了菸，深吸一大口，露出心滿意足的表情，然後吐出菸氣。迪爾猜這應該是布拉托今天的第五根菸，也許是第六根。

布拉托問道：「你在那個小組委員會工作多久了——三年了？」

「差不多。」

「當顧問？」

「對。」

「薪水呢？」

「還夠用。」

「生活素樸，欲求簡單，對嗎？」

「就是這樣。」

「看來你與年輕參議員拉米雷茲的工作關係很融洽。」

「因為我們都很客氣，相互尊重。」

聽到迪爾的回答，布萊托微笑，帶有一絲譏諷，「還有初階法律顧問，青年才俊提姆西・多倫先生，對嗎？」

「是，還有提姆西。」

「深受耶穌會與波士頓資深政客的薰陶，還有比這更完整、更實際的政治教育訓練嗎？我看——年紀輕輕的提姆，野心不小吧？」

「克萊德，他是波士頓出身的專業民主黨人士。」

「這一點毋庸置疑。」布拉托又喝了酒，深吸一口菸，讓迪爾看了十分豔羨。「班恩，想必你也猜到了，我有個提議想讓參議員知道——當然，也包括了年輕的多倫先生。」

迪爾點點頭。

「這麼說吧，我心甘情願接受制裁。」

「克萊德，你願意接受什麼樣的制裁？」

「也許是在比較舒適的聯邦監獄待個兩年，還有支付合理的罰款，我看，就是不超過二、三十萬。」那是一種展現無比自信的溫暖微笑。

迪爾問道：「兩年，而不是無期徒刑，對嗎？」

「無期徒刑是一種模糊不定的刑期。當監獄大門在我後頭發出哐啷聲響、關上之後——的確會出現那種聲音吧——我可能在一個禮拜之內斷氣，到時候大家一定覺得內幕重重。」

「就我所知，在某些監獄呢，」席德說道，「克萊德，要是那些黑人注意到你的翹屁股，搞不好你根本撐不過一個禮拜。」

迪爾問道：「那參議員又有什麼好處？」

「我送給他一個小包裹。除了我之外，還可以把另外三個人送入司法部，要是我算術能力沒問題的話，那就是四個。」

「你想要舉報的另外三個人是誰？」

「帝克．葛蘭德，還有法蘭克．庫爾，不到二十四小時就可以讓這兩人一起落網。」

「你認識葛蘭德與庫爾很久了吧。十九年？還是二十年？」

布拉托點頭，嘴角牽了一下，面色憂傷，「十九年。」他聳肩，那淡淡的哀愁笑容瞬間消失，「不過，人的一生中難免會遇到為了公眾利益、必須犧牲多年深厚友誼的時刻，現在，時候到了。所幸我一直待他們不薄——給了他們許多好處——而他們從來不曾投桃報李。要是角色互換，嗯，我想他們兩人也會作出與我一樣的決定。換言之，我必須先下手為強。」他再次露出微笑，這一次是真的覺得開心，「班恩，我的這種偽善行為，看來是是沒辦法感動你吧？」

「你的說法獨樹一格，」迪爾說道，「不過，我有點擔心你的算術能力。你剛才說三個，但加了葛蘭德與庫爾也就只有兩個。」

哈利坐在廚房區的小凳上面、咯咯笑個不停，「克萊德，你忘了某人。」

席德的喉嚨深處發出了某種聲音，迪爾覺得這應該是顯現對方心情愉快，席德持續發出怪聲，對迪爾眨眨眼，又對布拉托點頭，彷彿在大嘆，哎呀我們的老克萊德啊。

布拉托挑眉，佯裝吃了一驚，「天，難道我忘了傑克？」

席德的歡喜怪喉音依然未止，「克萊德，你忘了傑克。」

布拉托眼眉恢復正常，又對迪爾微笑，「傑克是第三個，加上我呢，就像我剛才所說的一樣，一共是四個。」

迪爾問道：「你握有傑克的什麼把柄？」

「傑克？」布拉托的笑容瞬間消失，「班恩，老實說——這是我的真心話——我手中的證據足以讓傑克．史畢維吃下三個無期徒刑，完全沒有假釋機會。」

「至少三個，」哈利接口，「也許是四個。」

「傑克是我的警喜大禮，」布拉托繼續說道，「是我最重要的交換條件，是我鑲了金邊的年金來源，充滿誘惑力的釣餌，讓我安享理所當然的退休生涯的門票。傑克犯下許多惡行，班恩——令人髮指又驚駭的惡行。」

席德附和，「傑克壞透了。」

「令人無法啟齒的行為，」布拉托又對迪爾展露快樂笑顏，「而且，我全都拿得出證據，這一點也請你轉告參議員——以及年輕有為的多倫。」

迪爾回道：「沒問題。」

「很好，」布拉托說道，「哦，」他彷彿正好想起了什麼，「也許你想要拿回這東西吧。」

他拿起傑克．史畢維的檔案，交給迪爾，他起身，把自己的酒杯放在桌上，收下檔案，又坐回座位。「裡面真的什麼都沒有，只有一堆屁話。」布拉托刻意裝出了失望語氣。

「克萊德，裡面沒有提到的部分才是關鍵。」

「我不太懂你在說什麼。」

「你當然心知肚明。傑克說他有辦法讓你死得很難看，我覺得他的說法滿可信的。」

布拉托流露出迪爾從所未見的超誠懇表情，他心想，自從我們上次見面之後，這老傢伙演技功力大增，以前就不錯，現在更是高超。

「班恩，我給你個建議，」布拉托說道，「忠誠的勸告。我要告訴你的這段話，花了我——」他停頓了一會兒，開始計算到底有多少年，「——整整十六年的時間才得到教訓。非常簡單，就這樣：千萬不要相信傑克．史畢維說的任何一句話。」

席德附和，「任何一句話都不能信。」

「任何……一句話……」布拉托為了再次強調，還拉長字句間隔，「麻煩你提醒參議員。」

「好。」

「你什麼時候會聯絡他？」

「參議員嗎？」迪爾說道，「等到我把一切告訴聯邦調查局、讓他們知道我在哪裡見到你之後，我就會馬上傳話給他了。」

「想也知道，」布拉托回道，「我真笨。」他伸手致意，迪爾倒是沒有任何猶豫，立刻起身握手，轉身，走到了滑門旁邊。哈利收起折疊凳，開了車門。

哈利說道：「你脖子的事，真的很對不起。」

迪爾看著他，點點頭，「你的確欠我一個道歉。」說完之後就離開了廂型車。他還沒有走到電梯口，就已經聽到引擎發動聲響。他按下電梯按鈕，轉身，望著那輛廂型車加速上坡道，終於消失不見，他也懶得記下車號了。

18

迪爾上樓，進入自己的飯店房間，站在窗前，低頭凝望近乎一片空荒的凌晨兩點街景。他看得見第一國家銀行的數位看板，氣溫已經降到了攝氏三十度，時間是凌晨兩點零九分，而且，現在也已經是星期六了，八月六號，就在今天，他們要埋葬費莉希蒂．迪爾——已歿兇案組中階警探。

迪爾不知道該先打哪一通電話才好。他覺得這些電話，尤其是撥打的順序，可能會影響到那些受話者的未來。由於他遲遲無法決定順序，不禁責怪自己太感情用事——居然讓友誼阻礙了自己的任務、責任，以及其他的道德規範。他提醒自己，各種內疚感讓你痛苦不堪，最好的解藥就是邏輯，冷酷，毫無討價還價餘地的那種規則。

他走到書桌前，也就是放置威士忌的位置，坐了下來，拿出飯店的文具組，以原子筆列出四個名字：

聯邦調查局

參議員拉米雷茲

傑克．史畢維

提姆西．多倫

迪爾盯著那四個名字，過了好一會兒之後，還是不知道該先打給誰。他伸手拿起威士忌，在酒杯裡倒了一點酒。他心想，一杯「老牌走私客」加上邏輯，一定可以發揮效用，他只花了兩口就喝光了酒，心中浮現了應該是已經第一千次的叨唸，要是沒戒菸就好了。

他繼續盯著那份名單，終於拿起飯店原子筆，在每個名字後面寫下了數字。完成之後，他放下了筆，整個人靠在椅背上，盯著剛才寫下的東西。

聯邦調查局——四
參議員拉米雷茲——三
傑克·史畢維——一
提姆西·多倫——二

他心想，你應該要想辦法自保才對，該到樓下飯店大廳、使用公共電話，因為，不知道將來的哪一天，甚至可能是多年之後，某個身穿整齊藍色西裝、帶著政府派發的亮皮塑膠手提箱的人會來到這間飯店，要求他們提供某個名叫班傑明·迪爾的男子在八月六號早上的電話紀錄——就是在那個炎熱的八月天，他參加了親生妹妹的葬禮，還向竄逃全球、惡名昭彰的逃犯約翰·傑克博·史畢維通風報信。陪審團的女士先生們，請諸位仔細想一想，迪爾做出這樣的舉動是為了得到好處？獲取個人利益？——或是因為你我都猜得到的某種動機？都不是。他之所以這麼做是因為他稱之為友誼的情分，基於他所自認的忠誠。而這所謂的忠誠的基礎又是什麼？當然，迪爾讓各位相信他與史畢維曾是朋友、哥兒們、青春好夥伴——甚至是狐群狗黨。陪審團的各位成員，現在我要詢問你們，是什麼樣的變態？才會跟約翰．傑克博．史畢維這種全球通緝的敗類混在一起？接下來怎麼也扯不完，迪爾邊想邊嘆氣，拿起了電話，撥打號碼。

電話響了九聲、十聲，終於，響到第十一聲的時候，另一頭傳來充滿睡意的粗啞聲音，「靠，誰啊？」

「你的混蛋好友，班傑明．迪爾。」

史畢維問道：「你喝醉了？」

「你醒了沒？」

「讓我先抽根菸。」

迪爾聽到遠處傳來達菲妮．歐文絲的聲音，誰啊？史畢維回道，是皮克。這時候是想要幹嘛？她的語氣半睡半醒，聽起來有些怨氣。史畢維嗆她，靠，我又還沒和他講話，我怎麼知道啊？然後，他又接起電話，「怎樣？」

「是我。」

「對，我知道你是誰啦，但到底有什麼事？」

「布拉托回來了。」

史畢維沉默許久之後才開口，「然後呢？」

「我的意思是，回到了這座城市。」

「就在這裡？」

「對。」

「哦，」史畢維又沉默了好幾秒，「有誰和他在一起？」

「某個叫哈利的大塊頭，還有一個染黑髮的傢伙，名叫席德。」

「這些人渣。」

「傑克，他說他要舉報你，加上帝克．葛蘭德與法蘭克．庫爾，當成一整個包裹送給拉米雷茲。他說他可以在二十四小時之內讓他們抓到那兩個傢伙，此外，他還宣稱他手中握有足夠證據，足以讓你獲判三個無期徒刑——而且不得保釋，永遠不行。克萊德說他打算拿這個條件交換聯邦舒適監獄的兩年刑期，繳交的罰金不超過二、三十萬美金。」

史畢維問道：「他看起來怎麼樣？」

「自信滿滿。」

「他一向如此，你在哪裡看到他？」

「地下室停車場，某輛廂型車裡面。」

又是一陣漫長的沉默，史畢維終於開口，「好，皮克，謝謝你打電話給我，真的很感激。」

迪爾心想，這不是正常反應。怎麼沒有恐慌？恐懼？顫抖的聲音？他向我道謝的那種語氣，就像是我告訴他剛才在哪裡看到他的失蹤狗兒一樣。迪爾問道：「就這樣？」

「我也沒什麼好說的了。」

「傑克，克萊德的語氣胸有成足。」

「這是他擅長的招式——相信我準沒錯。」

「他這次的自信超乎以往。」

「好，他想要認罪協商，不過就是這樣而已。你說他想要換得兩年刑期。這個嘛，我也想要認罪協商，但我才不會他媽的蹲兩年的牢，我要的是豁免權。現在，我建議你去找你的小孩參議員，搞清楚他和司法部到底想要抓誰——是我？還是布拉托？我覺得他會說布拉托。好，我可以不費吹灰之力把布拉托送給他，你可以把這句話告訴他，看看他作何反應。要是他比較想抓到布拉托，那麼我就得開始擔心我們的克萊德了，因為，到時候克萊德就會想要——嗯，採取某些行動。」

「我必須先打電話給聯邦調查局，告訴他們我在哪裡見到了布拉托。」

「是啦是啦，」史畢維的語氣興趣缺缺，「隨便你。」他發出咯咯笑聲，「你的意思是你還沒有打給他們？」

「沒有。」

史畢維又咯咯笑個不停，「皮克，你知道你自己什麼個性？就是重感情。」

「可能吧。」

「參議員的回應，讓我知道一下。」

「好。」

「星期天之約還是算數吧。」

「傑克，當然，」迪爾說道，「沒問題。」

迪爾掛了電話，覺得自己在剛剛那一個多小時之間，宛若進入某片巨大未知的土地，四處遊走，那裡就像是某個古地圖所標註的一樣：**有怪獸出沒**。迪爾知道地圖寫得沒錯，他曾經到過這裡。但依然不相信牠們——那些野獸——真的存在。不對，不能這麼說，其實你相信牠們的確存在，但經過十五年以來的觀察、書寫，甚至追索，你依然相信牠們很正常、無害、馴化，甚至十分順從。

不過，萬一牠們才是正道，而你自己才是錯亂的角色呢？這個念頭讓迪爾精神大振，它的簡單意涵十分重要，暗示了某一條令人難以抗拒的赦免之路。這個因為威士忌而啟發的靈感，讓他十分開心，他把剩下的「老牌走私客」全部倒進酒杯，一飲而盡。然後，他更換了先前小心翼翼安排的撥號順序（再見，冷酷的邏輯），撥打了參議員拉米雷茲所留下的三個新墨西哥州的聯絡號碼。

後來，有些人宣稱要是拉米雷茲參議員的確待在自己宣稱停留的位置，也就是靠那三支號碼可聯絡到他的地方，那麼，就不會出事了——或者，至少可以避開一部分的災難。但抱持這種說法的人多半是黨內的強硬支持者以及參議員的政敵。提姆．多倫倒是一直認為迪爾那天早晨打給了誰並不重要，因為會發生的就是發生了，沒有人能夠阻止。迪爾自己倒是從來沒有發表任何看法，是他打了三通電話到新墨西哥州，應答的是三台不同的答錄機，以兩種語言預錄了這一段內容，參議員不在，但要是來電者能在訊號聲之後留下姓名電話，他一定會回電。迪爾打了那三支號碼，也留了三次的姓名與電話，然後，又吵醒了位於華盛頓的提姆．多倫。

迪爾向多倫講出自己與傑克・史畢維、克萊德・布拉托的對話內容，然後就不再說話，等待多倫的反應。過沒多久之後，對方的政客腦袋作出了迪爾老早就猜到的結論。

「這兩人——史畢維和布拉托——打算要互相廝殺吧？」多倫語氣喜不自勝，睡意早已一掃而空。

「似乎是這樣。」

「那我們就來個一箭雙鵰。」

「提姆，」迪爾說道，「我想你可能不明白這些人的個性。」

「要了解什麼？我們讓他們自相殘殺，然後我們將其一舉殲滅，送交司法部。參議員可以在全國新聞網有九十秒的曝光機會，而且會成為家鄉的英雄達三天之久，搞不好長達一個禮拜。」

迪爾說道：「我覺得你只能選一個。」

「不能兩個一起解決？」

「不行。」

「好吧，」多倫說道，「哪一個？」

「這不是由我做決定。」

「班恩，你很狡猾。」

「我知道。」

「好，我就告訴你接下來我們該怎麼辦。我們把問題丟給參議員，交給他定奪，你看怎麼樣？」

迪爾回道：「沒問題。」

「那就解決了，他和我會在星期一晚上或是星期二晚上過去。」

「聽證會還要繼續嗎？」

「應該不會，」多倫說道，「我們決定還是不要太快張揚比較好。參議員想要私下與史畢維見面，你可以安排嗎？」

「當然。」

「布拉托呢？」

迪爾回道：「我覺得他會繼續保持主動聯絡。」

「找你嗎？」

「對。」

「那你看看是否能安排他與參議員見面。」

「聯邦調查局呢？」

「怎樣？」

「必須要有人通知他們布拉托的事。」

「這就由我處理，」多倫說道，「我正好認識兩個頭腦還算清楚的傢伙。」

迪爾問道：「所以就由你負責？」

「包在我身上，」多倫滿口答應，「你趕快去睡覺吧，想必你累壞了。」

之後，面對聯邦大陪審團困惑成員們最常提出的那個疑問，除了迪爾之外，沒有人能夠講出合理答案：「你們為什麼不直接打電話給聯邦調查局就好了？」

迪爾總是這麼回答：「我以為別人已經處理好了。」

19

在那個週六早晨九點十五分，警察總局為醉意未消的班傑明．迪爾派來的禮車，是一九七七年的黑色凱迪拉克，根據司機的說法，里程數是十六萬三千英里，先前歸市長使用。

「你也知道，其實嚴格說起來，這不算是他的車。」身穿棕色制服、自稱是莫克的中年警佐開始解釋，「但那是他的配車，後來，他們為他添購了另一輛新車，所以這輛車就回歸警用。您剛才是不是說還要去接另一位？」

「欣茲小姐，住在二十二街與凡布倫大道交叉口。」

「『老人院』對嗎？」莫克為迪爾扶住車後門，他進入開有空調的車內，整個人躺靠在柔軟的靠墊裡，「我指的是凡布倫大樓——大家以前就開始叫它『老人院』，」莫克進入駕駛座，「我也不知道為什麼會有這稱號，但流傳已久了。」

警佐開動豪華禮車、駛離郝金斯飯店的人行道路緣，從百老匯大街北上而行。莫克從後照鏡偷瞄癱坐在右側的迪爾，他正在凝望窗外週六早晨的稀疏車流。

「迪爾先生，您妹妹的事我深感遺憾，」警佐莫克說道，「她真的是一位非常好的小女孩——但我覺得費莉希蒂的身材並不算嬌小——應該有一百七十五到一百七十八公分左右吧。」

迪爾說道：「一百七十八公分。」

「這身材對女人來說很高啊。」

「是。」

「您是不是希望我不要講話？」

「我覺得這樣會讓我比較自在。」

「是不是有點宿醉？」

「有一點。」

「您看一下正前方的置物箱——滑一下就可以打開了，要是您有需要，我在裡面已經放了三罐冰涼的百威啤酒。」

「你真是天使。」迪爾打開置物箱，拿出其中一罐，罐身依然還有冰涼霜氣，他開了啤酒，滿心感激喝了一大口。

警佐對著後照鏡開懷大笑，「遇到喪禮的時候，我一定會注意這種細節，」他繼續說道，「早上起床後的第一件事就是進廚房，把三、四罐啤酒丟進冷凍庫——您也知道，這樣可以讓啤酒冰涼，口感順暢。準備前往參加喪禮的時候，許多人都需要一點小小的慰藉。喪禮，讓人感傷哪。」他停頓了一會兒，「好，我現在閉嘴了。」

迪爾回道：「謝謝。」

安娜・茅德・欣茲一身黑——高雅素淨的純黑——不過，白手套除外。莫克警佐自告奮勇去接人，在他的陪伴之下、她從凡布倫大樓走了出來。莫克為欣茲開了右側車門，迪爾也順勢移到左邊。她優雅進入車內，臀部坐定之後，那雙宛若舞者的纖細長腿才收了進來，動作一氣呵成。

她轉頭端詳迪爾，深藍色西裝，搭配白色襯衫，還有黑色針織真絲領帶。她對他點點頭，等於是打招呼加讚許，「你看起來很不錯，」她說道，「而且，你想要掩飾宿醉，會讓大家更相信你滿心愁緒。」

迪爾回她，「也不知道為什麼，我早就知道妳一早會對我講出這種話。」

她微笑回道：「大家都會這麼說吧？」

莫克警佐坐回駕駛座，發動引擎，同時開口說道：「這位小姐似乎是不需要啤酒，但如果她想喝的話，迪爾先生，您知道哪裡可以取用。現在我要升起隔板，兩位可以享有充分隱私，前往參加喪禮的乘客們總是需要隱私空間。」

迪爾開口，「謝謝。」莫克按下某個按鈕，前座的後方升起了玻璃隔板，這輛豪華轎車也開始上路。

迪爾問道：「要不要來杯啤酒？」

欣茲搖頭，「你在哪裡喝酒喝到宿醉？」

「我一個人在房間喝。」

「你和我在一起的時候沒喝那麼多。」

「我有訪客。」

「去你的房間？」

「在飯店的停車場，我們在他的廂型車裡談話。」

「誰？」

「克萊德．布拉托，」迪爾停頓了一會兒，「我沒有告訴妳布拉托的事吧？」

她又搖頭。

「也許應該要告訴妳比較好。」

她開口問道：「啤酒在哪裡？」

「妳前面的置物箱——推滑一下就開了。」

她打開置物箱，拿出一罐啤酒，打開之後交給了迪爾，「好，」她說道，「現在就告訴我吧。」

迪爾握住第二罐啤酒，喝了一大口之後，將自己與克萊德．布拉托、哈利與席德在藍色道奇廂型車裡的會面經過全告訴了她。等到他結束的時候，他們已經快要抵達位於十三街與雪曼大街交叉口的三一浸信會教會，與凡布倫大樓的距離超過了十五個街區。

迪爾一講完，欣茲若有所思了好一會兒，蹙眉說道：「我覺得你親自打給聯邦調查局會比較好。」

「對，」迪爾回她，「我也這麼覺得。」

這一州與這座城市的浸信會教徒佔了壓倒性優勢，緊接在後、但勢力遠遠不及浸信會的包括了衛理教會、長老教會、基督教會、各式各樣的基本教義派、天主教徒，還有數目令人大吃一驚的聖公會教徒，大多數的人都覺得他們很有錢、時髦、具有東岸風格，而且他們也不像那些對羅馬莫名忠誠的天主教徒一樣，喜好奇怪儀式。一九二二年的時候，坊間謠傳教宗會從芝加哥搭乘密蘇里—堪薩斯—德州列車、在十二點十七分的時候出現在聯合車站，結果引來了約三千人到達現場，想知道是否為真。大多數的人只是在那裡探頭探腦，但也有人特地帶了瀝青與羽毛。最後，庇護十一世並沒有下火車，眾人都大失所望。

三一浸信會教會是在五〇年代中期修建完成，藍圖是來自某位大學建築系教授，大家都知道他對於設計、女人、以及政治擁有極佳品味。州議會當然不覺得某個男人有哪些女友，或是他到底鍾愛哪一種磚頭屬於他們的管轄範圍，不過，誠如某位州議員所言，「牽涉政治要權衡輕重」，他們對這一點倒是很清楚，而且議員們也知道他們不希望看到有任何左派分子進入大學教小孩。所以，他們把這位教授拖進州參議會的某個小組委員會，要求他報告自己所從事的顛覆性活動，而且還不斷無情拷問他的瘋癲政治理論，他們問膩之後，又開始追問他的那些女人與作品。

有個出身「小迪克西」州某地的七十二歲眾議員，揮動著某一準備拿來裝飾教會花園、線條不規則的雕塑作品輸出圖，他想要知道教授是否真的認為施洗約翰就是長這個模樣？而教授是這麼回答的，對，他覺得這與約翰很相似。然後，他露出親切笑容，詢問委員會是否發現到這位聖人的鬍子有粉紅色的污斑？但大家都不知道他在暗示什麼。過沒多久之後，聽證會結束。教授寫了只有四個字的辭職信（幹，我辭職），然後跑去加州大學柏克萊分校教書。浸信會教徒繼續依照他所繪製的設計圖建造教會，現在幾乎每個人都愛得要命。

迪爾看到教會停車場塞滿了車，甚至還有的必須在外頭並排停車，不禁嚇了一大跳。他看到了警用機車，算了一下，共有二十四輛——全都是會害人震散骨頭的哈雷，而不是品質出眾的川崎，他心想，美國製造的標籤在這裡依然具有重要意涵，他按下了控制隔板的按鈕，開口問道：「難道這些人都是來參加我妹妹的喪禮？」

「當然，」莫克警佐回道，「迪爾先生，令妹是警察，只要有警察遇害，其他警察都會現身相挺。我看過了名單，哇，我們有丹佛、奧馬哈、曼菲斯過來的同仁，還有人從紐奧爾良遠道而來。」

欣茲問道：「還有哪裡？」

「讓我想一下。達拉斯、沃斯堡、阿瑪里洛、休士頓、奧克拉荷馬市、圖爾薩、堪薩斯市、小岩城、聖塔非、阿布奎基——哦對了——還有一個說要從要從夏延過來。他們要親眼見證，迪爾先生，對，他們就是要親自參加喪禮。」

快要十點鐘的時候，莫克把禮車駛進主要親友的保留停車位，下車，為欣茲與迪爾開門。約有五、六十名未帶武器的警察依然站在外圍，全部都穿著整齊的棕色制服，也不知道為什麼，迪爾本來以為他們會穿著藍色制服。他已經感覺到他們在指指點點，這就是死者費莉希蒂・迪爾的哥哥。

某位面色和藹、橄欖膚色的警督桑契斯主動自我介紹，真切致哀，主動護送迪爾與欣茲。他帶引他們穿過警察人潮，進入教會。這是迪爾第一次進入裡面，看到建築師的巧思，讓他大為感佩。他心想，這是浸信會教會沒錯，但這個卻是那種真正能讓喜樂之聲直達上帝的那種地方，而且會讓人十分激動。

裡面的建材是花崗岩（略帶粉紅色澤），它以某種熱切、近乎是歡喜的姿態，迫不及待展現壯麗榮光。迪爾注意到彩繪玻璃窗很有特色，不算是抽象圖案，他心想，要是等一下聽佈道聽到無聊的時候，隨時可以抬頭仰望窗戶，開始自己編故事。迪爾覺得如果妹妹必須得待在某間教會接受祝禱，那麼這應該就是唯一選擇了，光是這樣的建築，就一定讓她相當開心。

警督桑契斯帶引欣茲與迪爾到達中央走道，將他們交給了正在等候的總警司約翰・斯楚克。這是狄爾第一次看到斯楚克身穿制服，他的體面模樣，還有那身制服，都讓迪爾眼睛一亮，這制服一定是出於訂製裁縫師傅的精緻手工，應該是棕褐色的亞麻布料，但並沒有像真正的亞麻一樣容易起皺。

斯楚克低聲說道：「我們到前面去。」隨即帶引他們走到右前方的那排座位，左前方那一排有名男子起身，朝他們走來。此人年紀較長，至少六十多歲，迪爾終於認出對方是誰，道恩・林克勒，警察總局局長。迪爾已經多年沒見到他，林克勒局長的狹長臉型似乎變得更長了，淡漠的藍色眼眸似乎越來越冷酷，而細薄雙唇也宣告消失，只留下了一條長直線。林克勒頭髮幾乎也掉光了，膚色明顯。他的制服幾乎與斯楚克一模一樣，警帽有比較多的金穗。

經過斯楚克介紹之後，局長林克勒先與欣茲握手，然後是迪爾，「我們深表遺憾，迪爾先生，」他的聲音低沉沙啞，「大家都很難過。」

迪爾開口，「謝謝。」

「她是了不起的女子。」林克勒點點頭，彷彿要再次保證自己剛才說出的評語，他繼續點頭，轉身，回到了自己的座位，斯楚克也跟了過去，而迪爾與欣茲則坐在走道的另一邊。

迪爾入座後才終於第一次仔細端詳棺木。其實，也不能看到全部，因為棺面覆蓋了一片巨大的美國國旗。棺木兩側一共站了六個身穿完美無瑕夏季制服的高壯警察，動也不動的稍息姿態。迪爾很好奇，不知道他們那樣到底維持了多久。

某處傳來男女混聲合唱團的歌聲。迪爾順著音源轉頭過去，抬眼望上方，合唱團廂席有十二名相當年輕的警察，清唱哀傷慢板的〈共和國戰歌〉，看來他們會唱完所有的歌詞，等待教堂坐滿。迪爾覺得他們唱得真好，心想不知費莉希亞會不會反對這首讚歌，以前也許不愛吧，但她現在應該不會了。

歌曲結束，出現了平常會聽到的那些沙沙雜音、清喉嚨，以及略微壓抑的咳嗽聲響。樣貌年輕的牧師現身，緩緩走向講壇，嚴肅厚框眼鏡後方的哀傷雙眼，逐一掃視下方的會眾。

「大家今天來到這裡，」他說道，「是為了要哀悼某個不隸屬於這個教會與教派的靈魂，但她卻選擇了保護這個教派與教會的公眾服務業。我們在此哀悼費莉希蒂．迪爾警探，為她祈禱，感謝她在短短的一生當中為這個社區全心奉獻。」

他繼續滔滔不絕了五分鐘之久——迪爾心想，這年輕人超級沉悶，顯然相當虔誠真懇。當這位年輕牧師一提到老套的說詞，不會「白白犧牲」，迪爾就懶得聽下去了，這是他的習慣，只要聽到有人講出這個字詞就自動關上耳朵，而且後頭一定又會出現「奉獻」，這是會讓迪爾陷入恍神的另一個字詞。年輕牧師的聲調起起伏伏，迪爾心想，有人殺了我妹妹，如果她不算是白白犧牲，那我也不知道還有誰配得上這幾個字。

迪爾聽到了新的聲響，這才發現年輕牧師已經講完了，警察合唱團開始唱另一首讚歌。那十二名年輕素淨的男女開始高唱〈奇異恩典〉，這是費莉希蒂．迪爾超討厭的歌。「皮克，找個時間看一下歌詞，」吉米．卡特將〈奇異恩典〉列為他最愛讚歌的新聞出現之後沒多久，她就寫了這封信給他，「我是說，好好研讀一下，你就會明瞭大家對於那些日常鳥事，為什麼依然可以繼續忍耐下去。」迪爾現在專心聆聽歌詞，全神貫注，但對他來說根本就是空洞至極，不過，他依然認為這個警察合唱團的確唱得十分優美。

歌曲唱完了，迪爾以為喪禮也到此結束，但其實沒有。年輕牧師早已下了講壇，但現在又有別人上場，而這個別人正是基恩．寇德，浸信會的執事，兇案組警監，他身上那套制服似乎是效法總警司、也是請人精心訂做，整個人的模樣既優雅又悲傷。寇德緊抓講台，倒不是因為緊張，而是某種老練講者醞釀要講出重要話語的氣氛。他掃視全場聽眾，先看後面，目光最後落在前排的迪爾，還對他微微點頭。然後，寇德刻意盯著他的發話對象——但迪爾似乎往後縮了一下——然後，終於開口了。

「我受邀為中階警探費莉希蒂．佛列德莉卡．迪爾（迪爾心想，天，她好痛恨佛列德莉卡這中名）講幾句話，當然，因為她在我的部門，兇案組，但更重要的是因為我們是好友。」寇德停頓了一會兒，繼續說道，「非常要好的朋友。」迪爾心想，就算現場有人不知道他們兩人睡在一起，現在也搞得大家都知道了。

「迪爾警探就是我所謂的警察典範，」寇德滔滔不絕，「因為她辛勤努力，而且經常有亮眼表現，也得到拔擢，而且的確升得很快。我敢說，要是她還活著的話，而且能以同樣的決心與亮眼表現、在職場上繼續拚戰，她大有機會成為本市的第一位總警司，就算是當上第一位女性總局局長，也並不令人意外。」寇德警監淡然一笑，「當然，她升上警監絕對不成問題。」

然後，寇德開始說迪爾警探有多棒。他稱讚她的智慧與英勇，還舉出了她的許多事蹟，證明她具有不凡的判斷力，以及超凡的悲憫心。他還說她的死是一大悲劇，而她的傳奇將永垂不朽。但迪爾不知道他講出這些話到底是什麼意思。寇德沒提到這位死去警探的二十五萬美元定期死亡險、還有那棟黃磚雙拼屋，這些也都屬於她寫下的傳奇。終於，寇德進入尾聲，「我只能再次重複：我們一定會想念她，她會活在每一個人的心中。」

現在，這位執事盯著會眾，迪爾猜想這是要請大家與他一起唸主禱文的動作，果然儀隊的每個人都迅速低頭，以稍息姿態一起祈禱。

等到禱告結束之後，警察合唱團又再次唱起了歌。迪爾平常不進教會，他猜這首歌應該是〈求主同住〉。他瞄了一眼欣茲，她握住他的手，捏了一下，「不妨這麼想吧，」她低聲說道，「她正躲在某個地方哈哈大笑。」

「是啊。」迪爾雖然這麼回答，但其實根本不相信這種話。他轉身面向前來致意的寇德警監，他先與欣茲握手，然後是迪爾，「警監，十分感謝你。」

「字字句句都是我的肺腑之言。」

欣茲說道：「真是感人。」

「謝謝。」他望著迪爾，「都沒問題吧——禮車與其他的一切？」

「非常感謝，一切安排都十分完美。」

「好，我送你們到你們的車子那裡，就在費莉希蒂的後面。」迪爾發現對方的講法不是跟在靈車後面，而是跟在依然毫髮無傷的費莉希蒂的後頭。寇德面露微笑，向他們保證，「下葬儀式簡短而隆重，我們可以出發了吧？」

他們步入走道，迪爾四處張望，想要找尋認識的人——某個家族老友，讓他可以點點頭，或是微笑——但就是沒有。他心想，她在這裡有朋友，但你卻不認識他們，因為兄妹之間的十歲差距幾乎是無法逾越的障礙。他也注意到那些坐在同一區的外地警察，忙著整理各自的制服，而當他走過去的時候卻開始打量他，目光充滿了好奇與憐憫。

迪爾現在才發現他們也會參與下葬儀式，警察，還有警察的老婆們。警察都是年輕人或是中年人，除了警察局局長之外，應該就沒有老警察了。當警察當個二、三十年，拿了退休金，就此頤養天年。迪爾警探，迪爾警佐，迪爾警監，費莉希蒂·佛列德莉卡·迪爾總警司，迪爾警察總局局長。哎，誰知道呢，搞不好這也是可能的劇本。

倒數第二排的走道座位坐的是佛列德·Y·拉菲特，那位警政線資深記者。他站起來，側身前行走向迪爾，以沙啞的聲音問道：「我們打算要寫你妹妹的保單、買下雙拼屋的那筆錢以及其他狗屁倒灶的事。你有沒有什麼想說的話？」

迪爾停下腳步，「你剛剛說『我們』是什麼意思？」

拉菲特伸出食指朝天，聳肩，「上面的人告訴我他們要出稿，所以我們就弄了。如果你願意的話，我可以把你的話塞入某個圖表，但這是我的意思，他們不想。」

「我不會給你引言，」迪爾說道，「什麼都沒有。」

「拜託，拉菲特，現在不要這樣。」寇德趕忙擠入迪爾與老頭子的中間。

拉菲特說道：「我是在幫他忙。」

寇德回他，「靠，不要在這種時候鬧場。」

拉菲特冷冷盯著他，厲聲回道：「孩子，這是我的工作。」然後，他靈巧繞過寇德，再次與迪爾面對面，「小朋友，別難過。」

迪爾開口，「給我滾。」

20

二十四輛哈雷機車負責前導，而他們的前方還有一輛開著警示燈、綠白相間的警車，這個綿延約一點六公里的喪禮車隊浩浩蕩蕩，以時速二十四公里的速度前往位於市區東郊、原本是貧瘠農莊的「綠蔭空地」墓園。

「綠蔭空地」的中央地帶是一個不算太複雜的迷宮，面積大約是四分之一的橄欖球球場。迷宮的隔牆是二點四公尺高、六十公分厚的水蠟樹樹籬，此外，這裡有碎石路步道，隱蔽處也安排了石椅，讓悼念者可以坐下來休息，深思生死之事與其深刻意涵。不過，碎石路面並不好走，石椅也很不舒服，墓園訪客通常多會避開迷宮。

在過去五年當中，警察總局一共在這裡下葬了十七名遇害的警官，現在，加上費莉希蒂·迪爾，一共是十八位。在警察總局自購公用墓區之前，所有因公殉職警察的下葬地點都是在市中心。

教會喪禮的與會者，全都參加了下葬儀式，而過程也如寇德所說的一樣，相當精簡。某名警聘牧師唸出了聖經《詩篇》第二十三篇，槍隊行鳴槍禮，有喇叭手吹短號演奏〈安息號〉。健壯的儀隊也負責扶棺，他們將覆蓋在棺木上的那面美國國旗摺成整齊的三角形、交給了迪爾，他完全不知道該怎麼處理這東西。然後，一切結束，死去的妹妹入土，現在時間還不到中午。

總局的「因公殉職」人員墓區位於某座小丘。儀式結束之後，大部分身穿制服的與會者開始緩步而下，避開迷宮，走向各自的座車。還有好些人留下來打算向迪爾握手致意，低聲表達哀悼。迪爾與欣茲慢慢走向等待他們的禮車，他向這些人逐一握手，客氣道謝。

迪爾與欣茲走到了迷宮附近，發現周邊幾乎已經沒什麼人，就在這時候，有人輕拍迪爾的肩膀。他轉頭，欣茲也是，兩人瞬間浸浴在燦爛天使笑容的燦光之下，是克雷．柯克朗，曾經深愛他死去妹妹的男人。

柯克朗說道：「迪爾先生，我真的忍不住就過來了。」

迪爾說道：「叫我班恩吧。」

「班恩……」柯克朗也就這麼喊了，然後，他對欣茲露出了溫暖笑容，「煙燻妹，妳還好嗎？」

欣茲回說她很好，這個大塊頭男人的閃亮笑容消失，面色轉趨嚴肅，「我覺得這喪禮搞得很浮誇，」他說道，「我覺得費莉希蒂搞不好會躲在哪裡咯咯笑個不停，不過，其實一切都安排得很好。」

柯克朗似乎想要引出迪爾說出贊同的話，所以迪爾也跟著附和，一切都安排得很好。柯克朗的目光飄向迪爾與欣茲後方的那些人，身穿夏季制服的那些警察正經過迷宮，朝各自的停車處走去，但其中至少有四名員警，大多是有帶妻子來的人，正聚在那裡聊八卦。

柯克朗努力憋住他的低沉嗓音，希望以秘密低語表達來意，「我告訴過你，我會四處查訪一下？」這是問句，所以迪爾點頭表示回應。

「是這樣的，」柯克朗保持同樣的語調，「我想我應該是發現了一點線索。」他又朝他們後面瞄了一下，彷彿怕被偷聽到一樣，「不過，我得要先問你幾個問題。」

迪爾說道：「沒問題。」

「有個名叫傑克．史畢維的傢伙——」然後，柯克朗再也沒辦法講完這句話了。

迪爾事後回想，覺得這個大塊頭男人的反射動作超靈敏。柯克朗推了迪爾一下，讓他整個人飛起來，最後落在一點二公尺外的地方。這是迪爾的接觸式運動初體驗，讓他格外興奮。

在迪爾還沒有倒地之前，柯克朗早已伸長左臂扣住欣茲，逼她趴在地上。當柯克朗單膝跪地、抓住右大腿的某個東西的時候，他的和悅神色不見了，又出現了恐嚇別人的怒容。

迪爾望向柯克朗的凝視方向，看到了約莫在十公尺之外、從濃密水蠟樹樹籬裡伸出的那個大拳頭與小手槍。後來，迪爾覺得應該是那把槍的尺寸太迷你，才會讓那拳頭看起來特別大。他看到槍口的閃火，聽到子彈射出時尖銳刺耳的爆響。迪爾轉頭，看到它打中了跪地柯克朗的喉嚨。這個大塊頭剛剛才從右腿的小腿槍套取出的點二五自動手槍，瞬間落地。他的雙手用力壓住喉嚨傷口，過了一會兒之後，他鬆開雙手，不可置信緊盯十指。

柯克朗依然單膝跪地，兩秒鐘、三秒鐘、四秒鐘，然後大嘆一口氣，緩緩倒在草地上，鮮血從喉嚨不斷噴湧而出。迪爾起身，四處張望，唯一站在附近的只有那些警察太太們，而警察們早已趴地，有的甚至整個人攤平，還有十幾個單膝跪地，紛紛露出綁了小型真皮槍套的多毛左腿或右腿。

十多支手槍，大部分都像是柯克朗的小型自動手槍，突然在巨大的拳頭裡怒綻而出。拿槍的警察四處轉頭，找尋開槍、逮捕的對象。但他們只看到其他的警察——許多都是陌生人——大家都在舉槍團團轉。

後來，迪爾覺得槍響後的那一段靜默時光其實僅只有三、四秒而已，但當下的感覺卻像是一個小時那麼漫長。某名員警的妻子終於開始尖叫，因為她看到柯克朗躺在草地上，雙膝幾乎貼胸，喉嚨的鮮血依然不斷噴出。那一聲尖叫之後，眾人開始大吼大叫，一陣忙亂。

第一個衝到柯克朗身邊的是迪爾。那個大塊頭男人的綠色眼眸依然睜得大大的，但已經渙散失焦，不過，他似乎還認得迪爾。他似乎想要開口講話，但最後卻只吐出一大坨粉紅色的唾沫泡泡，最後爆裂成一小滴口水。柯克朗的雙唇又動了一下，迪爾彎身傾聽。那些旁觀者後來的說詞是，柯克朗勉強講了三、四個字之後，傷口的鮮血就停止噴發了。柯克朗發出最後一聲長嘆，又化成另一個粉紅色泡泡，幾乎是立刻碎爆。然後，心臟再也沒有血液流動，停止運作，柯克朗死了。

迪爾緩緩站起來。某個似乎有受過醫學訓練的警察立刻跪在柯克朗身邊，以熟練的姿態伸出手指找尋是否還有生命徵候。沒有，他往後蹲坐，搖搖頭。

迪爾扶起顫抖的欣茲，詢問她有沒有受傷，她緩緩搖頭，緊盯著克雷．柯克朗蜷成一團的巨大屍身。迪爾摟住欣茲，帶她遠離現場，卻發現警監基恩．寇德擋住了他們的去路。過了一會兒之後，總警司約翰．斯楚克也衝過來，寇德瞄了一下斯楚克，彷彿在等待許可，斯楚克點頭同意。

「迪爾，趕快告訴我們，」寇德語氣急促嚴厲，「他們說他講了一些話，你聽出來了嗎？」

迪爾點頭，「當然，」他繼續說道，「好痛，好痛。」

「就這樣？」斯楚克的語氣顯然是不可置信，但表情倒是不動聲色。

「對。」

斯楚克面向寇德，「警監，你知道該怎麼處理吧，這一向是你的專長。」

「是的，長官。」寇德轉身，匆匆跑開，開始指揮現場的警察，迪爾發現這是他第一次聽到寇德喊斯楚克長官。

總警司從胸前口袋取出了雪茄，緩緩剝去玻璃紙，目光一直盯著柯克朗的死屍。他把那張玻璃紙揉成一團之後，順手丟到一旁。他低頭望著柯克朗，咬斷雪茄的其中一頭，吐掉，拿出拋棄式打火機點燃雪茄。

「你認識他，嗯——柯克朗？」斯楚克依然盯著那具死屍不放。

「他說他曾經和我妹妹交往過一陣子。」

「沒錯，」斯楚克的目光終於落在迪爾身上，「他曾經和她在一起。」

「他說他本來是警察。」

「沒錯，表現也不差，他有沒有說自己現在從事什麼工作？」

「他自稱是私家偵探，」迪爾說道，「其實是靠嚇唬別人維生。」

聽到這樣的答案，斯楚克露出微笑，但那是陰森冷笑，而且幾乎立刻消失無蹤。「他也沒那麼糟糕，不過，他最擅長的還是橄欖球。他是在哪裡找到你？又向你自我介紹——飯店？」

「沒錯。」

「你們聊了什麼？」

「都是我妹妹的事，不然呢？」

「他有沒有告訴你突然被你妹妹拋棄的事？」

「有。」

「還在生氣？」

「應該說無奈吧——當然，很哀怨。」

斯楚克面向欣茲，「妳也認識他對嗎？」

「對，我們還滿熟的。」

「剛才——到底發生了什麼事？」

「其實我也不是很清楚。」

斯楚克吸了一口雪茄，避開欣茲，朝天空吐出菸氣。他對她點點頭，以示鼓勵，「只要把妳看到的與記得的部分說出來就行了。」

她皺眉，「好，克雷過來找我們，他說他覺得這場喪禮安排得很好，一切十分流暢。迪爾先生也同意，然後，克雷說他這陣子在四處探訪，或者是查訪吧，他需要詢問迪爾先生某些事。不過，接下來，我想他應該是看到我們後面——在迪爾先生與我的後面——因為後來發生得太快了，他撲向迪爾先生——」

迪爾打斷她，「是猛推我屁股。」

斯楚克點點頭，再次微笑，鼓勵欣茲說下去。

「然後，他突然抓住我，」她示範柯克朗的手臂動作，「接下來，我就只記得我躺在地上了。」

斯楚克詢問迪爾，「把她壓制在地？」

「看來是這樣沒錯。」

「然後，我聽到了槍聲，」欣茲繼續說道，「我抬頭，看到了克雷，他單膝跪地，早已撩起褲管，手中握著一把小槍。但後來他丟了槍，雙手護住喉嚨，沾滿了血。之後，他就直接倒地，看來應該是那樣。倒地之後，他抬起雙膝，縮在胸前——就這麼蜷著身子，死掉了。」

她別過頭去，斯楚克問道：「妳沒事吧？」

她點點頭，「嗯，我還好。」

斯楚克面向迪爾，「你又看到什麼？」

「一樣——不過，我還看到那裡的樹籬露出了槍口。」迪爾伸手指過去，那裡有一群身穿制服的警察正趴在地上、仔細搜索他指稱位置附近的墓園草地，他猜他們應該是在忙著尋找用過的彈殼。

斯楚克盯著他們，一臉悲戚搖搖頭，「你看看他們，」他說道，「所有的制服警察看起來都一模一樣。兇手很可能偽裝成外地來的制服員警，參加喪禮，來到這裡之後槍殺柯克朗，然後從樹籬迷宮的另一頭逃逸，八成是如此。」

迪爾說道：「也許吧。」

斯楚克的表情再次充滿興味，緊盯著他，「你這話什麼意思？也許吧？」

「柯克朗找我談話的那一次，曾經說過他擔任多次保鑣工作，也許這就是他剛才的行為——

幾乎是直覺反應。他把欣茲與我推到射程之外，然後準備要射殺槍手——但並沒有阻殺成功。」

斯楚克吐煙圈，咳了兩聲，然後又點點頭，迪爾心想，這動作有點不甘不願。「那兇手襲擊的目標是誰？」斯楚克問道：「是你嗎？」

迪爾看著欣茲，「或者，是她。」

欣茲雙眼瞪得好大，嘴巴張得快要掉下來了，但她立刻閉嘴，所以只看到她的雙唇作出了第一個子音M的發音動作。

迪爾回道：「也許吧。」

「為什麼是我？」

「關於這一點……」迪爾說道，「難道，還有別人嗎？」

21

莫克警佐坐在警察總局外頭的豪華禮車裡，等候迪爾與欣茲完成簡短的錄音口供，然後，他把他們送回到郝金斯飯店。迪爾覺得欣茲一定會問他那個問題，但她一直憋著不說，他們搭乘電梯到達飯店地下室停車場、坐在租來的那輛福特裡面，讓引擎保持空轉，空調開到最強，外頭第一國家銀行的時間氣溫看板顯示是下午一點三十一分，攝氏三十八度，直到這個時候，欣茲才開口。

欣茲問道：「克雷曾經提到傑克．史畢維的事，你為什麼沒有告訴他們？」

「他當初怎麼說的？」

「他說，『有個名叫傑克．史畢維的傢伙——』」她停頓了一會兒，「他說出口的就是這幾個字。」

迪爾追問：「有個名叫傑克．史畢維的傢伙，然後怎樣？」

「我不知道。」

「我也不知道，所以我才沒有告訴他們。那妳為什麼沒說？」

「因為你是我的當事人。」

「才不是。」迪爾說完之後，開始倒車，把那輛福特開出了停車格。

「可能被你說中了吧，」她繼續說道，「我沒有講出來，可能是因為克雷本來要打算對你說：『有個名叫傑克．史畢維的傢伙請我在這個禮拜天去他家烤肉，辦泳池派對，我知道你們也會過去。』或者……」她不說話了。

「或者？」

「我不知道。」

他們開到了我們的傑克街，在百老匯大道的街口遇到紅燈，停車，但他們卻右轉——這是這座城市在一九二九年開始出現的通行守則，後來加州也默默借用了這種規矩。

他們在百老匯大道北行了兩個街區，迪爾開口問道：「肚子餓不餓？」

「不餓。」

「那就把妳剛才『或者』之後要講的話全說出來。」

「或者，」她說道，「『有個名叫傑克．史畢維的傢伙擔心有人要暗殺他，請我當他的保鑣。』」

「這答案還不錯。」

她搖頭，推翻了所有假設，「各種可能都有，」繼續說道，「這樣下去沒完沒了，而且沒有意義。」

「確定不想吃點什麼？」

「我比較想喝東西。」

「好，我們找個地方，妳喝飲料，我吃三明治喝東西。」

「然後呢？」

「然後，」迪爾回道，「我們去費莉希蒂真正的住家。」

欣茲後來改變了心意，在「賓吉酒吧與燒烤」點了培根萵苣番茄三明治，加上一杯血腥瑪麗，店名出現的「燒烤」字尾多了一個e，讓迪爾看了很不舒服，但店內的氣氛卻很舒服，只是厚木板與植物也未免太多了一點。他點了啤酒與起司漢堡，沒想到漢堡超好吃，而欣茲也說她的培根萵苣番茄三明治很美味。

她吃下最後一口三明治，舔了舔手上的美乃滋，開口問道：「你想要找什麼？」

「她的那間車庫公寓？」

欣茲點頭。

「我不知道。」

「警察不早就去過那裡了？」

「當然。」

「那你還要找什麼？」

「我妹妹生前留下的蛛絲馬跡，」迪爾說道，「目前看來什麼都沒有。」

那棟大房子就位於華盛頓公園對街。這座公園是一處二十五英畝的深陷凹地，因為此處原是磚廠。為了要應付這座城市一九一〇年之前住宅的大量紅磚需求量，他們在這裡挖了許多黏土。之後，這座城市出現爆發性成長，土地價格飆升，對於投機的房地產業者來說，磚廠附近的區域也產生了價格吸引力——不過，沒有人想要住在磚廠的隔壁。市政府決定城市進步與利益的重要性遠遠大過於磚頭，宣告磚場已經無法繼續使用，將那二十五英畝的凹地改建為華盛頓公園，班傑明．迪爾與傑克．史畢維就是在這公園的大眾游泳池裡學會了游泳。

這棟不規則狀的三層老磚屋興建於一九一四年，寬屋簷與巨大的紗窗門廊是一大特色，全部有十六間房間，位於某個六十公尺深、四十五公尺寬的邊間區塊。周邊種有榆樹、山茱萸、刺槐、兩棵杏樹以及一棵桃樹。巷子後方那棟兩層樓車庫房，據說就是這位身亡警探的住所。

迪爾與欣茲把福特停在十九街，然後從人行道進入小巷。迪爾拿出寇德警官交給他的鑰匙，打開了樓下的門。立刻映入眼簾的是一道陡峭窄階，無窗，讓這裡顯得陰暗滯悶。迪爾摸索了一會兒，找到了牆上的電燈開關，打開了燈，四十瓦的燈泡照亮了空間。他拾級而上，欣茲跟在後頭。

階梯頂端是個小梯台，面積不過只有九十乘一百二十公分而已。迪爾拿出同一支鑰匙、插入二樓的門鎖，開了。他推門進去，找到開關，打開電燈，立刻就知道費莉希蒂．迪爾的確住在這裡沒錯。

首先，滿滿的書：整整兩面的書牆，還有整齊疊放的書堆放在地上，以及俯瞰小巷的四面凸窗的深凹窗台。窗間塞了一台奇異牌冷氣機，迪爾走過去，打開了空調，又隨手挑了本書，發現是某所州立大學的出版品。他隨手亂翻，又把書名大聲唸出來讓欣茲知道：《十八世紀新英格蘭養蜂術》，書頁到處都是畫線與註記。迪爾把那本書放回去，繼續探查屋內的其他部分。

欣茲站立位置的附近有張大型扶手椅，前方有擱腳凳。一旁有盞彎曲造型的黃銅落地燈，光暈正好可以籠罩在座位閱讀者的左肩區域。他一直不明白為什麼燈源必須來自左後方，努力回想是不是自己把這個奇怪的概念告訴了妹妹，學校應該不會教這種事了。

欣茲從咖啡桌拿起一只藍黃相間的釉彩花瓶，仔細看過之後，又把它放回原處。

「我記得她是什麼時候買了這東西，」欣茲說道，「我們一起去參加車庫拍賣，費莉希蒂在這種場合撈了很多寶。她說，車庫拍賣讓一切散發出某種瘋狂氣息——甚至還洋溢著激情。」

迪爾說道：「的確像是我妹妹會講的話。」

「你有沒有發現怪事？」

「什麼？」

「完全沒有灰塵。」

迪爾四處張望，伸出手指在書櫃最高層的邊緣抹了一下，想知道是否有污灰。「沒錯，我想他們已經翻過了所有的書。」

「警察？」

他點點頭。

「一切超級整齊。」

「基恩．寇德大概已經整理過了。」

迪爾再次四處張望，剩下的部分其實也沒什麼了：破舊的波斯地毯，他猜應該是機器編的，牆上的幾幅畫——迪爾心想，費莉希蒂偏好的風格——也就是說，作品的情緒張力大於藝術價值。其中一幅是身穿十八世紀歐洲裙裝的女子、一臉悲容斜倚窗台，迪爾覺得畫中女子的表情宛若要自殺。另一張畫的主角是喧鬧的肥胖酒鬼，他坐在三腳凳上頭，兩側膝頭分別是一杯啤酒、傻笑的豐滿酒吧女侍；第三張畫是顏色強烈、幾乎發出憤怒吼聲的抽象畫。此外，還有張貼牆的沙發，前面是咖啡桌，幾張椅子，雜誌架（裡面塞得滿滿的），某個角落還放了個類似擺飾架的東西。這裡完全沒有成套的家具，但卻混搭得毫無任何違和之處。

客廳有道小小的走廊，迪爾走過去，發現浴室在右手邊，左側是小廚房。他打開廚房的燈，看到了香料。有個高達六層的香料架，裡面至少放了三、四十種香料。此外，還有個一點二公尺的書架，裡面塞滿了食譜。他打開其中一個櫥櫃的門，發現裡面裝滿了罐頭食品，而且還有一大堆「酷愛」果汁粉。迪爾露出微笑，心想她還是老樣子，罐頭的數量撐到冬天都不成問題。他看了一下冰箱，顯然有人丟掉了那些會腐敗的食物——應該是警察——裡面只剩下六瓶貝克啤酒。沒有人關掉冰箱的電源，所以啤酒依然很冰涼。

「想不想喝啤酒？」他開口詢問欣茲，她正在檢查廚房抽屜，不斷開開關關。

「來點啤酒當然好。」

「有看到開罐器嗎？」

「這裡。」她從某個抽屜裡取出開罐器，交給了他。

他開了兩瓶啤酒，把其中一瓶給了她，「要不要酒杯？」

「留在瓶中比較冰涼。」她直接對嘴喝，然後又走到其中一個抽屜前面，把它拉開，「她的銀器在這裡。」

「爸媽過世時留給她的遺產，全部在這裡。」

「她一直把銀器擦得很乾淨，」欣茲關上抽屜，「接下來呢？浴室？」

「嗯。」

那是老式的大型浴室，牆面有一半貼上了白色方形磁磚，而地板上是小片的六角形地磚。浴盆與洗手台的水龍頭都是冷熱分離式，而藥櫃裡放置的物品完全看不出特殊之處。

「沒有處方藥。」迪爾說完之後，關上藥櫃的門。

「費莉希蒂很健康。」欣茲一臉狐疑看著他，「有沒有解開你的疑惑？」

他點頭，「她住在這沒錯，而且似乎很喜歡這地方，」

「要不要看一下臥房。」

「好啊。」

臥室不如客廳那麼寬敞，因為裡面有個大衣櫥，縮減了不少空間。裡面有漂亮的黃色窗簾，鋪有白褐相間的地毯，一看到就令人心情愉快。床鋪是小型雙人床，一人睡綽綽有餘，如果，另一個人不打算回家睡覺的話，就算躺兩個人也不成問題，臥房內還有古典貴妃椅，散發出女性閨房的氣息。此外，還有牌桌、可調式落地燈、可攜式電子打字機、導演椅，非常有費莉希蒂．迪爾的風格。

迪爾走到衣櫥前，拉開了其中一道門。裡面都是女性衣物，全部都以衣架整齊吊掛，冬天的衣服套上了塑膠袋，而夏天的衣物則是隨手可取。迪爾把掛了衣架的衣服全部推到同一側，想知道還有沒有其他值得注意的線索，卻發現有個男人躲在衣櫥後面。對方面孔狹長，露出蠢笑，黃褐色的雙眼宛若困獸，但迪爾覺得那眼神看來也是很狡猾。

「這位朋友，你哪位？」

「先讓我解釋一下。」

迪爾迅速後退，想要找尋硬物，看到了窗台之後，立刻拿啤酒瓶敲下去。他手持酒瓶頸口、加上約八、九公分長的綠玻璃尖銳碎緣，成了他的武器。

「出來解釋清楚。」

那男人從衣櫃裡出來，手裡拿著一個小工具箱，臉上依然掛著傻笑。

「接下來，聽我的指示，」迪爾說道，「我要你小心翼翼放下那個工具箱，然後再小心翼翼把手伸入口袋——我不管是哪一個——拿出證件來。要是你不乖乖聽話，我就割花你的臉。」

「不要搞得那麼緊張啦。」那男人神情緊繃，但依然還是保持微笑。他乖乖把工具箱放到地上，又把手伸入屁股口袋，拿出一只老舊的黑色皮夾，交給了迪爾。

迪爾開口，「拿給她。」

那男人把皮夾送到欣茲面前。她態度十分警覺，簡直像是一掐住了他的皮夾、就匆匆往後退。她打開之後，找到了一張駕照。

「他是哈洛德．史諾，」欣茲說道，「我記得他的名字。」

「我也是，」迪爾接口，「你是辛蒂的室友吧？」

「你認識辛蒂？」對方的語氣很困惑，依然想用愚蠢的笑臉拚命討好。

「我們已經見過面了。」

「哈洛德是房客，」欣茲說道，「那間雙拼屋的房客，租賃契約上有他的名字。」

迪爾回她，「我知道。」

哈洛德．史諾的愚蠢笑容終於消失，黃褐色的雙眼不再像是困獸，反而變得賊溜溜。

他鬆了一口氣，「原來你們不是警察。」

「哈洛德，我比警察更可怕，」迪爾回道，「我是她哥哥。」

22

哈洛德．史諾乖乖遵守迪爾的指示，蹲下來，雙手放在後面，摸到了工具箱的把手，起身，把它緊握在屁股後面。

「哈洛德，現在我們要進客廳，那裡比較涼爽，」迪爾說道，「不過，我一喊停，你就得立刻停下來，不然我就削掉你的一隻耳朵，知道嗎？」

「知道了。」

「走吧。」

史諾第一個進入走廊，後面跟著迪爾，殿後的是欣茲。等到他們到達廚房門口的時候，迪爾開口，「停下來。」

史諾停下腳步。迪爾詢問欣茲，「妳知道刀子放哪裡嗎？」

「你要哪一種刀子？」

「可以讓他一看到就心驚膽跳的那一種。」

「好。」

史諾開口，「你不需要拿刀子。」

迪爾回他，「閉嘴。」

迪爾聽到欣茲在廚房裡打開了某個抽屜，然後又關上。過了一會兒之後，她開口問道：「這個怎麼樣？」

他轉頭過去，看到她手中握著一把狀甚銳利的麵包刀，「很好。」他接下刀子，又把那個碎頸啤酒瓶交給了她。

「好，現在給我進去客廳。」

史諾依然雙手反剪在後、緊握工具箱，乖乖跟著迪爾與欣茲進入客廳，她立刻把那個破酒瓶丟入垃圾桶。

迪爾開口，「現在可以把工具箱放在地上了。」

背後握著工具箱，卻得硬蹲下去，動作非常不便，但史諾還是辦到了，「現在呢？」

「坐在那裡。」

「那邊？」史諾走向那張有擱腳凳與黃銅落地燈的大型休閒椅。

「就是那邊。」

史諾坐下去，迪爾問道：「你的工具箱有沒有上鎖？」

「沒鎖。」

「我們打開看看裡面有什麼。」史諾打算站起來，卻被迪爾喝止，「不是你。」迪爾拿著麵包刀，示意叫他坐回去。

欣茲跪在工具箱旁邊，打開了蓋子。拿出一個裝有各式工具的小盤，然後又繼續檢查箱底，「他可能是裝電話的工人，或是音響修理工，」她說道，「不過，我想這兩種人都不會把這東西藏在工具箱裡面。」

迪爾迅速看了一下他的左側，然後目光又回到哈洛德．史諾身上。他詢問欣茲，「有裝子彈嗎？」

「有。」

「拿出來吧。」欣茲起身，走向迪爾，將那把史密斯威森點三八口徑的短管五發裝左輪手槍交給了他。迪爾把槍對準史諾，微笑，那笑容不禁讓史諾緊張地猛嚥口水。

「我們會這麼告訴警察，我們意外發現你闖入屋內，拿槍對著我們，我搶走了你手中的槍，然後，對你的膝蓋開槍，我想，右邊的好了。」迪爾移動手槍，對準了史諾的右膝。

史諾說道：「你才不會開槍。」

欣茲開口，「為什麼不會？」

「這位小姐，拜託，沒有人會亂開槍傷人。」

「哈洛德，他是她哥哥——你記得嗎？妹妹喪命讓他變得心神不太正常。」

迪爾開口，「哈洛德……」

史諾看著他，「怎樣？」

「我要問你來這裡到底是為了什麼。要是你對我撒謊，我一定朝你開槍——對準你的膝蓋，聽清楚了沒有？」

史諾硬是要逞強，「你才不會對我開槍。」

迪爾扣下扳機，開火。點三八口徑的子彈穿入史諾膝蓋前方的擱腳凳。他嚇得大叫，整個人往後縮在椅子裡。迪爾不知道有沒有人聽到槍響，他的判斷是應該沒有，畢竟這是在六十公尺深的房子的後巷裡，而且，就算有人聽到，他也不在乎。

「抱歉，哈洛德。」迪爾這次雙手握槍，小心翼翼將槍口對準了史諾的右膝。

「帶子！」史諾大叫，「只是因為帶子！」

迪爾放下手槍，以開心語氣問道：「什麼帶子？」

「最後那一捲。」

「最後那一捲，放在哪裡？」

史諾指向天花板。「在上面的夾層裡。其實那算是管線層，可以利用臥室衣櫃天花板的暗門爬上去。」

「哈洛德，你怎麼知道上面有錄音帶？」

「當初是我安裝的機器。」

「錄音機？」

史諾點頭，「那是靠聲音啟動的裝置，我是靠室內插頭吃電，這樣我就不需要擔心電池的問題。」

欣茲問道：「哈洛德，你是什麼時候動的手腳？」

史諾看了她一眼，又望向迪爾，「靠，她誰啊？」

「等到我對你膝蓋開槍的時候，她就會是我的證人。但要是你乖乖回答我們的問題，也許我就不需要這麼做了。」

「我可以抽菸嗎？」

「不行，」迪爾問道，「你是什麼時候把錄音機藏在閣樓裡面？」

「大約是六個月前，」史諾擺臭臉，「為什麼不能抽菸？」

「因為……」迪爾問道，「你為什麼要把錄音機藏在那裡？」

「拿錢辦事，就這麼簡單。」

「誰付你錢？」

「某人。」

「我想那個某人有名有姓。」

「我不能把他的姓名告訴你，」史諾說道，「他是……某名客戶。」

「哈洛德……」欣茲溫柔呼喚他。

他盯著她，「怎樣？」

「哈洛德，你不是醫生、神父，更不是私家偵探，所以沒有任何保密規範。那些付你錢的人不是客戶，全都是狡猾的老狐狸，要是你不告訴我們那個某人的身分，迪爾先生一定會對你膝蓋開槍。迪爾先生，你說是不是？」

迪爾回道：「當然。」

史諾望向迪爾，又看著欣茲，然後目光再次飄向迪爾。他伸舌舔舐上唇，彷彿想要舔乾汗水。他的額頭也泌出汗珠，趕緊利用濕透的藍色襯衫袖子擦汗，然後雙手又用力抹了抹休閒褲的大腿處。終於，他低垂眼睫，目光停留在剛才那顆點三八子彈在擱腳凳留下的彈孔，以幾乎聽不見的低沉聲音、對著擱腳凳開口，「他叫作柯克朗，克雷・柯克朗。」他抬頭望著迪爾，「他以前和你妹妹交往過一陣子，要是他知道我告訴你這些事，一定會宰了我。」

迪爾搖頭，「哈洛德，他不會殺你。」

「你又不認識他。」

「我當然認識他。但他絕對不會殺你，因為有人對他開槍，就在今天中午左右。」

史諾顯然是真的嚇了一大跳，瞠目結舌，一臉不可置信。最後，總算好不容易開口，「被槍殺？」語氣充滿懷疑。

「哈洛德，他遭人射殺身亡，」欣茲回道，「就在墓園。」

「哈洛德，你老實說，」迪爾的態度簡直近乎溫柔，「從頭說起，把你和我妹妹與克雷・柯克朗之間的事講清楚。」

「我可以抽菸嗎？」

「當然沒問題。」

史諾從長褲口袋裡撈出一盒「優勢」薄荷菸，劃火柴點菸。他吐出菸氣，望著迪爾，「你確定他死了嗎？」

「哈洛德，他死了，是我親眼目睹。」

史諾眯著黃褐色雙眼，若有所思，「你殺死了他？」

迪爾笑而不答，開口說道：「哈洛德，從頭說起就是了。」

史諾東張西望找菸灰缸，欣茲找到了一個，拿給他。他沒道謝，反而直接撣菸灰，「你妹妹才剛買下那房子的時候——三十二街與德州大道交叉口的那一間，我們就搬了進去。我們不常看到她，我是說我和辛蒂。然後，某天晚上柯克朗過來，她當時不在家，他開始在二樓梯台那裡大吵大鬧。」

「你說的她，指的是我妹妹吧？」

「對，沒錯。他以前也鬧過一次，但你妹妹那時候在家。這一次她不在，辛蒂也出去了。只有我而已，所以我上樓查看到底出了什麼事。他喝醉了，一直在講話，還說自己和你妹妹分手，現在她和別人搞在一起。他沒有說另一個人是誰，但我早就知道答案了。好，反正賺這筆錢似乎一點都不難，所以我就講出了自己的提案。我告訴他，我可以在天花板裝竊聽器，就可以錄下你妹妹和另一個男人的所有對話。柯克朗想知道我到底是誰，我把我的名字告訴了他，還說自己對電機多麼在行。他想要知道這樣得花多少錢，我把數字講出來，他說，那就成交了。我說，除非我先看到訂金，不然不算數。他叫我第二天去他辦公室，我們敲定了一切。所以我就去了他辦公室，原來他是私家偵探。我記得他以前打橄欖球，但不知道他是私家偵探。」

「他有辦公室，」迪爾問道，「在哪裡？」

「可德爾大樓，知道在哪嗎？」

迪爾點頭。

欣茲問道：「當你在他的辦公室看到他的時候，他沒喝醉吧？」

「這位小姐，他超清醒，而且做事一板一眼，他想要什麼都講得一清二楚。他除了要在臥室天花板裝竊聽器之外，也要竊聽她的電話，而且想要利用聲音啟動。嗯，這得花不少錢，我報價給他，他拿出一大疊鈔票——不需要收據，也沒有問題，什麼都沒有，所以我就去裝機器了。」

迪爾問道：「柯克朗多久來拿一次帶子？」

「一個禮拜一次。」史諾德說完之後，將自己的香菸放入菸灰缸捻熄。

迪爾問道：「錄音帶的內容是什麼？」

史諾盯著迪爾好一會兒，迪爾發現史諾眼中的焦慮與恐懼不見了，取而代之的是其他心機，迪爾最後終於找出答案，是貪婪。他猜史諾正在想辦法要藉此機會大賺一筆。

「你想知道錄到了什麼？是嗎？」史諾說道，「哦，我想是打砲的聲音，但我其實不知道，因為我根本沒有聽。我以前經常幹這種事，一開始入行的時候，我會聽帶子，但過了一陣子之後就不碰了，因為都是一模一樣的狗屁內容。」

欣茲問道：「所以你沒有聽帶子？」

「沒有。」

「連一次都沒有？」

「錄完第一捲的時候，我曾經聽了一下，只是為了要確定錄音品質，但之後就直接丟入信封。」

迪爾問道：「然後呢？」

「然後，柯克朗打電話給我，說是要見我，他還是一樣，做事一板一眼。我的意思是，那就像是在跟大電腦公司做生意一樣。他說你妹妹還有另外一個地方，她經常待在那裡，他也想要在那裡安裝竊聽器。哦，他說的地方就是這裡。所以我開車過來，看了一下屋況，我覺得不好搞，所以我回去時就照實說了。你猜他怎麼說？他說？多少錢？就這樣，多少錢。好，我在這裡遇到了問題。他希望要在臥室安裝竊聽器，室內電話也要。我可以安裝，把設備都藏在閣樓。但我要怎麼拿錄音帶？我的意思是，我為了安裝竊聽器，可以偷偷闖進來一次，但我總不能為了拿帶子而每個禮拜都闖進來吧？你說是不是？」

迪爾問道：「那你後來怎麼辦？」

史諾回道：「脈衝串。」

「脈衝串？」

「對，我弄了發射器，有點像是無線電，知道嗎？」

迪爾點頭。

「我使用的是利用聲音啟動的低磁帶速率錄音帶，對吧？也就是說，可以錄下好幾個小時的素材。所以每隔兩三天我就會開著廂型車過去，停車，利用無線電向閣樓發射訊號，然後它會讓錄音帶迴帶，以脈衝串回傳給我——也許是兩秒、三或四秒，絕對不超過五秒。我會用我廂型車後面的器材錄下來，然後再以正常速度重新錄製，交給柯克朗。」

迪爾問道：「這辦法行得通嗎？」

「當然啊。」

「聽起來是很昂貴的器材。」

「沒錯。」

欣茲問道：「哈洛德，到底多貴？」

史諾沒回答，又從口袋裡拿出那盒「優勢」薄荷菸，點了一根，「你們知道嗎，我一直在想，」他搖滅了那根火柴，丟入菸灰缸，「關於這些線索，你們也應該付點小錢吧。」

迪爾嘆氣，彎身向前，拿左輪手槍的槍管狠敲史諾的右膝蓋，史諾慘叫一聲，丟下香菸，雙手緊護膝蓋。迪爾彎身，撿起那根香菸，塞入史諾的嘴裡。「別耍笨了，」迪爾說道，「你不是很聰明，但也不是笨蛋。柯克朗付你多少錢？」

史諾嘴裡還含著香菸，拚命搓揉受傷的膝蓋，開口說道：「每個禮拜一千美元。」

欣茲輕吹口哨，「他怎麼支付報酬？」

「怎麼支付報酬？什麼意思？」史諾抽出嘴裡的香菸，「錢啊。」

「現金？」

「對，付現。」

迪爾問道：「哈洛德，你覺得那是他自己的錢嗎？」

對方的雙眼又流露出狡猾，「嗯，這問題很有趣。我第一次裝竊聽器的時候，以為那是他的錢，但後來我覺得他應該是動用別人的錢，所以應該是有別人想知道你妹妹到底在搞什麼。」

迪爾問道：「所以他自己也找到了客戶？」

「對，某個客戶。」

「誰？」

「我怎麼知道？有人每個禮拜給你一千美金，全都是十元、二十元的鈔票，不應該問太多問題。」

欣茲問道：「還是你有聽那些帶子？」

「小姐，我沒聽那些帶子。我只聽了一點點，幾乎都是打砲時在講的話，我沒興趣。」他停頓了一會兒，「不過，有件事我倒是可以告訴你。」

迪爾問道：「什麼？」

「他想要叫我在別人家裝竊聽器。」

「柯克朗的要求？」

「對，他說價格隨便你開。所以我就過去繞了一下，回來告訴他不可能。我是說，對方的住處四處都是機關，彷彿覺得有人隨時要暗殺他一樣。」

「你說辦不到的時候，柯克朗什麼反應？」

「他還能怎麼說？我不是說我不想幹，而是我辦不到。要是沒那個能力，當然不行啊。」

迪爾問道：「哈洛德，他是誰？」

「我只知道是住在伽利丘某棟豪宅的人。」

「他是不是叫作傑克．史畢維？」

哈洛德．史諾又嚇了一大跳，但已經懶得擺出詫異表情，「對，」史諾說道，「就是傑克．史畢維。靠，你怎麼知道啊？」

23

在別人拿著自己手槍的威脅之下，哈洛德．史諾、利用廚房的高腳凳、爬到臥室衣櫥上方的管線層，帶著錄音機與發送訊號的設備下來了。迪爾沒想到這東西這麼小——只比雪茄盒大一點而已——密封在某個綠色金屬鐵盒中。

他詢問史諾：「就這樣？」

「對。」

「麥克風呢？」

史諾指了指臥房天花板上的某個東西，「看到了嗎？」

「什麼？」

「像是釘孔的地方。」

「看到了。」

「那就是竊聽器，我會留在那裡，拆走很麻煩，室內電話的也在那上頭。」

「警察過來搜索的時候，難道不會發現嗎？」

史諾搖頭，「除非他們曾經爬上閣樓，但顯然沒有。」

「你怎麼知道？」

「滑石粉。我安裝好之後，對著那裡吹了一些滑石粉，都還在。」

欣茲走過來，低頭看著哈洛德．史諾依然抱在手裡的那個綠色金屬小盒，「你說那裡放有最後一捲錄音帶。」

「對。」

「可以播放嗎？」她問道，「我的意思是，讓我們聽一下？」

史諾望著迪爾，他現在已經把手槍放到了身體側邊，「要是我照做的話，是不是就可以留住我的東西？我可以留著這個嗎？」他晃了一下那個綠色小箱，迪爾又舉高了槍，史諾趕緊慌張解釋，「聽我說，這是我自己組裝的東西，價值有兩千元美金，我知道我可以在哪裡轉賣出去，至少是兩千美金起跳。」

迪爾回道：「你可以帶走這東西。」

他們必須回到客廳，因為史諾德把工具箱留在那裡。他只花了不到兩分鐘的時間、就把某個插座與綠色金屬盒的線路相接合，然後，將它插入牆壁插座，「這東西的喇叭還不到四公分，所以沒有任何品質可言。」

迪爾說道：「直接播放就是了。」

史諾德提醒他，「裡面沒多少內容。」

迪爾再次說道：「直接播放就是了。」

他們聽到的第一個聲響是喀嚓輕響，史諾解釋：「這是接電話的聲音。」

「為什麼沒有響？」

「電話鈴響不會啟動錄音裝置。」

「喂？」開口的是名女子，是迪爾死去妹妹的聲音，不禁讓他起了一陣微微的冷顫。他心想，這就是法文所說的顫慄，心中會浮現這樣的字詞，也讓他嚇了一跳。

某個男人開口，「怎樣？」

費莉希蒂．迪爾說道：「我想還是同一個時間地點。」

「好。」又是一陣喀嚓輕響，安靜了幾秒，再次出現喀嚓聲。費莉希蒂又開口，「喂？」

史諾解釋，「這是另一通電話。」

男子：是我。

費莉希蒂：嗨。

男子：今天晚上沒辦法，靠。

迪爾認出了那男人的聲音，是警監基恩．寇德。

費莉希蒂：真是可惜啊，怎麼了？

寇德：有狀況，巨怪說要我幫忙。

費莉希蒂：你還是小心一點，別讓他聽到你在背後這樣叫他。

寇德：（笑聲），這綽號不就是妳教我的嗎？

費莉希蒂：反正你不要讓斯楚克聽到就是了。

寇德：想我嗎？

費莉希蒂：當然想你啊。

寇德：妳等一下要做什麼？

費莉希蒂：哦，既然你不會過來，我就過去雙拼屋那裡洗頭。

寇德：我想要幫妳忙。

費莉希蒂：洗我的頭髮？

寇德：洗妳的全身。

費莉希蒂：（笑聲）下次吧。

寇德：我得掛電話了，愛妳。

費莉希蒂：我也是。

寇德：再見。

費莉希蒂：親愛的，再見嘍。

出現喀嚓聲響，安靜無聲，然後，終於有某個男人開口，「她應該是很喜歡看書。」

史諾關掉機器，「是警察在講話，還要聽嗎？」

迪爾說要，史諾按下播放鍵，但其實後續並沒有出現什麼對話，有人隨口問了一句：「喬伊，你覺得這是什麼？」除此之外，什麼都沒有。

迪爾問道：「可不可以再放一次？」

「全部嗎？」

「第一通電話就好。」

費莉希蒂：喂？

男聲：怎樣？

費莉希蒂：我想還是同一個時間地點。

男聲：好。

傳來喀嚓輕響，迪爾說道：「哈洛德，再一次。」史諾又迴帶，重複播放只有四句話的內容。

迪爾開口：「再一次。」

史諾又放了一次，迪爾望著欣茲。

「就只有兩句話，」她說道，「『怎樣』以及『好』。」

「不夠嗎？」

她皺眉，「這樣我聽不出來。」

「我也沒辦法。」迪爾說完之後，面向哈洛德·史諾，「哈洛德，你可以拿走你的高檔機器，但我要帶子。」

「你的意思是我可以走了？」

「我拿了帶子之後，你就可以閃了。」

史諾立刻迴帶，把它取出來，交給了迪爾。他拔下那個錄音發射器，將電線纏住機身，以左臂夾著所有的東西，他彎腰拿工具箱的時候，開口說道：「剛才不需要打我。」

迪爾回他：「抱歉。」

「我可以拿回我的槍嗎？」

「不行。」

「你可以取出所有的子彈，把槍還給我。」

「掰，哈洛德。」

哈洛德．史諾走向門口，「那帶子對你來說應該滿有價值的吧，我看一百美金跑不掉。」

「哈洛德，你趕快回去就是了。」

史諾站在門口不動，「至少幫我開個門吧。」

迪爾走過去，幫他開了通往階梯的大門，「我問你，」史諾說道，「費莉希蒂有收賄，對不對？」

「哈洛德，我不知道。」

「你當初應該要多關心一下你妹妹。」

迪爾點頭，「也許吧。」他停頓了一會兒，「哈洛德，還有一件事。」

「什麼？」

「我們剛才聽的那捲帶子，你知道日期嗎？」

那雙賊眼又出現了貪婪目光，「給我一百美金，我就能告訴你答案。」

迪爾無奈搖頭，拿出錢包，取出兩張五十元美金的鈔票，塞到史諾的屁股口袋裡。

「星期三。」

「你怎麼知道？」

「因為我固定在星期四換帶。所以這一定是星期三的錄音，而星期四——嗯，你也知道星期四出了什麼事。」

迪爾說道：「她在星期四死了。」

史諾點頭，本打算說些什麼，但最後改變心意，直接下樓。走到一半的時候，他停下腳步，轉身，抬頭回望迪爾。

「很遺憾，」他說道，「我是說她遇害的事。」

「哈洛德，謝謝。」

史諾再次點頭，轉身，繼續往下走。

24

迪爾拿著酒，坐在欣茲客廳的沙發裡，他又開始研究馬克思菲爾德・派黎胥的那幅畫，就在這時候，她洗完澡出來，穿了一件白絲短袍，透明度很高，裡面完全一覽無遺。她坐在沙發上，兩人之間有一個大型中央靠墊相隔。

迪爾把酒杯放在咖啡桌上，開口說道：「我可以看得一清二楚。」

「我知道。」

「妳體格很好，巴爾的摩人是這麼說的。」

「一部分是先天，一部分是後天。」

「靠舞蹈？」

「你怎麼知道？」

「主要是因為妳的舉手投足。」

「他們覺得舞蹈應該可以幫忙我矯正這個。」她碰了一下上唇的小疤。

「那是怎麼回事？」

「本來是兔唇。我七歲的時候，講話變得有點怪——或者，應該算是超怪。然後，我就動了手術，接受了多次的語言治療，講話就不再怪聲怪調了。但我覺得自己講話還是有問題，所以我就去上了舞蹈課——增強自己的信心。」

「有用嗎？」

「其實沒差。但我十三歲的時候變成了美女，幾乎是一夜之間發生的奇蹟。所以我決定要從事與外貌不是太有關聯的職業，一心想當律師。」

「十三歲？」

「對啊，有什麼不對？」

「我十三歲的時候，」迪爾說道，「我想要當駐聯合國大使。」

「為什麼？」

「這樣就可以住在紐約，工作的時候也不需要站起來，反正總是有人坐在你後面，在你耳邊低聲講秘密，還會把重要的字條交給你，看起來像是穩定的工作。對於十三歲的我來說，能有穩定工作的人很屌。」

他拿起自己放在咖啡桌上的酒杯，喝了一點，又把它放回去，挨到欣茲身邊，輕觸她唇上的小疤。欣茲說道：「我只要一唸到R，發音還是不太準確。」

「我完全沒發現。」迪爾說謊，開始輕吻她的疤痕。

「你知道我為什麼放棄舞蹈？」

「為什麼？」

「因為那是治療。他們說我很厲害，但我覺得那意思只是等於治療成效不錯——我擅長自我治療。所以，當我到了十三歲的時候，我覺得自己已經好了，也立刻放棄舞蹈。」

迪爾的手滑移到她的腰際，打開繫得鬆垮垮的腰帶，她低頭望著他的動作。「妳的浴袍，」

他說道，「有點像是派黎胥畫中人物的衣裝。」

「我知道。我剛才在洗澡的時候想到你，興奮難耐，覺得這件浴袍應該可以發揮催情效果。」

他把她的浴袍從雙肩褪下，雙乳的肌膚比有漂亮曬痕的其他地方淡了好幾個色階，乳頭已經挺立，他先愛撫右邊，接下來是左邊，「在派黎胥的那幅畫中，」他說道，「我一直搞不清楚裡面的人是男孩還是女孩。」

「我希望你喜歡的是女孩，不然我們這樣只是白忙一場。」

「我超愛女孩。」說完之後，他開始親吻她右側的乳頭。

「這是草莓，」她說道，「另一邊是香草。」

他吻了她的左乳，「沒錯。」

當他起身的時候，她開口說道：「你穿太多衣服了。」她開始鬆開迪爾的領帶，他自己解開襯衫鈕釦。過沒多久之後，他的衣服已經全部落在地上。她仔細端詳，興味十足，「我喜歡看裸男。」

「裸女比較好看。」

「女體還可以，但男人的更棒——我也不知道該怎麼說——結構精良吧。比方說，這東西。」

「那是妳的看法。」

「是啊，」她說道，「這是全世界最令人讚嘆的傑作。」

「未必。」他的手指開始探索她大腿之間的柔軟地帶。

她閉上雙眼，露出甜笑，頭微微後仰，「我們可以先待在沙發，然後移到地上。」

「那裡比較寬敞。」

「對。然後你可以抱我進臥室，把我丟在床上，盡情享受兩人時光。」

「聽起來像是一個火熱午後。」

她回道：「希望是這樣了。」

然後，兩人熱情飢渴狂吻在一起。他們在沙發上纏綿了一會兒，後來也不知怎麼搞的躺到地上，一直沒有進臥室。

光溜溜的欣茲帶了兩罐啤酒、進入客廳的時候，迪爾依然躺在鋪有地毯的地板上頭，雙臂交疊，壓在後腦勺下面。她跪在他身邊，把其中一罐冰涼的啤酒放在他的裸胸，他大叫，「天！」然後開懷大笑，右手趕緊移開頭部，從胸口取下啤酒。

欣茲舉起自己的啤酒，佯裝做出舉杯慶祝的動作，「敬火熱午後一杯。」

「的確是這樣。」他起身，靠著左臂支撐全身重量。

「你有在慢跑嗎？」她再次打量他的身體，「你看起來有在跑步。」

迪爾低望自己，「沒有，我沒在慢跑，身體是我天生的優勢，也快要被我操得差不多了。超強新陳代謝功能就是我老爸給我的遺產，他也複製了自己的鼻子給我，但我覺得他自己留著比較好。」

「這鼻子很好看，」她說道，「讓你有點像是『意基上尉』，也就是『幸運兵』。」

「妳居然還記得『意基上尉』。」

「他有個死黨名叫瓦許．托博茲。我曾經處理過一個古早漫畫的侵權案，在研究的過程中，我也知道了許多有關以往連環漫畫的典故──應該是超過了我本來需要學習的範圍。但話說回來，這就是我喜歡法律的真正原因，它會帶引你進入許多不可思議的小徑。」

她起身，空調的溫度讓她微微顫抖，她放下啤酒，穿上透明白色浴袍。迪爾依然靠著左臂側躺，欣茲坐在沙發上，拿起了自己的酒。

「嗯，」她開口問道，「你覺得呢？」

迪爾再次平躺在地毯上頭，盯著天花板，「費莉希蒂不會收賄。」

「我也覺得不會。」

「但她從別的地方弄到了錢。」

「我不知道錢的來源。」

「又有誰知道呢？」迪爾不靠雙手支撐、直接起身，拿起襯衫內褲，準備穿衣，「妳的習慣是怎樣──室內溫度固定在二十度？」

「我喜歡保持涼爽。」她喝了一大口啤酒，若有所思說道，「傑克．史畢維……」

「傑克啊。」

「克雷．柯克朗想要告訴我們有關他的秘密。」

「殺死柯克朗的人不只是為了要堵他的嘴而已。」

「你怎麼知道？」

「太湊巧、太俐落，也太過……」

「順理成章？」

他回道：「也是。」

她說道：「不過，傑克・史畢維與柯克朗之間還有另一層關係。」

「前提是妳相信哈洛德・史諾說的是實話，我明天會問傑克。」

「他會告訴你嗎？」

「可能吧。」迪爾拿起長褲，起身，準備著裝。

「天！」她驚呼，「一次穿一隻腳——你就和大家一樣！」

「不然妳覺得呢？」

「過了這個下午之後，嗯——我覺得你與眾不同。」

迪爾微笑，「我就把妳這句話當成是讚美了。」

「本來就是。」

迪爾轉頭，再次研究馬克思菲爾德・派黎胥的那張畫，「女孩，」他終於確定了，「絕對是女孩。」然後，他又面向欣茲，「那個教會遇到的老頭。」

「那個記者？」

「對，拉菲特，我想我最好得找他談一談。」

「打電話給他啊。」

迪爾搖頭，「費莉希蒂死後沒多久，就有人向他通風報信，講出了她的財務問題。他一直壓著沒報，但他今天就要發稿，因為有別人下令這麼做，我要找出那些幕後人物到底是誰。」

「你知道他住哪裡嗎？」

「拉菲特？我知道他平常在哪裡鬼混。妳喜歡吃牛排嗎？」

她聳肩，「你叫我吃，我吃就是了。你知道要在哪裡才能找到他？」

「記者俱樂部。」

「什麼時候？」

「大約八點鐘。」

「還有一段時間，我們要幹嘛？」

迪爾笑得開心，「我們可以到妳的床上玩一下。」

她也對他露出燦笑，「你還得再脫一次褲子。」

「沒問題。」

在那個週六夜，他們到了八點三十五分才到達記者俱樂部，因為迪爾想要先回飯店一趟換襯衫，檢查是否有留言。他的置物格裡有一張字條，請他回電給拉米雷茲參議員，留電號碼的區域位於圖克姆卡里，不過，迪爾回電之後，卻只聽到答錄機預錄的客氣雙語致歉詞。

當他們進入記者俱樂部的時候，氣溫已經降到了攝氏三十三度，迪爾身穿乾淨的白色襯衫，外搭藍色的葬禮西裝，而欣茲則是無袖黃色洋裝，迪爾原本以為那是亞麻材質，但她卻說那是某種防皺的人造纖維布料。

他按下記者俱樂部的電鈴。進去之後，里懷茲盯著他們兩人朝L型的吧檯走來，L短邊的末端還有兩個空座位，里懷茲扭頭，向他們示意入座。等到他們一坐上高腳凳，里懷茲立刻對欣茲開口，「妳以前常和美聯社的傑瑞一起來，對吧？」

「還有哪家報社的記者也叫傑瑞？」

「合眾國際社也有個傑瑞。」

「我不認識合眾國際社的傑瑞。」

「他也是個討厭鬼。妳是欣茲對嗎？」

「叫我安娜．茅德。」

「嗯，」里懷茲對迪爾點頭，但雙眼依然緊盯欣茲，「妳的品味還是沒什麼長進。」

她回道：「我最多也只能找到他這種貨色。」

里懷茲面向迪爾，「我聽說喪禮出事了。有人喪命，一千個警察站在那裡，卻有人朝某個可憐笨蛋開槍，但卻沒有人看到。我本來打算要去參加喪禮，現在真後悔沒去。」

迪爾回道：「給我威士忌。」

里懷茲詢問欣茲：「那妳呢？」

「白酒。」

里懷茲為兩人送上酒，又開口問道：「要不要看報紙？」

迪爾問道：「明天出版的嗎？」

里懷茲點點頭，把手伸到吧檯下方，拿出一份星期天的《論壇報》晨版，已經翻摺到第三頁，「查克斯說你妹妹超有錢。」

那是一篇雙欄報導，位置在墓園謀殺案三欄主新聞下方的邊欄，那篇雙欄報導的標題是：

警方調查遇刺警官資產

這篇報導的寫作方式，完全就是迪爾長期以來所認定的《論壇報》標準沉悶風格，以這種筆法寫出性侵、謀殺、孩童性騷擾案、叛國、民主黨大獲全勝、各式各樣的天災人禍之類的大事，正好可以讓全家人吃早餐的時候、唸出這些新聞。這條新聞裡所敘述的內容，其實迪爾都早就知道了，在拉菲特文章的最後一段，還引述了迪爾所說的話：無可奉告。

迪爾把報紙交給欣茲，詢問里懷茲：「拉菲特還在這裡嗎？」

「他坐在後面的角落位置，應該正在喝啤酒吃辣肉。」

「問一下服務生哈瑞，能不能安排他隔壁的桌子給我們？」

里懷茲陷入沉思，以指關節輕撫鬍鬚，思索迪爾的要求，最後，終於開口，「有何不可？」隨即開始尋找服務生哈瑞。

欣茲花了三十秒就看完了整篇報導，她把報紙放回吧檯，對迪爾說道：「裡面沒有任何新內容，根本談不上誹謗。我想我在文中看到了五次的『據稱』，除了她死亡是事實之外，一切都是臆測，只敢大方承認她的死亡消息。」

「我也注意到了，」迪爾又喝了一點威士忌，「等一下我會讓那個老傢伙很難看。」

「拉菲特？」

「你今天下午已經把哈洛德整得很慘，會比那更可怕？」

他又點點頭。

「那我要好好見識一下。」

「我需要妳在旁邊冷靜助攻。」

「冷酷，明快，標準的律師模樣。」

「對。無論我說什麼，絕對都不要面露詫異。」

「沒問題。」她啜飲了一小口酒，好奇盯著他，「你是在哪裡學到這個？」

「哪個？」

欣茲來不及開口，因為里懷茲已經回到了吧檯的尾端，「服務生哈瑞說，大約在五分鐘之內，就可以把你們安排到查克斯旁邊，可以嗎？」

「沒問題。」

「他想要知道你們要吃什麼。」

迪爾望著欣茲，「菲力加烤馬鈴薯，搭配沙拉？」

里懷茲點頭，再次離開，欣茲又面向迪爾，「你是在哪裡學到今天下午對付哈洛德的那些手段？」

「我不知道，」迪爾說道，「我覺得自己一直就是這調調。」

「但那是在演戲吧？」

「當然，」迪爾回道，「是演戲沒錯。」但他心想恐怕不是。

25

那老頭不小心把墨西哥辣醬噴到了黃色人造絲襯衫上頭，他把餐巾布伸進水杯、拿著沾水部位努力抹去髒污的時候，迪爾與欣茲在他旁邊的桌子坐了下來。拉菲特抬頭看了他們一下，又繼續處理那塊辣醬污漬。老頭坐在靠牆的厚墊長椅的角落，欣茲也坐入同一條長椅，而迪爾則坐在她對面的椅子。老頭子沒抬頭，直接開口問迪爾，「喜歡我的報導嗎？」

「我看到你使用了十三次的據稱。」

「其實我只用了四次，但某個編輯台的混蛋又亂加了一個。」他再次抬頭，「你打算要幹什麼？」

「想不想喝點酒？」

「如果你請客，當然好啊。」他的下巴朝欣茲點了一下，「她是誰？」

「我的律師，」迪爾回道，「欣茲小姐。好，這位是拉菲特先生，有些人喊他『查克斯』。」

欣茲面向拉菲特，對他冷冷點頭，「拉菲特先生，所以你經常咯咯笑個不停[4]嗎？」

老頭回道：「幾乎是從來沒有。」

服務生哈瑞帶著餐巾與餐具、走到迪爾的桌前，他忙著擺桌，詢問迪爾與欣茲想不想喝點什麼。迪爾告訴他，他們可以繼續喝剛才從吧檯帶過來的酒，不過，他又補了一句：「你可以幫查克斯備酒。」

服務生哈瑞回道：「那臭老頭已經喝得夠多了。」

「老黑鬼，我要干邑，」拉菲特說道，「而且是雙份。」

服務生哈瑞仔細打量他，「辣醬噴到了襯衫是嗎？哎呀，你這件衣服才穿了四天，要不是因為現在弄髒了，至少還可以撐個兩天吧？」

老頭的音量令人側目，「你這個死服務生，快去拿酒！」

服務生哈瑞嗆他，「我打算現在就把你轟出去。」

老頭怒氣沖沖瞪他，「**打算？就憑你？**」他搖搖頭，佯裝不可置信的表情很成功。

「又老又廢的記者，」服務生哈瑞發出憐憫的嘖嘖聲，「全世界最悲慘的局面莫過於此。一身殘敗，已經完全看不到當年勇，幾乎隨時都在半醉狀態。」他看著迪爾，「你確定要請這個老笨蛋喝酒？」

「沒錯。」

服務生哈瑞搖頭，轉身離開。等到他離開之後，老頭用諷刺的道歉語氣大聲說道：「他就是在想念叢林生活嘛，」他對迪爾哈哈大笑，但笑聲裡卻聽不出任何歡愉，「你想要用雙份干邑酒換取什麼情報？」

「我要知道企圖讓我妹妹這篇報導曝光的幕後者是誰，」迪爾微笑，但那是冷笑，甚至已經到了殘忍的地步，這是他蓄意擺出的表情，「這是其一，」他繼續說道，「第二，我要知道是誰

❹與查克斯同音。

把內幕透露給你。」

老頭問道：「真想知道是嗎？」

「第三，要是你不說的話，那我一定會讓你十分後悔，心想當初早知道講出來就沒事了。」

老頭悶哼一聲，「迪爾，你覺得你能拿我怎麼樣？媽的我都七十三歲了，什麼狀況都遇過了。你是要把我打得半死？打我一拳我就掛了，你想知道我的遺言是什麼嗎？『真是多謝。』就這樣。是想要害我被炒魷魚？那我就搬到佛羅里達州曬太陽，五年前我就該這麼做了。」

迪爾再次露出他的那種陰冷微笑，「查克斯，我妹妹有買保險，我是唯一的受益人，她留給我的錢是二十五萬美元。你很窮吧？」

拉菲特近乎淡白的藍色眼眸露出疑色，「你這話什麼意思？我很窮？」

「你沒有錢吧？破產？一貧如洗？拿不出半毛錢？」

老頭聳肩，「我是有一些錢。」

「很好，那你有錢請律師了？」

「我幹嘛要找律師？」

「因為我要告你誹謗，而不是《論壇報》，我只要告你而已，到時候你就需要律師了。查克斯，我知道我妹妹沒有收賄，但你的報導卻誣指她瀆職。我想，證明他是出於惡意應該一點也不難吧——欣茲小姐，妳說是不是？」

欣茲回道：「我看你這個案子是穩操勝券。」

迪爾問她：「妳覺得二十五萬美元可以支付多久的律師費？」

欣茲微笑，「好幾年，絕對綽綽有餘。」

「查克斯，現在如果我要告你的話，你覺得《論壇報》會幫你出訴訟費用？」

「根本還沒成案啊，」老頭悶哼一聲，「你們根本不知道什麼是誹謗，我的知識超過了你們兩個的總和，大家會在法庭外頭恥笑你們不自量力。」

「那我們就繼續上訴。」欣茲說完後又露出微笑。

「上訴得花錢，」迪爾說道，「我有二十五萬美元當後盾。查克斯，你呢？」

老頭怒道：「你有個屁啦！」就在這時候，服務生哈瑞出現了，拿了一杯干邑放在他前面。

服務生哈瑞問道：「誰有個屁？」

「這混蛋說要告我誹謗。」

服務生哈瑞對迪爾微笑，「你需要證人嗎？需要有人站在法庭講出這老蠢蛋有多麼下流齷齪？你告他，我挺你。」

拉菲特怒道：「給我滾！」

服務生哈瑞笑嘻嘻走人，拉菲特盯著他離開之後，又想起了自己的干邑，拿起酒杯喝酒，放下酒杯時還咂咂嘴，又點了一根自己的威豪香菸。

「那篇報導中完全沒有誹謗，」他告訴迪爾，「你覺得我在玩擦邊球的時候會不知道狀況？」

迪爾聳肩，望著欣茲，「誹謗訴訟可以搞很久吧，是不是？」

她回道：「一輩子也不成問題。」

迪爾回望拉菲特，「你知道等我告你的時候，老哈特索恩會怎麼處理嗎？查克斯，他會讓你自生自滅，更何況《論壇報》又不是被告。到時候他連你叫什麼名字都不記得，甚至會開除你，但就算這樣，你還是逃不了被告的命運。我有錢也有時間，但我看你這兩項資源很快就沒了。」

拉菲特一口喝完干邑，「你在勒索。」

迪爾回道：「這是行使正義。」

「我又沒說她收賄。」

「你有這種暗示。你說你以前寫過有關她的一篇專題報導，但社方沒有刊登，我很想知道是為什麼。」

「他們砍了那篇報導，就這麼簡單。」

「但為什麼呢？」欣茲追問，「他們之所以砍掉那一篇——如果真的有這麼做的話——是因為報導不實、充滿惡意、偏頗——誹謗什麼的嗎？」

「這位小姐，媽的那就是一篇專題而已。如果有什麼，就只是很溫馨而已，你們又不能因為溫馨的新聞告我。」

「查克斯，今天的報導並不溫馨。」

老頭子盯著迪爾許久不放，終於，他嘆氣說道：「你真的會告我？是不是？」迪爾知道自己贏了，但他其實並不忍心看到這種結果。

「我說到做到。」

「要是換作五年前，我就會叫你去吃大便。」

「但五年前的你只有六十八歲。」

「所以你到底要什麼？」

「是誰向你洩露我妹妹的財務狀況？」

「**洩露**？」拉菲特反問，「你又怎麼知道是洩露？我到處有線人，只要隨便一問，線索就像水龍頭的水一樣嘩啦啦流出來。你知道我跑警政多久了嗎？——五十年，就是這麼久，你仔細想想，五十年哪——只有因為戰爭而中斷。我看到許多菜鳥入行，越來越老，最後都退休了。天，我甚至還看到連菜鳥的小孩都快準備退休了。我在這裡的地位屹立不搖，迪爾，拜託一下，什麼洩露！」他講出最後一個字的時候，幾乎口水都快要噴出來。

迪爾問道：「查克斯，你到底是從誰那裡拿到消息？」

老頭又嘆氣，拿起了空杯，喝光了殘留的那幾滴酒，開口語氣很無奈，「他們的頭頭。」

「你是說警察總局局長——林克勒？」

「混蛋總警司，斯楚克。」

「為什麼？」

「為什麼？」老頭的語氣不可置信，「要是有人告訴你消息，你會問為什麼嗎？迪爾，你以前在合眾國際社的時候會這樣搞嗎？有人在議場外透露內幕，然後你的回應是：『我的天，你幹嘛要跟我說這個？』小伙子，你是這樣跑新聞的嗎？」

「不是。」

「那就不要問我為什麼。」

「他跟你說了什麼？」

「斯楚克?他說，這條情報你應該會感興趣，他全講了出來，我就逐一抄寫。然後，我一直沒發，直到今天——上面有交代，你寫的有關費莉希蒂．迪爾的那篇稿子，我們就出吧。它就只是一篇報導——新聞——平鋪直敘，因為那是我一貫風格，完全沒有誹謗，這一點你知我知。」

迪爾問道：「上面有交代——是老哈特索恩？」

「我不知道，」拉菲特回道，「如果不是他，就是小哈特索恩，媽的有差嗎？」他停頓了一會兒，「就這樣，天！我全都說了！」他推桌起身，「迪爾，你要是還想要告我，好啊，儘管去吧！」

拉菲特想要繞過桌子，但卻停下腳步。他的淡藍色眼珠爆凸，整張臉突然變得一片暗紅，讓他五官扭曲，陷入極端痛苦。他右手緊揪胸口，向前彎身，整個人突然一軟，想要靠著左臂與左手撐桌穩住重心，但身體卻不聽使喚。他差點就癱倒在地，幸好服務生哈瑞提前衝過來抓住他，小心翼翼讓他緩衝著地。

服務生哈瑞抬頭望著迪爾，「快去告訴希臘人打急救電話，幫幫這個老蠢蛋。」

「我去。」欣茲說完之後，立刻起身衝向吧檯。

「老頭，不准死在我手上，」服務生哈瑞低聲說話，又扯開拉菲特的油膩灰色領帶，「不可以死在我的地盤。」

服務生哈瑞猛搖老頭肩膀，對他大吼大叫，「你沒事吧？」沒有回應，但他似乎也不覺得意外。他伸出左手，放在老頭的脖子下方，將它抬高，以右手推按汗濕的額頭，老頭張嘴，服務生哈瑞彎身傾聽，又搖頭，幾乎是嫌惡的表情。

服務生哈瑞碎碎唸，「老頭，我得要再次吻你的嘴巴了。」他的左手依然扶著拉菲特的脖子，右手捏住拉菲特的鼻孔，讓它們完全緊閉。服務生哈瑞深吸氣，盡量張開嘴，蓋住了老頭的雙唇，吐氣。迪爾看到老頭的胸膛升起。服務生哈瑞移開嘴巴，檢查老頭的胸口是否有沉下去，沒有，他又對拉菲特的嘴連吐了四口短氣，這一次老頭的胸膛有起有伏，但隨即停了下來。

服務生哈瑞跪下來，檢查拉菲特喉頭旁的頸動脈，「靠，死老頭。」他的左手手根頂住胸骨頂端、往下壓了約兩三公分，十指交疊，身體重心移向拉菲特，向下施力，老頭的胸膛似乎往下沉了五公分，服務生哈瑞前後搖晃，不斷重複同一步驟，他做了十五次，然後迅速彎身，對老頭的嘴巴連吐兩口氣。

迪爾後頭傳來某名女子的聲音，「那不是挺噁心的嗎？」他四處張望，看到有一小群好奇的客人聚在附近。

服務生哈瑞抬頭看迪爾，「你可以對他吹氣嗎？」

「沒問題，」迪爾跪在拉菲特旁邊，「告訴我什麼時候吐氣就是了。」

服務生哈瑞開口，「等我數到五的時候。」說完之後，開始大聲數算自己的按壓次數，等到哈瑞數到五的時候，迪爾深吸一大口氣，蓋住老頭的嘴，吐氣。

服務生哈瑞交代他，「再一次。」

迪爾再次吸氣吐氣，那老頭的嘴散發出陳年菸氣與干邑的味道，應該是還有保麗淨假牙清潔劑。迪爾想吐，也只能盡量忍住嘔意。

服務生哈瑞說道：「數到五再一次。」

迪爾回他：「沒問題。」

哈瑞又做了五下的心臟按壓，迪爾也再次吹了兩次的氣、送入老頭的肺部。兩人又持續做了好幾分鐘，消防隊的救護人員終於趕到，接手急救。他們為拉菲特戴上氧氣罩，把他送上輪床，將他推到了俱樂部外面，迪爾與哈瑞跟著過去，而其他的圍觀者則又回去喝酒用餐。

「他可以撐過去吧？」服務生哈瑞詢問其中一名救護人員。

「對，應該不成問題。哈瑞，你的心肺復甦術又救了他一命，謝謝。」

等到救護人員離開之後，迪爾詢問服務生哈瑞，「你以前對他做過心肺復甦術？」

「兩次。」

「天哪。」

「我經常提醒那個老蠢蛋，不准死在這裡。一個人躺在家裡的床上死翹翹，這才是適合他的地點與死法，反正就是不准在我的地盤。你真的說你要告他？」

迪爾點頭。

服務生哈瑞搖頭，開懷大笑，「這種話的確會激怒他，讓他氣得半死。你知道這老蠢蛋要是掛掉的話，遺產會留給誰？」

迪爾瞠目結舌，講不出話，只能死盯著著服務生哈瑞，一臉不可置信。

「沒錯，就是我。」他伸出舌頭舔弄雙唇，露出苦笑，「老頭的味道也沒那麼糟糕吧？」

26

迪爾在L形吧檯的短端看到了欣茲，她握著酒杯，裡面看起來像是加了冰塊的伏特加。他也不管她到底喝的是什麼，直接告訴希臘人他也來杯一樣的酒。里懷茲為他倒酒，又指了指那沉默不語的女子，「我告訴她，那和你們兩個所說的話或是做出的舉動完全無關，但她就是不信我的話。」

迪爾點點頭，開始喝酒，果然是伏特加。他望著欣茲，她還是盯著自己的酒杯。

「我告訴她，那老頭都七十三歲了，」里懷茲繼續說道，「而且每天至少喝一瓶酒，三包威豪香菸，喜歡吃油膩與垃圾食物，每個禮拜的步行數差不多五、六十步吧，以前是沒出事，恰好輪到今天就氣數盡了，跟誰說了什麼完全無關。」他沉默片刻，「天，你和服務生哈瑞救了他一命。」

迪爾回道：「前提是他能夠撐下去。」

「死了又怎樣？他都七十三歲了，」里懷茲停頓了一會兒，「笨蛋臭老頭。」

「我想要離開這裡。」欣茲講話的時候，依然盯著酒杯。

迪爾掏出一張十元美金的鈔票、放在吧檯上，拿起自己的酒杯，連續灌了三大口，全部喝光，不禁全身抖了一下，「我們走吧。」

她不發一語，從高腳凳下來，準備走向門口。迪爾拿了零錢，而里懷茲的目光飄向他處，以假裝隨性、但卻演得太刻意的語氣問道：「所以你到底對查克斯說了什麼？」

「我說我要告他誹謗。」

「靠，不會吧！」里懷茲驚呼，而迪爾已經轉身，跟在欣茲後面走了出去。

迪爾沿著迪羅大道一路南行，往市中心方向移動。欣茲整個人靠在右側車門，迪爾瞄了她一眼，開口說道：「我想妳還不餓吧？」

「不餓。」

「我也是。」

「我想回家。」

「好，」他說道，「但先讓我去一下藥房好嗎？」

「為什麼？」

「要買漱口水，我覺得嘴裡還有他的味道。」

迪爾找了間藥局停下來，外頭的數位看板顯示時間是晚上九點三十九分，攝氏三十二度。他買了一小瓶斯科普漱口水，在路邊打開瓶蓋，將嘴巴漱乾淨之後，把裡面的藥水全吐入排水溝——他記得自己從來沒做過這種事，至少，打從他還是小男生的時候就沒這印象。

他回到車上，發動引擎，駛入車道。欣茲問他：「難道你就不能等到回家再做嗎？」

「不行，」他回道，「我沒辦法，覺得還是聞得到他的氣味。」

「他是什麼味道？」

「宛若腐屍。」

「嗯，」她說道，「我也覺得是那種氣味。」

快到達凡布倫大樓的時候，迪爾開始找停車位，「不用麻煩了，」她告訴他，「讓我在前頭下車就好。」

「好。」

他把車停在大樓前，但欣茲沒有下車的意思，反而直視前方，「我不想再跟你作朋友了，如果你需要的話，我還是可以當你的律師，但我不想當你的朋友。」

「抱歉，」他回道，「我可沒有四處亂交朋友。」

「沒有人會做那種事。」

「是因為那老頭快死掉的事嗎？」

她望著他，緩緩搖頭，「你沒打算要害死他吧。」

「沒錯，我沒那個意思。」

「如果我是你的律師，而且還繼續當你的朋友，那我擔心會出現兩個狀況。」

「什麼？」

「我可能會愛上你——而且很可能會陷入某種我不想招惹的麻煩。和你談戀愛——好，我可以處理，至少我覺得自己有這個能力。另外一個呢，我不知道。」

「另一個是什麼？」

「麻煩。」

「妳是指今天下午與哈洛德．史諾交手的那段過程？」她點頭，「妳明明很喜歡，」迪爾說道，「我看得出來。」

「沒錯，」她說道，「我很喜歡，我從來沒想過自己會喜歡那樣的事，我以為自己喜歡安全、客氣有禮的一切。」她搖搖頭，彷彿不可置信，「就連今晚也讓我很歡喜，當我們只是對著那老頭拉菲特講話的時候，他的反應根本不是認命接受而已。他拚命反擊，其實，他的表現比你優秀——強過我們兩個人——反正大部分的時候是如此，好，這個部分我也很喜歡，至少，在他倒下之前，我一直抱持這樣的心情。而他昏倒真的是嚇壞我了。就連克雷中槍都沒讓我那麼震驚。還有可憐的白痴哈洛德．史諾，好吧，那倒是很刺激。但這老頭子的事，我也脫不了關係，我是共犯，我生氣了，因為我終於恍然大悟，這並不只是『我們來假裝一下』而已，對嗎？」

「對。」

「你記得我問過你是不是在演戲？」

「記得。」

「你沒有在演戲。」

「我想是沒有。」

「這樣讓我很害怕，我不想這樣。我不想和你談戀愛了，也不要當朋友了。」

「只當我的律師。」

「最多就是這樣。」

迪爾不知道該如何回答，所以他不發一語，反而伸手過去，把她拉過來。一開始的時候，她不情不願，但後來就放棄抗拒，兩人的嘴唇再次黏在一起，又是一個長吻，近乎暴怒之吻。

結束之後，她以半躺的姿勢窩在座位裡，把頭靠在他肩上，「我想要知道，」她開口，「我想要知道自己能不能嚐到腐屍的氣味。」

「有嚐到嗎？」

「如果那味道像是斯科普漱口水，那就是有了。」

他再次吻她，這次很溫柔，幾乎充滿愛戀，然後，他開口問道：「妳不會只想當我的律師吧？」

她嘆氣，「被你說中了。」

「妳可以當我的律師兼馬子。」

「你的**馬子**？天哪。」

「這有什麼不對勁嗎？」

她挺直身體坐好，「我不想再惹麻煩了。」

迪爾大笑，「妳明明喜歡麻煩，妳自己說的。」

她又把頭靠回他肩上，「馬子，」她的語氣不可置信，「天，馬子！」

迪爾開車行經我們的傑克街、準備要回到郝金斯飯店的時候，看到了第一國家銀行的看板，晚上十點三十一分，攝氏三十一度。一開入地下室停車場，他就開始下意識尋找克萊德．布拉托的藍色道奇廂型車，但並沒有看到。迪爾下車，匆匆走到電梯口，還小心翼翼避開了那些大型水泥方柱。他直接搭乘電梯到了九樓，懶得去櫃檯詢問是否有給他的留言。

迪爾打開九八一號房門的門鎖，推開房門，但並沒有立刻進去，唯一聽到的就只有冷氣運轉聲而已。他迅速進房，關門，查看洗手間，但只有某個水龍頭在滴水，他關好之後，又回到房內，走到電話旁邊，撥打查號台。詢問聖安東尼醫院的電話，對方也給了他號碼。他撥到醫院，轉了四個部門之後，終於聯絡到某個名叫瓦德的醫生，聲音聽起來十分年輕，也很隨和。

「我想知道加護病房某位病人的狀況，」迪爾說道，「姓氏是拉菲特，名字佛列德・Y。」

瓦德醫生問道，「拉菲特，是笑聲❺的那個字？」

「他姓氏的拼音是Laffter。」

「我看看。拉菲特……拉菲特。哦，有的，哦他死了。大約是二十分鐘之前的事，你是家屬嗎？」

「不是。」

「他入院時沒有家屬資料，你覺得我應該要打給誰？」

迪爾想了一會兒，請瓦德醫生打電話到記者俱樂部找服務生哈瑞。

過了一會兒之後，迪爾打電話叫客房服務，請他們準備一瓶珍寶威士忌、一些冰塊，還有牛排三明治。東西送上來之後，他沒理會三明治，直接調酒，迅速喝完第一杯，起身，又調了第二杯。

他帶著第二杯酒走到窗邊，站在那裡慢慢啜飲，低頭凝望週六夜晚的我們的傑克街。看不到幾輛車，行人更是寥寥可數。以往大家都會在週六夜進市中心，但現在沒有人會幹這種事。他不知道現在大家都去哪裡——或者，真的還會出門嗎？他又想到了克雷．柯克朗，那個深愛他妹妹、原本是橄欖球選手後來改當私家偵探的傢伙。迪爾知道這兩起命案有某種關聯，但到底是什麼？他才思索了一會兒就累了。接下來是哈洛德．史諾的怯懦面孔，但也只是出現片刻而已，然後，他的思緒飄到了自己不願面對的方向，想到了那個孤單死在醫院的暴躁資深警政記者，死因可能是中風。拉菲特讓他陷入長長的沉思，一直到他發現酒杯空了才回神過來。他看著第一國家銀行的看板，剛過午夜，十二點零二分，八月七號星期天，而根據看板上的數字，氣溫依然高達三十一度。

迪爾的注意力從窗前移向電話，他撥打欣茲的號碼，響了七聲之後，欣茲接起電話，她開口的那一聲喂，微弱得幾乎聽不見。

迪爾說道：「他兩個小時前過世了。」

她沉默許久之後才回道，「很遺憾。」停頓了一會兒之後，她又問道：「有沒有我可以幫得上忙的地方？」

「沒有。」

「你是不是在自責？」

❺發音似拉菲特。

「我想多少有一點吧，我害他氣得半死。」

「嗯，沒事了，現在已經結束了。你現在無能為力，最多也只能哀悼他而已。」

「我跟他沒那麼熟。」

「那我給你一點法律建議。」

「好。」

「親愛的，忘了吧。」她說完後就掛了電話。

27

星期天早上九點鐘剛過沒多久，迪爾飯店房間的電話響了。當時他還在睡，應答的時候依然半睡半醒，只能用嘶啞的聲音打招呼，對方開口，「班恩，我是喬．拉米雷茲，你醒了嗎？」

「醒了。」

「我們明天大約會在四點鐘左右到達。可不可以請你先租車？在機場與我們會面？」

「我們？」

「多倫和我。他會從華盛頓過來，我目前還在聖塔非。」

「明天，」迪爾複述重點，「大約四點鐘。」

「當然，前提是不要給你添麻煩。」

「我會到。你可以等我一下嗎？」

「沒問題。」

迪爾掛了電話，進入浴室，以冷水潑臉，又回到房內，看到了威士忌，愣了一下，拿起酒瓶，迅速灌了一大口，又拿起話筒問道：「多倫有沒有告訴你克萊德．布拉托的事？」

「有，他說了，看來有麻煩是吧？」

「我告訴多倫，你可以抓布拉托或傑克．史畢維，但不能兩個都要。」

「班恩，我覺得倒未必如此。我想要和他們兩人都見個面。可以麻煩你安排嗎？」

「史畢維不成問題，我今天會與他見面。但我必須等布拉托主動打電話給我，不過，只要聯邦調查局還沒抓到他——我相信他一定會自己來找我。」

「你沒有讓聯邦調查局知道他在那裡吧？」參議員的男中音聲音突然拔高，迪爾覺得聽起來很像是在拉警報。

「參議員，我還沒有告訴聯邦調查局，」他態度小心翼翼，「我本來要打電話給他們，但多倫說他會在華府處理這件事，應該是有吧？」

「我想他已經處理好了。」

「也許我應該要打電話給聯邦調查局位於這裡的分處——只是確定一下而已。」

「班恩，我真的覺得沒這個必要，」參議員努力擺出充滿理性又嚴厲的口吻，「我相信多倫在華盛頓已經打點好一切，要是你打電話的話——嗯，可能會造成混淆，摧毀我們目前可能因而取得的政治優勢，當然，我所提的是整體面的政治優勢。」

「是啊，當然。」迪爾也懶得掩飾自己的疑心，「等到布拉托打電話給我的時候，你希望我怎麼說？」

「這麼跟他說吧，我已經準備要舉行一場完全保密的磋商會議，時間是明天晚上或禮拜二一大早，」參議員停頓了一會兒，「只有他、多倫、我……當然還有你。」

「傑克．史畢維呢？」

「開出一樣的條件，但時段要錯開。」

迪爾回道：「我會安排。」

「很好……」參議員又陷入短暫沉默，「還有，班恩？」

「嗯？」

「今天早上，我在《新墨西哥人》報看到了一則短訊，有關你妹妹的喪禮，某個曾當過警察的人在現場遇害？」

「克雷．柯克朗。」

「以前曾經在突襲者隊打球的那個柯克朗？」

「同一個，他曾經與我妹妹交往過。」

「我──這個嘛，接下來的這個問題，我不知該如何啟齒。」

「最好的方式就是直說吧。」

「你妹妹與柯克朗所發生的意外與你無關吧──或者，和我們沒關聯吧？」

「就我所知是沒有。」

「如果真的有，狀況就相當棘手──但我不覺得有這個可能。」

迪爾回道：「我也這麼覺得。」

「好，那我們就明天見──機場會合了。」

迪爾說沒問題。參議員掛了電話之後，迪爾撥打客房服務。他進入浴室，站在蓮蓬頭下方長達五分鐘之久，然後刮鬍子、刷牙，又花了五分鐘，穿上灰色長褲、白色直扣式襯衫、擦得乾乾淨淨的黑色樂福鞋。

他剛穿好衣服，咖啡就送來了。他這次又拿出兩元美金當小費、送給同一名客房服務生，對方也開心道謝。服務生離開之後，迪爾倒了咖啡，遲疑了一會兒，又加了一點威士忌，坐在書桌前啜飲。喝到第四口的時候，電話又響了。

迪爾說了喂，克萊德．布拉托立刻接口，「和我們那位來自『迷人之州』的朋友聯絡過了嗎？」

「才剛通完電話。」

「然後呢？」

「他打算要舉行一場完全保密的磋商會議，明天傍晚或是星期二早上，一大早。只有你、他、多倫和我而已。」

「這有點不太公平吧？」

「那你說呢？」

「我想要帶席德與哈利一起過去——當然，他們只是負責安檢而已。」

「如果你要帶他們隨行，那會面的地方就由我決定。」

布拉托想了一會兒，「只要是公平的地點就沒問題。」

「我妹妹有個車庫房——就在某個公園對面的巷子裡，非常隱密，你意下如何？」

布拉托思索了一會兒，「好，」他說道，「應該是可行，地址呢？」

「十九街與費爾摩路交叉口——從巷子進去。」

「明天傍晚六點怎麼樣？」

迪爾回他：「那就七點吧。」

「到時候見。」布拉托說道，「對了，我知道你沒打電話給聯邦調查局，可以讓我知道為什麼嗎？」

「克萊德，你怎麼知道我沒打電話給他們？」

「這問題還真奇怪啊。」

「多倫在華盛頓處理這件事。」

「是嗎？嗯，很好，對，太好了，那我們明天見。」

布拉托掛了電話之後，迪爾把話筒放回去，又拿起來打查號台。對方給了號碼，他立刻撥打過去，響了第三聲，對方就接起來了，開口的是某名女子。

「哪位？」

「辛蒂啊，」迪爾佯裝雀躍語氣，「我是班恩．迪爾。」

「班恩．迪爾——費莉希蒂的哥哥。」

「啊，對哦，是你啊。嗯，我現在不方便講話。」

「辛蒂，我要找哈洛德。」

「你找哈洛德？」

「沒錯。」

過沒多久之後，迪爾聽到辛蒂．麥克卡貝壓低聲音說道：「是費莉希蒂的哥哥，他要找你。」

哈洛德．史諾接起電話，咆哮問道：「靠，你是要幹嘛？」

「哈洛德，想不想賺一千美元的外快？只需要工作一個小時？」

「啊？」

迪爾又重複了一次問題。

「要做什麼？」

「只需要把你昨天帶走的東西裝回去就是了。」

「你是說那邊嗎——公園對面的閣樓？」

「哈洛德，但這一次裝在客廳——可以聽得比較清楚。」

「什麼時候？」

「看是要今天早上或下午。」

「什麼時候付錢？」

「你收支票嗎？」

「不收。」

「好，付現，今天晚一點給你，晚上的時候。」

「哪裡？」

「你家。」

「出了什麼事？」

「哈洛德，相信我，你沒興趣知道。」

「你要我跟以前一樣安裝設備——但只是地點換成了客廳？」

「沒錯。」

「然後你會在今天把那東西帶來我家？」

「最晚七點。我會把那東西帶過去，你不要讓辛蒂知道那是什麼就好。」

史諾回道：「我想沒這個必要。」

迪爾回他：「我想也是。」他說完之後就掛了電話。

迪爾前往欣茲家接人的時候，已經快要接近中午時分，車內廣播電台預測八月七日星期天，很可能會創下有史以來的高溫紀錄，果然，才不過十二點，已經到了攝氏三十五度。無風無雲，放眼望去，也完全看不到任何解暑的風景。

欣茲穿的是寬鬆白色短褲，黃色棉質長版襯衫，搭配涼鞋。當她進入車內的時候，一臉挑剔盯著迪爾，「你說我們要去哪裡？」

「到傑克．史畢維家裡。」

「是要參加祈禱大會嗎？」

迪爾望著自己的白色襯衫與灰色休閒褲，「我看看，我等一下可以把袖子捲起來。」

「等一下會經過某間週日營業的TG&Y大賣場，」她說道，「我們可以在那裡買你的襯衫還有泳褲。然後，你脫掉襪子，光腳穿樂福鞋，大家會以為你剛從南加州飛來。」

「TG&Y是哪幾個字的縮寫？」迪爾問道，「我忘了。」

「上衣、手槍，還有溜溜球，」她回道，「至少這是費莉希蒂的定義。」

他們把車開入某間購物中心，停在那間大賣場，迪爾上次來的時候，這裡還是酪農場。他買了白色的馬球衫與棕色休閒泳褲，回到車上之後，他脫掉直扣式襯衫，換上馬球衫。

她說道：「現在趕快脫襪子。」

「這樣也未免太過頭了吧？」

「你已經回到了家鄉，又不是在喬治城。」

「這身打扮在喬治城也是很怪。」迪爾彎身，脫掉了包住整個小腿的黑色長襪。他只穿這一款襪子，主因是看起來都一樣，把手伸入襪子抽屜的時候，根本不用擔心顏色是否一致。

「怎樣？」

欣茲再次從頭到尾打量他，「你看起來依然像是準備要在週末加班的樣子，但我想我們也沒別的法子了。」

他開口問道：「妳的泳衣呢？」

「我早就穿在裡面了——超省布料的那一種。」

迪爾發動引擎、倒車離開停車格的時候哈哈大笑，開口問道：「是要幫妳自己打廣告？」

她露出微笑，「可以拿來招攬有錢客戶。會去的客人——都很有錢吧？」

「在傑克·史畢維的家？」迪爾搖頭，「傑克家裡到底會出現誰？很難講。」

28

傑克．史畢維住家大鐵門外有個年輕的墨西哥警衛。迪爾上次看到他的時候，他正在史畢維的後院裡幫忙挖東西。現在，他窩在欽札諾大陽傘下方的帆布導演椅裡面，腳邊放著一加侖冰桶的冷飲，大腿上面有霰彈槍，右側屁股還掛了手槍槍套，看得出槍把鑲有塑膠珍珠。

迪爾在快要到達大門時停下了車，墨西哥人起身，把霰彈槍拿在胸前，走到迪爾身邊。迪爾發現那把槍早已拉開保險，隨時可以開火。墨西哥人彎身，透過飛行員墨鏡仔細打量迪爾與欣茲，然後，他若有所思點點頭，開口問道：「兩位是？」

「我是班恩．迪爾，這位是欣茲小姐。」

墨西哥人的食指依然扣住霰彈槍的扳機，以另外一隻手從襯衫口袋裡拿出一張三乘五英寸的紙卡，上面有打字機列印的賓客名單，迪爾現在認出他的武器是十二號口徑的霰彈槍。墨西哥人端詳了好一會兒，點頭說道：「迪爾……」發音相當近似「成交」。

墨西哥人拿起霰彈槍指向那棟豪宅，「直接開過去，」他說道，「有人會幫你停車。」

迪爾向他道謝，發動車子，駛向蜿蜒的柏油路坡道。跟上次一樣，所有的灑水器都在噴灑，青草看起來冰涼濕潤，十分瑩翠。

「這是波暢普路啊，」欣茲幾乎是在自言自語，「天，我終於進入了波暢普路的『頂尖高手』道森豪宅。」

「我第一次來到這裡的時候是十一歲，」迪爾說道，「某場聖誕派對。」

「你們撒謊，硬是想辦法擠進來，你和史畢維兩個人。費莉希蒂曾經告訴我這件事。哇我真的成了這裡的客人——嗯，算是沾光吧。」

柏油路車道的盡頭就是那道橡木巨門，一旁是大廣場，已經有十多輛車子停在那裡。全部都是新車，大部分都是昂貴的本土品牌，有四輛凱迪拉克、兩輛林肯、奧茲摩比九八、別克里維拉敞篷車。不過，也看到了兩輛賓士、一輛保時捷，還有一輛大型寶馬。迪爾猜這一小塊停車區的汽車總值——包含了他租來的那輛福特，應該有三、四十萬美元。

另一名墨西哥年輕人走過來，欣茲開口，「看來我是對的。」

「妳是指有錢人聚集在此？」

欣茲點頭，墨西哥年輕人趕緊繞過車子，為她開門。她下車的時候，他露出客氣微笑，然後，又等待迪爾從駕駛座出來。身著白色緊身短衫與黑長褲的他，依然保持微笑，鑽入車內，而這個動作正好拉高了衣襬、讓迪爾趁機瞄到放在槍套裡的自動手槍。他心想，應該是外國製的九毫米手槍。墨西哥人發現迪爾在注意那把手槍，笑容立刻消逝，態度變得格外恭敬有禮，他發動引擎、以熟練姿態將車子停入某輛凱迪拉克與寶馬汽車中間的位置。

迪爾和欣茲正打算要按下鈴聲是〈我滴酒不沾〉的那個門鈴，卻已經有人提前開了大門，站在那裡的是笑盈盈的黛芬妮．歐文絲，她這次的打扮比迪爾上次看到的還要更清涼。現在她身穿淺綠色的比基尼上衣，外罩一件有許多大洞的無袖上衣，看起來像是修改過的老舊運動衫，但迪爾知道絕非如此。

他當中間人介紹她們彼此認識，也不知道為什麼，發現這兩個女人一見面就不爽對方的那一刻，他倒是心情暢快。雖然她們都保持客套微笑，行禮如儀，而且握手的姿態輕鬆自若，然而這次的會面顯然是讓她們立刻互看不順眼。

「我應該怎麼稱呼妳才好？」黛芬妮．歐文絲問道，「安娜或是茅德？還是兩個都要？」

「大部分的人都是兩個一起唸。」

「那我就跟大家一樣了。妳叫我達菲吧——就像是達菲鴨的達菲，迪爾先生，你說是吧？」

「嗯。」

「好，我們進去吧，你們可以喝點東西，也認識一下大家。」

他們跟在她後頭，穿越寬敞的長廊，走過法式落地門，進入由許多不規則大型石板所組成的拼圖狀戶外露天平台區，石板間的隙縫有悉心修剪養護的綠草。迪爾覺得要是能夠找到不錯的制高點，也許是這間豪宅的屋頂，然後，俯瞰下方的這些青草，應該可以看出是某個字詞或名字，甚至是一張畫，搞不好很猥褻，他打算等一下來問問史畢維。

他張望四周，發現有四個人在大游泳池裡玩潑水遊戲。達菲妮．歐文絲向三群客人介紹了迪爾與欣茲，他們的年紀介於三十多到四十多歲。每個都身材精瘦，人模人樣，手裡拿著酒杯或是沛綠雅礦泉水，但沒有人抽菸。男人們看起來都像是一天慢跑十公里的傢伙；而女人們則像是珍芳達健身操的門徒，迪爾立刻就忘了這些人的名字。

不過，後來他與欣茲認識的那兩名男子的姓名，他倒是沒忘記。兩名都是男性，而且年齡也老了一大截。最老的那個十分年邁，是否能從白鐵戶外椅起身似乎都是一大問題。另一個只有六十七歲，起身輕鬆自若。

「我想你們還沒見過這兩位哈特索恩先生，」達菲妮・歐文絲說道，「這位是詹姆斯・哈特索恩，而那一位是他的——」

她還沒講完，那個六十七歲的男人已經站起來向欣茲伸手致意，「我是小吉米。」

她與他握手，「我是安娜・茅德・欣茲，他是班恩・迪爾。」

老先生坐在鐵椅裡問道：「小吉米，他們是誰啊？」

「爸爸，是欣茲小姐與迪爾先生。」

「迪爾？迪爾？」那老頭聲音嘶啞，「迪爾，過來和大家一起喝酒。」

達菲妮・歐文絲詢問迪爾與欣茲要喝什麼，他們講完之後，達菲妮回道會派人送來，隨即離開現場。老先生拍了拍身旁的鐵椅，「小姐，妳坐這裡，抱歉，我不記得妳的名字。」

「安娜・茅德。」她坐在那位老先生旁邊，他的灰色泡泡紗長褲褲頭拉到了胸口，有個小鱷魚標誌的短袖藍色休閒衫幾乎全被蓋住了，藍色球鞋，搭配紫色眼鏡，靠近欣茲的左耳裝了助聽器。他的耳上部位還有一些稀疏的頭髮，其他的部位早已一片光禿，只留下被昔日髮際線所包圍的曬黑光溜圓頂。然後，是皺紋——層層的平行山脊，幾乎蔓延到了鼻側，接下來轉換方向，成了垂直狀的小峽谷，又化成無數細紋，其實也不是真的那麼細小，朝四面八方蜿蜒。這位老先生的唇色已經略微泛藍，當他張嘴的時候，只露出了一個黑洞。鼻子線條依然硬挺，似乎對世事充滿好奇，但曾經堅實的下巴似乎隨時可能會碎裂，畢竟詹姆斯・哈特索恩已經九十七歲了。

「迪爾，你坐這裡，」老先生拍了拍他另一頭的椅子，「兒子，你再拉一張椅子過來。」

正當他兒子忙著拿椅子的時候，老先生面向欣茲，「我喜歡女人裸露的手臂，」他立刻摸了一下欣茲的右臂，「讓我好興奮，以前曾經有一小段時間，我無論看到什麼都會興奮難耐，但那種日子過去之後，只有裸露手臂總是能挑起我的慾望，『遍佈淡褐色的細毛。』現在還有人讀他的詩嗎？」

「我聽說大學生還會看他的作品，」欣茲問道，「你認識他吧？」

「艾略特？」

「抱歉，我指的是『頂尖高手』道森。」

「我們的『頂尖高手』，對，我認識他，黃叉河從所未見的最狡猾高手。」那老先生發出了宛若烏鴉的叫聲，迪爾覺得他其實應該是在咯咯笑，「他來自德州的某個地方，而我出身於什里夫波特。我本來一直覺得再也看不到『頂尖高手』這樣的人物了，但我遇到坐擁這座豪宅的男孩之後卻徹底改觀。對了，妳是在哪裡認識傑克的？」

欣茲回道：「我還沒見到他。」

墨西哥園丁帶著飲料過來的時候，老先生面向迪爾，「迪爾，史畢維是你的老朋友吧？」

迪爾接下了酒杯，「沒錯。」

「認識他很久了嗎？」

「從小就混在一起。」

「如果你是我的話，會和他做生意嗎？」

「什麼樣的生意？」

「可能是搞政治？」

「我覺得政治可能是傑克一生追求的目標。」

老先生的藍色雙唇露出微笑，「好遠大的夢想，是吧？」

「或許吧。」

小哈特索恩開口，「爸爸……」

「怎樣？」

「我想我們得要向迪爾先生道謝。」

「對，你說得沒錯。」老先生側頭端詳迪爾，「我兒子和我要為昨晚的事向你道謝。」

「昨晚？」

「拚命挽救拉菲特的那條小命——嗯，對著他的嘴巴吹氣什麼的，你和那個記者俱樂部的黑鬼服務生，叫什麼名字來著？哈瑞，我已經打電話給他，向他道謝。醫院似乎是犯蠢搞錯了，居然在拉菲特死後通知那個黑鬼。等等，但後來我聽說佛列德把遺產全留給了那黑鬼，所以我也不確定到底是不是弄錯了。」他轉頭看兒子，「你確定拉菲特不是臭娘炮？」

小哈特索恩皺眉，「爸，他把一切都留給哈瑞，是因為哈瑞多年來一直對他百般忍耐，我早就告訴你了。」

「好吧，反正對於那些娘炮的事，你一定很清楚，」他面向迪爾，又發出咯咯笑聲，「也不知道為什麼，我兒子一直沒結婚。他一直是這座城市最有價值的單身漢，已經長達四十五年之久，現在應該是四十六年了。兒子，你說是不是啊？」

小哈特索恩沒理他爸爸，反而面向迪爾，「不管他了，迪爾先生，我們想要向您致上無比的謝意。」

迪爾問道：「你們到底有多真心感謝我？」

老哈特索恩緩緩摘掉他的紫色眼鏡，戴上圓形厚框眼鏡，迪爾發現是三光鏡片。

老頭側頭，微微向後，透過三層不同焦距的透鏡打量迪爾，鏡片後的黑色雙眼炯亮，看起來格外年輕。

「迪爾，你這話什麼意思？」

「為什麼要發那篇有關我妹妹的報導？」

老頭望著他的兒子，「哪篇報導？」

他兒子皺眉，「費莉希蒂．迪爾，兇案組警探，財務狀況出現異狀，拉菲特生前的最後一篇報導。」

「哦，」老頭盯著迪爾，「原來你跟她是一家人啊？哥哥吧，我早該立刻想到才是，但我還是不懂你的問題。」

「你為什麼要發那篇我妹妹財務狀況的報導？」

「你想要告我？」

「沒有。」

「這對你不會有任何好處，內容完全沒有任何誹謗，我們有律師負責把關。我為什麼不能發？你的意思是有人指使我哪一條新聞該出？哪一條不該出？」迪爾還來不及開口，老頭又面向他兒子問道：「我們為什麼會出那一條新聞？」

小哈特索恩體態豐潤，又圓又大的頭，臉色潤紅，當他把酒杯送到嘴邊的時候，右側的裸臂贅肉還跟著搖搖晃晃。他的嘴很小，通常都保持嘟嘴狀，彷彿隨時準備要喊出「哦！哦！」一樣。他身穿黃色休閒褲，亮綠色的短袖長版襯衫。除了眼睛之外，長得不太像他爸爸，小哈特索恩的眼睛也是黑色，眼光銳利，但倒是沒有散發年輕光芒，看起來充滿老態。他將白酒酒杯放回玻璃桌，右手臂的蝴蝶袖又在晃動。

他慢條斯理說道：「因為這是出於警方的要求。」他清了一下喉嚨，「我們經常與警方合作，尤其是當他們告訴我們這有助他們調查的時候，我們一定會大力配合，幾乎每一家報社都這麼做。」

迪爾問道：「調查什麼？」

「當然是你妹妹的死因，」哈特索恩回道，「還有昨天那名男子之死——曾經打過橄欖球隊的職業球員。」

迪爾說道：「柯克朗。」

「沒錯，柯克朗，克雷・柯克朗。」

欣茲開口，「哈特索恩先生，」結果父子兩人同時看她，「我的意思是小吉米，」他露出微笑，「可以請教幾個問題嗎？」

「沒問題。」

她的語氣冷淡又平靜，「是哪一個警察請你發佈那條新聞？」

老哈特索恩又笑了，「這就是我喜歡聽到的問題。直接，切入重點，不拐彎抹角，這樣的問題值得給個答案。兒子，告訴她吧，告訴她是哪一個警察叫我們發布這條新聞。」

小哈特索恩嘟嘴，「爸爸，那是請求，並不是下令。」

「你快告訴她啊。」

「斯楚克。」小哈特索恩回道，「總警司斯楚克。」

老哈特索恩望著迪爾，「你要和斯楚克討論一下這檔子事？也許親自問他為什麼？」

「應該吧。」

「你知道他在這裡吧？」

「斯楚克？」

「對，我剛剛才看到他——不到半小時前的事而已——他跑去和你朋友傑克・史畢維去開會了，在書房吧。」老頭望向游泳池，「斯楚克太太在那裡，」她繼續說道，「穿黑色泳裝的那位。」

迪爾看到一位身材高挑的黑髮女子，站在泳池深水區的邊緣、擺出預備姿勢，迪爾猜她應該四十歲吧，她俐落跳入水中，專業水準。

「是位美女，」老先生說道，「她先生與傑克正在討論政治的事。」

小哈特索恩說道：「我們等一下也會與他們一起開會。」

「要討論總警司的未來。」老哈特索恩說完之後，又轉頭看著斯楚克太太爬上泳池，然後，他的目光又回到迪爾身上，「你覺得要是老公打算打選戰，老婆能帶給他的最重要貢獻是什麼？」

迪爾回道：「錢。」

那老人點頭表示同意，又再次望向斯楚克太太，「她有的是錢。」

「以前，」迪爾說道，「可能是一年前吧，拉菲特寫了某篇我妹妹的報導，卻被你砍掉。他說那是一篇正面的女性警探專題。如果你真的砍了這篇文章，到底是為什麼？」

老頭依然盯著斯楚克太太，「迪爾先生，我想，有關這件事，你最好親自詢問總警司。」

29

那位墨西哥人園丁（應該也是管家）一過來，就打破了四人僵持的局面，他詢問迪爾是否想要在圖書室會見史畢維先生。傑克．史畢維居然會派出管家邀請他進入書房、一起開會，不禁讓迪爾覺得很好笑，但現場沒有人笑得出來。就連欣茲也一樣，她說她想要去游泳，開始解開她的上衣鈕釦。

小哈特索恩說他要去交際應酬一下，而老哈特索恩則再次發出鴉叫聲，表示要小憩一會兒，欣茲也在此時脫去了全部的衣物。

迪爾跟在園丁後頭，經過了三名墨西哥人在週五時挖掘的那塊地方。迪爾現在才看出原來那是一個巨大的烤肉窯。一大疊的山胡桃木炭火上方，正在烤數十公斤的牛腹部位，而烤肉架上則有至少三、四條分量的豬肋排，另一側則是以細火慢燉的大鐵鍋醬汁。主廚是一位白髮蒼蒼的老黑人，似乎廚藝十分精湛，烤肉的香氣讓迪爾口水直流。

在他們進屋之前，迪爾又回頭看了一下泳池。發現欣茲正在與斯楚克太太聊天，過沒多久之後，黛芬妮．歐文絲也加入陣容，欣茲哈哈大笑，對斯楚克太太說了幾句話之後，跳入泳池裡。迪爾滿了解跳水，覺得她的技術相當不錯。

外頭的氣溫已經將近攝氏三十八度，所以一進入開了空調的屋內，簡直要令人打哆嗦。那個墨西哥人推開了書房的對開門，迪爾進去，看到史畢維坐在書桌前面，而斯楚克則站在那裡，彷佛正準備要離開。史畢維向迪爾打招呼，「皮克，都還好嗎？」

「很好。」

「認識這位總警司吧？」

迪爾說認識，又對斯楚克點頭致意，對方也頷首回禮，開口說道：「我正要離開。」

迪爾說道：「我待會兒想找你談一談。」

「沒問題。」斯楚克又看著史畢維，「我們今天下午可以好好討論一下。」

史畢維起身，「我們一定會敲定計畫。」

「我想我該去和大家聊聊天了。」斯楚克說完之後暢懷大笑，離開了書房。史畢維若有所思盯著他，等到斯楚克關上那道雙開滑門之後，史畢維對迪爾微笑，「我看他想要選市長，這只是起跑點而已。」

「之後呢？」

「眾議員，或是州長，也可能是參議員，反正就是其中一個吧，他已經沖昏了頭，就是想要出來選。」史畢維再次微笑，「當然，他老婆也一直在慫恿他。見過她了嗎？」

「看到了。」

「嗯。」

「她來頭不小，超級有錢，就是我們以前所說的富可敵國。」

「說到了錢。傑克，我今天需要一些錢。」

史畢維皺眉，「天，皮克，今天星期天哪，你需要多少？」

「一千美金的現金。」

史畢維立刻鬆了一口氣，「靠，我還以為你是要借多少錢。」他把手伸入褪色牛仔褲的口袋裡，拿出一捆以橡皮筋捆紮的鈔票，他拉開橡皮筋，在書桌上數了十張百元鈔，悉數拿起來之後，交給了迪爾。史畢維又把橡皮筋紮回去，那疊鈔票的厚度依然超過了十公分。迪爾拿出自己的支票簿，坐在書桌前，開了支票。

「你不缺錢吧？」史畢維問道，「要是錢不夠用，只要寫信告訴我就是了。」

「我不缺錢。」迪爾撕下支票，交給了史畢維，他根本沒看，直接把它摺好，放入藍色混紡襯衫口袋。

史畢維問道：「要不要喝啤酒？」

「好啊。」

史畢維坐下來，從書桌的冰箱裡取出兩罐米凱樂啤酒，將其中一罐交給迪爾。史畢維開了啤酒之後，痛飲了好幾口，露出滿足微笑，「今天第一次暢飲啤酒，早餐時段的那一杯不算，因為我早上根本沒吃東西。」

迪爾問道：「你那些俊男美女新朋友是何方神聖？」

史畢維笑得開心，「你是說那些一直靜不下來的年輕人？好，這位先生，就讓我好好介紹一下他們的背景。在我們上一波動盪不安的歷史之中，他們歷經了各種滄桑。在一九六五年的嬉皮年代，可能會在嬉海特艾許伯里發現其中兩三個的蹤影，甚至遠至賽爾瑪。再不然，在一九六七年的時候，跟著諾曼·梅勒一起在五角大廈前遊行。不過，等到這荒誕的一切結束之後，他們回到家鄉念書，不然就進入爸爸的油業公司、或是銀行與建設公司，要不就是嫁娶有這種背景的另一半，登記為獨立選民，開始賺大錢，總統投票的選擇如果不是雷根就是約翰．安德森。現在他們四十歲了，想要好好動一動，恢復往日的苗條。他們做有氧運動，再也不呼麻了，也許只會在星期六晚上來一點，而且絕對不碰古柯鹼，也不喝烈酒。好，現在呢，這些人覺得也該是履行公民義務、選舉支持某人做事的時候了。而我正好算是他們心目中了不起的政治智者與地方領袖，因為我最有錢，但依然無法與朵拉．李．斯楚克相比，她的財力無人能及。」

迪爾問道：「斯楚克是你的人馬？」

「要是哈特索恩父子願意加入的話，那就是了，我想他們會點頭答應。」

迪爾問道：「所以會是法紀市長嘍？」

史畢維大笑，「難道你覺得由『地頭蛇發號施令』不好嗎？——你應該注意到這才是豪宅裡的規矩。」

迪爾微笑，喝了點啤酒，然後抬頭望著天花板，「傑克，這並不容易，但你應該有機會達標。」

「我覺得我正在養大自己的荊棘保護地，等到它夠高、夠濃密的時候，就沒有人能夠窺視裡面的狀況。」他停頓了一會兒，「也許只有一個人除外，就是你的那個小孩參議員。」

迪爾依然盯著天花板，「我跟他談過了。」

「然後呢？」

迪爾的目光從天花板飄向史畢維，「傑克，我覺得他打算要讓你死得很難看。」

史畢維點頭，態度沉靜，「他要和克萊德站在同一戰線，對嗎？」

「我覺得他想要抓的是你們兩個人。」

「要是沒有我，他根本不可能順利逮住布拉托，要是不讓我全身而退，我也不會幫他們。」

史畢維點了香菸，深吸一口，朝天花板吐煙，「你有沒有在大門口看到我的小弟？」

「有啊。」

「那個泊車小弟呢？」

「也有。」

「我覺得克萊德會暗算我。」

「他自己？」

「天，當然不是，他會派哈利與席德去找殺手。」史畢維咯咯笑個不停，「也許他們早就在《傭兵》雜誌刊登廣告了，不然席德也可能會自己動手，老席德喜歡玩這一招。」

「想不想和參議員談一談？」

「什麼時候？」

「明天，他和多倫四點鐘會過來。」

「那他什麼時候要見布拉托？」

「七點。」

「皮克，你覺得我應該要優先還是殿後？」

迪爾不加思索，「優先。」

「為什麼？」

「因為我也許可以為你準備一些預防措施。」

「那我要怎麼報答你？」

「斯楚克有多聽你的話？」

史畢維聳肩，「我覺得自己算夠力吧，你要幹嘛？」

「我要他坐下來，告訴我實話，」迪爾停頓了一會兒，「不管真相是什麼，我都要知道。」

「費莉希蒂的事？」

迪爾點頭。

傑克．史畢維回道：「我會看看我能幫什麼忙。」

迪爾跳完水之後，才真正見到了朵拉．李．斯楚克。他從三米七的彈板躍下，做了個反身跳水，不算完美，他覺得自己入水的角度可以再直一點，但他知道依然這次的動作依然很漂亮，跳水是迪爾唯一認真投入的運動——也許是因為這是真正的單人運動項目。他在中學時代拚命練習，大一那一年依然如此，而他在那時候發現自己已經到了頂峰，不妙。他決定放棄，毫無悔恨，甚至還有些如釋重負的感覺。現在他只有等到有那個心情的時候、才會去水門體育館的游泳池玩跳水，約莫兩個禮拜一次，時斷時續。

他爬出泳池的時候，欣茲以諷刺手法拍了三次手，開口損他，「愛現。」她身穿深紅色泳衣，上半身是兩塊小小的三角布，而下方那一塊充其量也只有某種曖昧暗示功能而已。

迪爾心想，要是她脫掉了全部的泳衣，暴露感反而不會那麼嚴重。他開口說道：「我只是想要測試自己的腦袋是否還能指揮身體而已。」

「我想你應該沒見過斯楚克太太吧？」欣茲面向身穿連身黑色泳裝的女子，「這位是班恩．迪爾。」

斯楚克太太伸手致意，迪爾發現她握手的力道很堅實，聲音也渾厚，「我覺得剛才那跳水姿勢很漂亮。」

迪爾向她道謝，自己坐在欣茲身邊，她交疊雙腿，下方墊著大毛巾，而斯楚克太太則坐在金屬管與塑膠細網組合的休閒椅裡面。她有一雙曬黑的緊實長腿，屁股不大，極為纖細的蜂腰，厚實的雙肩。豐厚的墨黑秀髮盤在頭頂，下面的五官輪廓突出：高顴骨、黑眼、闊嘴。她的鼻子也有點鷹鉤鼻的味道，但是很迷人的那一種，迪爾覺得她搞不好有印地安人的血統，也很好奇她怎麼會變得如此有錢。他猜她應該是四十出頭，但如有需要，謊稱少個五歲也絕對可以輕易瞞混過關。迪爾心想，斯楚克總警司的確娶了個好太太。

欣茲說道：「我剛才告訴斯楚克太太——」

斯楚克太太打斷她，「請叫我朵拉．李。」

「好。我剛才把你和傑克．史畢維多年前曾到過這裡的事告訴了朵拉．李。」

迪爾說道：「地質宙時期的往事。」

欣茲大笑，「地質宙是多久以前啊？」

「我想超過兩三個地質代以上吧，」斯楚克太太接口，迪爾覺得既然她有一點地質年代學的知識，想必她致富來源一定是因為石油，或者是她前夫、也可能是爸爸、不然就是某人與此一產業有關。她微笑，又繼續說道：「反正就是很久很久了。」

「沒錯，我認識傑克，」迪爾回道，「的確很久很久了。」

斯楚克太太問道：「他總是——嗯，這麼超級樂觀？」

迪爾伸手，稍微朝游泳池、豪宅與花園比劃了一下，「也許他的確有樂觀的好理由，」他微笑說道，「這就是米卡白樂天症候群，反正一切會越來越好，傑克一向抱持這種態度，而且總是心想事成。」

「你的語氣似乎是完全不吃醋，迪爾先生——或者，還是稱呼你班恩呢，我冒昧使用這種老朋友之間的親暱稱呼，希望你別介意。」

「當然不會，」迪爾回她，「我的意思是，我根本不會嫉妒傑克，叫我班恩我也不介意。」

「我曾注意到一個現象，」她說道，「有時候，老友發達卻會造成另一個老友懷憂喪志。」

「妳的觀察多少算是準確，」迪爾回她，「當認識的人遇到挫敗，當下的第一個反應都是感謝老天，是他遭殃而不是我。不過，要是認識的人發達了，為什麼是他？天，怎麼不是我？不過，就傑克的狀況來說——嗯，我覺得傑克算是現世神蹟，不太敢相信會有這種事，但卻也衷心盼望這是真的。」

「你很喜歡他吧，是不是？」

「妳指的是傑克嗎？這麼說吧，我和傑克十分了解彼此，這超越了喜歡的層次？」

「強尼——我先生——總是說傑克·史畢維是他見過最機靈、最圓滑、最——」

欣茲接口，「狡猾？」

「也是最狡猾的人。」

斯楚克太太凝神端詳迪爾，嘴角露出淺笑，「我覺得你應該是百分百信任他。」

迪爾正打算要告訴她，妳大錯特錯，但六公尺外卻傳出傑克．史畢維的大嗓門，「還沒人介紹給我認識的那個半裸小美女是誰啊？」

迪爾轉頭回道：「別小看她了。」

史畢維走到他們身邊，笑嘻嘻低頭望著欣茲，開口說道：「天，皮克，你說得沒錯，真的不小。」

「這是傑克．史畢維，」迪爾開始介紹，「來認識一下安娜．茅德．欣茲，我馬子。」

「馬子！」史畢維驚呼，「你不講那些老掉牙的字眼是會死嗎？」他依然低頭對著欣茲開懷大笑，「妳知道有時候他怎麼講我嗎？說我實心實意，但妳要專心聆聽，才能聽到他到底是怎麼唸出那個字。」史畢維的笑臉又迎向斯楚克太太，「朵拉．李，一切都好嗎？」

「非常好，傑克，謝謝你。」

「哦，小事。大約再過三十分鐘，我們就可以開動，所以如果大家還有什麼需求就不要客氣，趕快告訴我。」

欣茲開口，「有一件事……」

「親愛的，什麼事？」

「要是我表演倒立吃蟲子，就會有人帶我參觀你的豪宅嗎？」

史畢維側頭，微笑俯看著她，「安娜．茅德，妳家是有錢人還是窮人？」

「算是窮人家出身吧。」

「那我就給妳一個傑克．史畢維親自陪伴窮人、讓他們驚呼連連的『頂尖高手』道森豪宅導覽之旅。」

欣茲立刻站起來，「真的假的？」

「沒跟妳開玩笑。」他面向迪爾，「對了，皮克，你想要見的那個人，應該已經在書房等你。」

「謝謝。」

史畢維又看著欣茲，「小可愛，我們走吧。」

再次穿上襯衫長褲的迪爾走入書房的時候，總警司斯楚克完全沒有笑容，連點頭致意也沒有。他坐在史畢維的大書桌前面，迪爾本想要直接坐在他對面，但立刻就覺得算了，這念頭太蠢。斯楚克也是一身休閒——昂貴的深藍色運動衫、奶白色長褲、簇新的帆船鞋搭配粗紋白襪。迪爾覺得，對斯楚克來說，這種打扮簡直就像是穿上了渾身不自在的全新制服。

迪爾剛剛坐進書桌前的另一張座椅，斯楚克就立刻開口，「你妹妹收賄。」

迪爾不發一語，兩人一直保持沉默，互盯著對方，也不知道為什麼，老傢伙拚命要擺出冷漠無情的眼神，那是一種早在許久之前就判定真正善惡之別以及譴責對象的特殊目光，毫無憐憫，是警察的目光。終於，迪爾開口，「多少錢？」

斯楚克抬頭凝望天花板，彷彿計算總數困難重重，他同時也從襯衫口袋裡取出了雪茄。「在這十八個月當中，」他拿了火柴棒點燃雪茄，「差不多一個禮拜收一次錢，」他看了一下雪茄，確定已經著火，「我們估計她污了九萬六千兩百二十三美元。」他揮了揮火柴，熄滅之後丟入史畢維書桌上的菸灰缸，「平攤計算的話，一個禮拜的金額差不多比一千兩百五十美元少一點而已。」他停頓了一會兒，再次檢查雪茄點燃的端頭，「我們也知道部分金錢的流向：那棟雙拼屋、保險費、支付另外一個住所的房租——那棟車庫屋——不過，還是短少了五萬美元。」他吐了一大口菸氣，「這五萬的去向就值得令人關注了。」

迪爾點頭，「差不多就是大尾還款的金額。」

「差不多。」

「你為什麼要把她那些亂七八糟的事告訴《論壇報》？而且後來還逼他們刊登？」

斯楚克聳肩，「曝光案情通常是辦案最有用的利器，迪爾，這一點你也很清楚。」

「佛列德．拉菲特告訴我，他以前曾寫過一篇有關費莉希蒂的溫馨專題，他們說被你攔了下來，為什麼？」

斯楚克又聳肩，「原因很簡單，我們認為這種報導太過輕率，對她來說可能弊大於利。」

「是誰賄賂她？」

「我們不知道。」

「她為什麼被殺？」

「這一點我們也不知道，還有，在你問我是誰殺了她、或是她從哪裡搞來一週一千兩百五十美金的收入之前，我必須要提醒你，這是一起偵查中的兇殺案，除了我已經告訴你的部分之外，其餘無可奉告。」

「那告訴我克雷・柯克朗的死因與我妹妹的命案有什麼關係。」

「沒有關聯。」

「少給我唬爛。」

「唬爛……」斯楚克沉吟了一會兒，彷彿想要找出某個令人耳目一新的同義字，「好，我多給你一點線索：柯克朗是被點二五口徑的軟頭子彈所擊中，射程約在十二公尺之外。他喉嚨的傷口其實也就差不多那麼大而已，讓我吃了一驚，更讓我驚訝的是那個兇手的功力，老實說，如果他的目標本來就是柯克朗，那麼他的瞄準功力真的是世界一流。」

「如果不是針對他，還有其他人嗎？」

「這個嘛，你和欣茲小姐也在現場。」

「不會有人要對我下手。」

「欣茲小姐呢？」

「當然也不可能。」

斯楚克又吸了一大口雪茄，在嘴裡賞味了一會兒，朝天空吐煙圈，然後，他開口說道：「我打了幾通電話到華府，不是很多，最多兩三通吧。看來至少對那裡的某些人來說，你也算是個知名人物。就我的了解，你一直在追查某些叛逃的間諜——每個案子都十分棘手。也許其中一個覺得你緊迫盯人，快要追出真相，決定穿上外州警察的制服（這就像是間諜會做的事吧）對你開槍，但是卻失手意外打中了可憐的克雷．柯克朗。」他聳動厚實雙肩，某種冷淡、近乎是不然你想怎樣的肢體表態，「也有可能是這樣。」

「不可能，」迪爾回他，「當然不是。」然後，他停頓了一會兒，部分原因是因為斯楚克在閃避，另一部分是因為他其實不是很願意說出接下來的這一段話。「據我的了解，」迪爾說道，「你想要當市長。」

斯楚克不以為然揮了揮雪茄，「只是大家亂傳罷了。」

「但如果這不再是傳言，那麼傑克．史畢維就會是你的一大助力對嗎？」

「這個嘛，對，要是他樂意幫忙，我會十分感謝。」

迪爾傾身向前，彷彿要把斯楚克好好看個仔細，「我可以惡搞傑克，」他說道，「把他送進監牢絕對不成問題，只要他一進去，無論對誰來說，他都成了廢物。」

斯楚克又吸了一口雪茄，把它從嘴裡掏出來，盯著雪茄，「你說的是你的多年老友。」

「對，我的多年老友。」迪爾又向後，往椅背一靠，聲音變得冷酷疏離，幾乎聽不出任何抑揚頓挫，「她是我妹妹，我唯一的家人，也是我這一生中了解最透徹的人。她不會貪贓枉法，絕對不會收賄，這一點我很清楚，我相信你也知道。而且，我也覺得你知道費莉希蒂的狀況與真實原因，我要你把你知情的部分告訴我。你要是不說出來，我就把我朋友丟入馬桶沖乾淨，你的政治前途就等著一起進入排水管吧。」

斯楚克點點頭，幾乎是充滿憐憫，「必須要在一生的好友與死亡的至親之間做出選擇，想必是滿困難的吧。」

「也沒那麼難。」

「對你來說，也許沒有。」他抽菸吐氣，又繼續若有所思盯著雪茄，「可以給我多久的時間？一個禮拜後給你答案？」

迪爾回道：「三天。」

「一個禮拜比較充裕。」

「我很想答應你，但我只有三天。」

斯楚克起身，稍微伸展了一下筋骨，又發出了他的標準長嘆，「那就三天吧。」他低頭看著迪爾，目光近乎好奇，「難道你真的——會出賣你朋友？不會吧？」

「會，」迪爾回道，「我真的會這麼做。」

斯楚克又點頭，彷彿確認了某個心底早已有數、但令人不悅的消息，轉身，走到外頭，迪爾目送他離開。等到拉門關上之後，迪爾起身，走到史畢維的書桌前，雙手在桌底下亂摸，終於找到了開關。他放下手，跪在地上研究開關，顯示狀態是「開啟」。迪爾沒碰機器，拉開了書桌右手邊的第一個抽屜，然後是中間的那一個，接下來是最下面的那個抽屜，果然找到了日本品牌的錄音機，轉軸緩緩旋繞。顯然這是高手安裝的密錄設備。迪爾關上抽屜，起身。

他環顧整間書房，然後以堅定的語氣朗聲喊道：「傑克，我沒在跟他開玩笑，我真的會這麼做。」

30

太陽西沉時分，傑克．史畢維派對的賓客逐漸散去，九點剛過沒多久，迪爾與欣茲到達三十二街與德州大道交口的那棟黃磚雙拼屋。一樓的燈光已亮，福特租車的廣播電台說現在的氣溫已經降到了三十四度，但迪爾覺得實際氣溫應該不止如此。

欣茲盯著哈洛德．史諾住家的燈光，「嗯，他在家。」

「要是我和他在廚房裡談事情的話，妳就想辦法把她留在客廳，」迪爾說道，「要是她在廚房，那妳就跟她待在一起，想辦法至少拖住她兩三分鐘。」

「沒問題。」

他們下了車，走到了棕色裝飾板條冒出凸泡的那道大門前面。迪爾按電鈴，才過了幾秒鐘而已，哈洛德．史諾就過來開了門，他身穿T恤與球鞋，臭著一張臉。他還來不及開口，迪爾就先一步搶話，以超大音量嚷嚷，「哈洛德，我們是來講房租的事。」

那雙賊眼出現了不到一秒的短暫困惑，但後來馬上就恍然大悟了。史諾轉頭，確保自己的嗓門能夠傳到客廳後頭，「啊，對哦，房租的事。」

史諾帶他們穿過小小的玄關，進入客廳，辛蒂．麥克卡貝除了為腳趾甲塗粉紅色指甲油之外，還在看老英國演員演出的電視節目，迪爾介紹兩位小姐互相認識。

「關掉啦，」史諾說道，「他們來這裡要討論房租的問題。」

辛蒂蓋好指甲油的蓋子，起身，拚命想要保護剛上了指甲油的腳尖，重心全壓在腳跟、翹起腳趾，以奇怪的姿勢走到大電視機前面，關掉電源。她開口問道：「房租是怎麼了？」

「天，外頭好熱。」迪爾希望這樣的暗示夠清楚了，不需要直接開口：害我們很口渴。果然不用。哈洛德．史諾的臉龐又閃過一絲狡獪，「要不要來點啤酒什麼的？」

迪爾微笑，「要是能有啤酒就太好了。」

「親愛的，給我們四瓶啤酒好嗎？」史諾交代辛蒂，她還沒來得及回答，欣茲已經搶先接腔，「辛蒂，讓我來幫忙。」辛蒂冷淡點頭，朝廚房走去，依然是奇怪的蹺腳趾行走姿態，欣茲立刻跟在後頭。

史諾壓低聲音，立刻問道：「我的一千美金呢？」

「哈洛德，你裝好了沒有？」

「搞定了，就依照你交代的一樣——裝在客廳裡。我的錢呢？」

迪爾從褲子口袋取出那十張對摺的百元鈔票，交給了史諾，他立刻數算了一下，「天，」他問道，「你找個信封是有多難嗎？」他又算了一次，然後塞進運動短褲的右側口袋。

迪爾問道：「哈洛德，你確定它可以正常運作吧？」

「沒問題，我檢查過了，就和以前一樣，靠聲音啟動。不過，有件事很離奇，我發現了其他東西。」

「什麼？」

「這要額外收費。」

迪爾搖頭，一臉不耐，「房租吧，哈洛德，這個月的房租你就不用付了。」

「那下個月呢？」

迪爾擺出臭臉，「哈洛德，別忘了你的膝蓋。」

這樣的警告讓史諾嚇得立刻倒退一步，簡直是瞬間彈跳，「但我這個月不用付吧。」

「沒錯。」

「好，我發現有別人在那地方裝竊聽器。我說的是客廳，看起來應該是條子搞的。」

「條子搞的？這話什麼意思？」

「我是說，那是專業手法。當然不像我這麼老練，但對方的確很清楚每一個步驟。所以我沒有動機器，但是朝麥克風的裡面噴了一點尿。還是可以收音，但得花一個禮拜才有機會恢復正常，要是真的弄壞了，那麼以後就只會錄到莫名其妙的雜音而已。」他皺起眉頭，「你似乎不是很驚訝。」

迪爾覺得應該是克萊德．布拉托找人裝了竊聽器，因為那裡將是他與拉米雷茲參議員會面的地方，布拉托無論搞出什麼手段，迪爾都不會覺得意外。他對史諾微笑說道，「為了要表示我對你的謝意，下個月的房租也不用付了。」

史諾不但沒有面露喜色，反而又皺起眉頭。迪爾心想，他一定是想到了其他問題，必須要找出別的方法破解。「千萬不要告訴辛蒂，」史諾說道，「我的意思是，我們等一下告訴她這個月不用付，但下個月的就不要提，好嗎？」

「沒問題。」

「好，我看我們就坐下來吧。」史諾向迪爾招手，示意他可以坐在辛蒂．麥克卡貝剛才塗指甲油的那張奶白色椅子。史諾則坐在迪爾的對面，有帝王蝶圖案椅套的沙發上，然後，他傾身向前，手肘靠在裸膝上面，表情與語氣都變得神秘兮兮，「這一定和你妹妹有關吧？」

迪爾回道：「沒有。」

史諾的表情變了，現在滿臉疑色，但他卻來不及多問，辛蒂回到客廳，雙手拿著托盤，上頭有四瓶已經打開的啤酒，而欣茲則跟在後面，兩手各拿了兩個空杯。

她說道：「如果有人需要杯子的話，我已經準備好了。」

沒有人拿杯子。辛蒂放下啤酒，與史諾一起坐在沙發上，而欣茲則坐在客廳裡剩下的唯一休閒椅。辛蒂看著史諾，「房租是怎樣？」

「我們不需要付這個月的房租。」

「靠，不會吧，怎麼這麼好？」

她詢問的人是迪爾，但開口回答的卻是史諾，「他還不知道要怎麼處置這棟房子，他在做出決定之前、希望能由我們照料一下這地方。要是有可能的買家出現，帶對方參觀一下房子。」他望著迪爾，「沒錯吧？」

「正是如此。」

辛蒂微笑回道：「哦，當然好啊。」

史諾說道：「不過我們還是得付下個月房租。」

「哦，沒問題，一個月的房租又不是小數字。」她又突然想到了什麼，「你有謝謝他嗎？」

「當然啊。」

「哎，有時候你就是會忘了這種事。」

門鈴響了，史諾說出了只要是太陽下山後還有人按家裡電鈴的那一刻、大家都會講出的那句話，「靠，會是誰啊？」

辛蒂偷笑回道：「可能是來討債的。」

史諾拿著啤酒起身，走到客廳的另一頭，消失在小小的玄關。他們還是可以聽到他打開大門的聲響，也聽見他開口問道：「喂，什麼事？」

然後，他們聽到了第一聲槍響，又是一槍。接下來是一片死寂，是辛蒂的尖叫劃破了沉默。她並沒有從沙發起身，只是坐在那裡，雙手慢慢捏壓啤酒罐，一直不停尖叫。啤酒噴濺出來，灑到她裸露的大腿。欣茲立刻起身，衝向辛蒂，猛拍她的臉。尖叫聲停了，欣茲跪在辛蒂身旁，扳開她的手指、取走啤酒罐，然後抱住眼前這個開始啜泣的女子。

迪爾站起來，慢慢走向玄關，他心想，我不想看到他，我不想看到他有多慘。他一見到哈洛德．史諾，立刻吞口水，然後是四次深呼吸。史諾躺在玄關，左手依然拿著啤酒罐。右半邊的臉已經糊爛，但左邊的眼睛還在，依然睜得好大，不過已經看不到那股狡獪。史諾的胸膛幾乎是一片紅濕爛糊，鮮血、裂骨與碎肉噴濺在牆面，就連掛在最遠處的鏡子也遭殃。迪爾跪在屍體旁邊，努力回想剛才史諾把一千美金放在哪邊口袋。他覺得是左邊，但伸手進去之後才發現搞錯了，試了右邊之後才找到錢。他放入自己的口袋，起身，這才發現自己跪在史諾旁邊的時候、他一直憋氣沒呼吸。他心想，你不想聞到他的氣味，你不想聞到腐爛與鮮血，不想聞到死亡的味道。

迪爾回到客廳，欣蒂還在啜泣，原本靠在欣茲肩上的她抬起頭來，「他……是不是……」

迪爾回道：「辛蒂，他死了。」

「啊靠，天哪，靠！」她嚎啕大哭，又把頭靠在欣茲肩上，繼續啜泣。

迪爾四處張望，看到辛蒂・麥克卡貝的錢包放在電視機上頭。他走過去，打開錢包，拿出口袋裡的一千美金確定鈔票沒有沾血之後，趕緊塞入她的錢包裡。然後，迪爾走到電話旁邊，報警。

首先抵達現場的是兩名年輕的制服員警，開了輛綠白相間的警車，警笛大響，警示燈也不停閃動。兩人的年紀都還不到二十五歲，其中一個有英俊的高挺鼻梁，另一個則有戽斗。他們向迪爾報上姓名，但他立刻就忘了，直接把他們當成「戽斗與鼻子」二人組。戽斗瞄了一下哈洛德・史諾的屍體，立刻把頭別過去——彷彿想要找地方嘔吐。鼻子警察反而盯著屍體不放，終於，他抬頭看著迪爾。

「截短的霰彈槍吧？」

迪爾回道：「好像是。」

「一定是。」鼻子警察說完之後，面向他的夥伴，現在他好像對於聚集在外頭、客氣保持安全距離的那一小群鄰居充滿興趣。「過去找他們問話，」鼻子警察交代戽斗警察，「詢問他們的姓名，看看他們有沒有聽到或看到什麼狀況，」

「要做什麼？」

「也許拿截短霰彈槍那個人還在那裡。」

「兇手老早就跑了。」

「反正去查一下。」

戽斗警察去詢問鄰居，鼻子警察則盯著迪爾，兩人依然站在玄關，警察問道：「你是誰？」

「班恩．迪爾。」

「姓氏是班恩迪爾？」

「全名是班傑明．迪爾。」

「嗯，」鼻子警察寫了下來，「那他是誰？」

「哈洛德．史諾。」

這名年輕警察寫完之後，又指向客廳，「在那裡吵吵鬧鬧的又是誰？」

「他的女友與我的律師。」

「你的律師？」這答案讓鼻子警察起了疑心，但也只有一會兒而已，他沒多加理會，又繼續盯著哈洛德．史諾的屍體，似乎依然充滿興趣，「他是做了什麼事——我是說這名死者？」

迪爾搖頭，某種略帶憐憫的姿態，「我想，就是天黑之後去應門而已。」

等到兇案組進來之後，真正的偵訊才正式開始，率先抵達的是偵查警佐米克與初階警探洛威。迪爾報出姓名之後，米克一臉疑惑看著他，「你是費莉希蒂的哥哥？」

迪爾點頭，「你認識她？」

米克若有所思，盯著地板好一會之後才開口回話，他望著迪爾，「對，我跟她很熟，她——嗯，費莉希蒂人不錯。」

主導偵訊的是米克，而洛威警探則負責記錄。米克三十八、九歲，身材很高，幾乎可算是瘦骨嶙峋。洛威的年紀最多三十一、二歲，比中等身材高壯一點，如果說這個人有什麼特色的話，那就是他百無聊賴的表情了——但他的雙眼除外，灰藍色的眼眸似乎對一切都充滿興趣。

法醫來了，已經離開，鑑識攝影人員也完成了工作，正當他們要送走哈洛德．史諾遺體的時候，兇案組基恩．寇德警監進入客廳，他身穿海軍藍慢跑服、耐吉球鞋，手上還拎了一桶冰淇淋，他說是奶油軟糖醬口味。他把那袋東西交給洛威警探，吩咐他放入冰箱，孱斗警員自告奮勇，洛威警探一臉感激。

辛蒂．麥克卡貝終於停止啜泣，她坐在沙發上，雙手放在大腿，膝頭緊併在一起。有人問話的時候，她才會開口，她聲音低沉，幾乎微弱得聽不見。寇德警監問話，她又說了一遍自己看到的事發經過，然後輪到迪爾，接下來是欣茲。寇德面露疑色看著米克，這位警佐早已聽過了這三人講過的同一版本，所以他對寇德輕輕點頭。

寇德若有所思，看著迪爾，「我們一起進廚房說話。」

迪爾問道：「這是正式偵訊？」

「你這是什麼意思？正式偵訊？」

「如果是的話，」迪爾說道，「那她就跟我一起去。」說完之後，他的下巴朝欣茲點了一下。

「如果你想要帶律師一起來，那就請便。」寇德講完之後，逕自走向廚房，迪爾與欣茲跟了進去。他們站在那裡，看著寇德打開冰箱，拿出了冰淇淋，找到湯匙，然後坐在餐桌前，打開了蓋子，開始大啖冰淇淋，然後，只對他們解釋了一句：「我根本沒吃晚餐。」

他們就站在那裡，看著寇德吃完了將近半桶之後、起身，把蓋子蓋回去，又把冰淇淋放回冰箱。等到他再次坐到餐桌前的時候，他抬頭望著迪爾，開口問道：「你知道哈洛德・史諾的背景嗎？」

「不是很清楚。」

「費莉希蒂有沒有在信裡提過他的事？」

「沒有。」迪爾面向欣茲，「要不要坐下來？」

她搖頭，「我比較想站著。」

寇德從餐桌前拉出一張椅子，但欣茲與迪爾都沒有入座。「費莉希蒂才剛死，我們就立刻開始清查哈洛德，」寇德說道，「猜猜看，我們發現了什麼線索？」他自問自答，「哈洛德這傢伙問題很大。」

欣茲露出禮貌淺笑，「你的意思是這人不老實。」

「非常嚴重。」

迪爾搖頭，一臉不可置信，「他說他是家用電腦業務員。」

「沒錯，兼職的工作，」寇德繼續說道，「不過，他的薪水都是來自抽佣，要是他想要休息個好幾天，嗯，其實真的也沒工作的必要，他就會待在家裡，或者到別的地方，從事他真正擅長的工作，就是小偷。」

迪爾問道：「他偷什麼？」

「時間。」

「時間？」

「電腦運算時間，」寇德說道，「大型主機，很有價值的資源。」

迪爾回道：「明白了。」

「好，史諾德會先找出位置，想辦法駭入電腦，然後轉賣出去，他算是電腦天才，有些人就是這樣，可能對於許多事不是很靈光，但的確是科技奇才。迪爾，想必你一定認識這樣的人吧？」

迪爾回答，「應該沒有。」

「欣茲小姐，妳呢？」

「我也沒有。」

「哦，我以為大家都認識這樣的人。好吧，史諾要是不搞電腦運算時間的偷竊轉賣，那就是從事別的勾當。他會在別人的電話、以及辦公室與臥室裡面安裝竊聽器，但我想我們現在沒有確切證據。你知道他最後一個客戶是誰嗎？」

迪爾回道：「不是真的叫我猜吧？」

「對，我沒那個意思。好，他上一個客戶是克雷．柯克朗——昨天在墓園倒地、死在你腳邊的那個人。然後，今天晚上，我們可憐的哈洛德也死在你的腳邊，迪爾先生，怎麼會發生這麼巧的事？」

「相當離奇，」迪爾說道，「但我要問你這個問題：史諾、柯克朗與殺死費莉希蒂的兇手到底有什麼關係？」

寇德死盯迪爾好一會兒，迪爾覺得那樣的目光只有懷疑與憎惡。「我們正在調查，」寇德終於開口，「其實，我們一直非常非常努力查案。」

寇德從餐桌前站起來，從冰箱取出他的冰淇淋，又走回到客廳。迪爾與欣茲跟在後頭，辛蒂依然坐在沙發上頭，雙手置於大腿，雙膝緊併，寇德走到她面前。

「麥克卡貝小姐？」

她抬頭望著他，「嗯？」

「有關哈洛德——我們可以幫妳聯絡一下，要找哪位？」

她目光低垂，「他有哥哥。」

「他叫什麼名字？」

「喬丹．史諾。」

「妳有沒有他的電話號碼？」

「沒有，但長途撥號台可以問到他的電話。在他老家的電話簿名冊裡，只有一個喬丹．史諾。」

寇德面向米克警佐，「找人打電話給他哥哥，告訴他這裡出了意外。」

米克警佐問道：「他老家在哪？」

寇德說道：「堪薩斯市。」

「哦。」

31

回到郝金斯飯店的路程中，他們吵個不停。當他們進入飯店地下室停車場，從那輛福特租賃汽車出來、前往電梯入口的途中，吵得更是不可開交。他們在電梯裡繼續吵，就連迪爾打開九八一號房門、扶門讓欣茲進去的時候，兩人依然還在吵，她鑽進房間的時候，還丟了一句「超級大白痴」。

迪爾關門的時候說道：「一定不成問題。」

她立刻回嗆：「絕無可能。」

「妳等著看，」他走到電話旁邊，拿起話筒之後，徵詢她的意思，「現在怎樣？」

「你到底是怎麼了？」她語氣暴怒，曬黑的臉龐因隱透的火氣而漲成粉紅色，「我是欠了你什麼？為什麼要這樣？就因為我們打砲過幾次？迪爾，我什麼都沒欠你，什麼都沒有。」

迪爾開始撥號，「當然有啊，」他說道，「妳是我馬子。」

「你的**馬子**！拜託，我現在根本不喜歡你了。我只是你的律師，我的義務就是給你合理的建議。好，我這就說了：不要打電話給任何人，如果真的想要撥電話出去，那就打給聯邦調查局。」

「已經有人在華盛頓打了電話，」迪爾一邊聆聽電話聲響，一邊說道，「要是我現在打給他們，而我搞錯的話，那麼就會毀了這場談判，參議員會與他們站在同一陣線。但這個方法——萬一我搞錯的話，完全不會出事。」

「這樣搞根本大錯特錯，」她講出這句話的時候，電話響到第五聲，黛芬妮．歐文絲接了電話，迪爾報上姓名，過了幾秒鐘之後，傑克．史畢維接過電話，「皮克，我聽到了你講的話，錄音帶的後一段。我想你害我們的總警司斯楚克嚇了一跳。你真的覺得他知道是誰殺了費莉希蒂？」

「他認為他知道。」

「所以你有什麼想法？」

「想不想永遠擺脫克萊德．布拉托？」

史畢維並沒有立刻回應，他開口時的問法小心翼翼，「你的意思是，和他談判？」

「差不多是那個意思。」

「什麼樣的談判？」

「傑克，我不能在電話裡多說。不過我覺得你們兩個應該要坐下來好好談一談——就只有你、他，還有我。」

「什麼時候？」

「明天晚上，等你們兩個都和參議員開過會之後。」

「在哪裡？」史畢維繼續說道，「皮克，地點很重要，與克萊德談判的地點的重要性，幾乎就與討論主題一樣關鍵，所以要在哪裡？」

「等一下，」他把話筒壓在胸口，望著欣茲，她現在躺在床上，盯著天花板。迪爾問道：

「怎樣？」

她沒看他，依然盯著天花板，開口說道：「好，來我家。」

「好，來我家。」

迪爾又把話筒湊到耳邊，「我在考慮的地點是欣茲那間位於『老人院』的地方，但還有幾個細節得琢磨一下。你就再等個十五到二十分鐘吧，我會回撥給你。」

「那就等你了。」史畢維掛了電話。

迪爾放下電話，望著欣茲，「我們走吧。」

她對著天花板講話，「我真不知道自己為什麼會答應你。」

迪爾打開了通往狹窄階梯的車庫房大門，走上去之後，就是他死去妹妹的住所。無風的階梯至少比外頭高了四度，今晚高溫遲遲未降，維持在攝氏三十三度。

迪爾緩緩走上階梯，後面跟著欣茲，他站在小梯台，打開了門，走進去，然後又開了黃銅閱讀燈的電源。欣茲準備關門的時候，他開口說道：「不需要關門了。」

他走到電話旁邊，又拿起話筒，撥號，找傑克．史畢維。這次接電話的是本人，迪爾開口，「是我。」

「解決了嗎？」

「對，我想對雙方都很公平，而且相當安全。」

「皮克，『相當』還不夠，但我也一直在思考這問題，嗯，『老人院』那裡應該是行得通。

我們只需要派人守在樓梯口與電梯口即可，我的那些墨西哥人手可以負責維安。我猜克萊德會帶哈利與席德一起過來，所以這算是某種五五波的對峙，我覺得這樣很好。你打算什麼時候見面？」

「明天晚上十點。」

「我們什麼時候見參議員？」

「他會在明天下午四點到，」迪爾說道，「不然你就和我一起去機場吧？我幫他們預訂了郝金斯飯店的套房，大家可以一起回來，在車裡先聊一下，然後進套房再詳談。」

史畢維卻提出了相反的建議，迪爾老早就猜到他會這樣，「我看這樣吧，」史畢維說道，「不然我在三點鐘開勞斯萊斯去找你，然後帶你去機場怎麼樣？」

「好，」迪爾說道，「但不能有司機。」

「靠，這種事還要講嗎？你把我們當白痴啊？」史畢維說完之後就掛了電話。

二十五分鐘之後，他們坐在欣茲客廳的沙發裡，她拿著一杯威士忌加水，四處張望客廳，彷彿是第一次打量一樣，「好，」她開口，「這就是你要搞事的地點——我唯一的家。」

迪爾坐在沙發的另一頭，「就是在這沒錯。」

「你還是覺得那幾通電話奏效了嗎？萬一都沒有被竊聽呢？你該怎麼辦？」

「我想我飯店房間的電話已經被竊聽，」迪爾說道，「傑克家的也是，我十分確定。還有，我知道費莉希蒂小巷住家的也被竊聽——嗯，幾乎算是確定。所以監聽者知道傑克．史畢維明天晚上會與克萊德・布拉托見面，我想他們並不樂見這場會面。」

「為什麼？」

「我猜這就是柯克朗發現的真相，這應該也就是他遇害的原因。」

「但你也不確定吧？」

「不確定。」

她再次環顧客廳，「接下來很可能會發生慘劇，是不是？」

「對，很有可能。」

「這裡，我是說在這間房子裡。」

「對。」

「萬一出事的時候，你該怎麼辦？」

迪爾回道：「我還不知道。」

「你最好趕快想出對策。」

「嗯，」他回道，「妳說得對。」

第二天早上，迪爾在七點鐘起床，在欣茲的廚房裡煮開水泡即溶咖啡。他拿著兩杯馬克杯進入臥室，她睜開雙眼，裸胸坐在床上。迪爾坐在床緣，把其中一杯交給她，親吻她的右乳。她把床被拉高到頸部，小口喝咖啡，盯著遠方牆上的某幅靜物畫，開口說道：「萬一我的律師資格被撤銷，真不知道該做什麼才好。」

「妳可以搬來華府住一陣子，要是厭倦了那裡的生活，我們可以搬到其他地方。」

她一臉詫異盯著他，「你為什麼覺得我會這麼做？」

「因為妳是我馬子。」

「迪爾，你別作夢了。」

八月八日星期一早晨七點四十九分，迪爾被卡在我們的傑克街與百老匯大道的十字路口車陣之中。他望著第一國家銀行數位看板的時間從七點四十九分跳到了七點五十分，溫度也從攝氏三十二度轉為三十三度。廣播電台的新聞播報員以厭煩語氣宣布下午三點的時候將會達到攝氏四十一度的高溫。

迪爾把車停在地下室，搭乘電梯到了大廳，在櫃檯前詢問是否有他的信件或留言，沒有。先前他以為是飯店長期住客的那位老太太，剛好也在櫃檯。她轉身，望著他，遲疑了一會兒之後才開口。

她語氣溫柔，「你是亨利．迪爾的兒子對嗎？」

「對，我是。妳認識他嗎？」

「多年前的往事了，」她說道，「我是喬安．查姆伯絲。」她端詳迪爾好一會兒，「你知道嗎，你長得就跟你爸爸一樣，一樣的鼻子，一樣的眼睛。他和我曾經交往過一段時間，一九四〇年的夏天——隔年美國就參戰了。有時候，我覺得此生再也沒有如此美好的夏日。」她稍作停頓，繼續說道：「我看到你妹妹的消息了，費莉希蒂的遭遇，實在遺憾。」

迪爾回道：「謝謝。」

「這位女士，抱歉打攪了。」某個男人開口，查姆伯絲趕緊退開，迪爾轉身，原來是基恩・寇德總監。現在的他已經換下了藍色慢跑服與耐吉球鞋，改穿整齊熨燙的褐色毛海西裝，搭配軟綢領帶，繫帶領藍色襯衫的領間以金色別針相扣。寇德也剛刮了鬍子，但有黑眼圈，而且嘴部線條異常冷酷。

「我在等你。」顯然他把那位依然在一旁聆聽的老太太當空氣。

迪爾問道：「什麼事？」

寇德回他：「我們知道是誰殺了你妹妹。」

「也該查出真相了。」那位與迪爾父親度過她最美好夏日的老太太說完這句話之後，隨即轉身離去。

32

在郝金斯飯店咖啡店的某個角落桌，寇德解釋他之所以來向迪爾說明警局的調查結果，並非是他自己的意思。他說，都是因為總警司約翰．斯楚克的堅持，他才來這一趟，「我七點就過來了。」

「是誰殺了她？」

就在這時候，女服務生正好過來，寇德點了咖啡、柳橙汁，還有黑麥土司。迪爾說他只要咖啡就好。等到女服務生離開之後，寇德拿出一本小型的活頁筆記本，開始滔滔不絕，但幾乎不太盯著自己的筆記本。

「八月七日星期天晚上十一點五十七分，法官F．X．馬洪尼發給我們搜索票，讓我們可以徹底搜查德州大道三二一二號的住家，屋主為費莉希蒂．迪爾，已歿，此外，還有房客哈洛德．史諾，也是已歿，露辛達．麥克卡貝，同樣也是房客，是死者史諾的未婚配偶。負責搜索的是偵查警佐艾德溫．米克與警探肯尼斯．洛威，在場監督的是警監尤金．寇德，總警司約翰．斯楚克也在現場。」

「是誰殺了她？」

寇德沒開口，反而再次盯著筆記本，但這動作卻被女服務生打斷，她把咖啡放在迪爾面前，又把咖啡與果汁放在寇德的前方，還告訴他土司馬上就送過來。寇德拿起柳橙汁，一口氣喝光光，然後，注意力又回到了他的筆記本。

「大約在凌晨十二點四十一分的時候，尋獲了一個上鎖的灰色金屬工具盒，位置在死者史諾與未婚配偶麥克卡貝臥室衣櫥的兩層被單與三個行李箱的下方，麥克卡貝堅稱自己不知道衣櫥裡怎麼會出現那個工具箱。」

女服務生送來黑麥土司，寇德暫停口述，放下了筆記本，開始在土司上頭抹奶油。他咬了一口，喝咖啡，再次拿起筆記本。迪爾默默觀察他，很好奇寇德與斯楚克之間出了什麼狀況，到底爭執得有多麼激烈。

寇德又開始唸筆記，「米克警佐強力撬開工具箱，在斯楚克總警司、寇德警監、洛威警探以及露辛達·麥克卡貝的面前打開了箱子。」寇德抬頭看著迪爾，「在最上方的工具盤裡面，我們找到了一堆東西，但我不會唸出有哪些物品。」

迪爾點點頭。

「在工具盤的下層，米克警佐找到了以下的物品、逐一取出並標號。」

「第一項——現金一萬兩百美元，全都是百元美金大鈔。」

「第二項——四個水銀雷管。」

「第三項——美洲駝點二五自動手槍，」寇德沒講完，抬頭看著迪爾，「你要知道序號嗎？」

迪爾搖頭，表示不需要。

寇德闔上筆記本，「好，就這樣了。他們正在對那把西班牙製的手槍做彈道測試，想確定是否就是殺害克雷·柯克朗的兇器。如果沒錯的話，那就表示史諾收錢在費莉希蒂的汽車裡安裝炸藥，然後又殺死了柯克朗，想必是因為他盯上了史諾。你接下來一定會問我，是誰殺了史諾？我們還不知道，這就是我不願意把辦案結果告訴你的原因，迪爾，你這個人是大嘴巴，而且平常都在奇怪的圈子裡活動。我告訴斯楚克，我覺得你不會守密，但他還是吩咐我要告訴你。也許他覺得等到他要參選市長的時候，你可以幫他多爭取到一些選票，但這也不關我的事。好，還有其他問題嗎？」

過了好幾秒之後，迪爾才搖頭說道：「應該是沒了。」

「知道殺死費莉希蒂的真兇之後，會不會讓你舒坦一點？我希望如此。」

「我也這麼盼望。」

「我也是。史諾只是花錢請來的幫手，現在，只有抓到那個買兇的混蛋，才能夠紓解我的鬱悶。」

迪爾若有所思，「哈洛德・史諾……」

「就是哈洛德・史諾。」

「一萬美金。」

「一萬美金加兩百。」

「我也說不上來為什麼，」迪爾回他，「我覺得派人殺害費莉希蒂的價碼絕對不止這個數目。」

迪爾一個人搭乘電梯、準備回去自己的房間。在電梯經過六樓的時候，他露出某種諷刺、近乎哀傷的微笑，大聲自言自語說道：「好，警監，我想這就算是結案了。」

他進房之後，洗澡刮鬍子，全身只穿著內褲躺在床上，雙手交疊貼住後腦勺，盯著天花板。十點鐘的時候，他點了一壺咖啡，一點鐘，他請飯店送來火腿三明治與一杯牛奶，等到他吃完午餐之後，他把餐盤放在飯店走廊，坐在書桌前，列出現在的已知事項。寫完之後，他把原子筆丟在桌上，心想自己恐怕永遠無法查出是誰下令在他妹妹的汽車裡安裝炸彈。

到了下午兩點三十分的時候，他撥打查號台，詢問警局的電話。然後，他撥電話找總警司約翰．斯楚克。迪爾向兩名警官，一男一女，表明身分之後，電話終於接了過去。

斯楚克打了招呼，迪爾立刻劈頭說道：「不是哈洛德．史諾，對吧？」

「為什麼不是？」

「當然不是，」迪爾回道，「哈洛德來自堪薩斯市。」

「堪薩斯市……」

「聽到堪薩斯市——難道不會讓你聯想到什麼嗎？」

斯楚克發出他的標準嘆息——宛若永無止境的漫長哀嘆，「有的。」

「什麼時候？」

「大約是十八個月前的事。」

「你比我早發現，對不對？」

「迪爾，這是我的工作，我的專長，」斯楚克又嘆氣，而這次充滿了倦意，「迪爾，你不要搞死每一個人。」他丟下這句話之後，掛了電話。

迪爾離開桌前，從衣櫥裡拿出他那套為喪禮準備的藍色西裝、攤放在床上。又從五斗櫃抽屜拿出倒數第二件乾淨的白襯衫。他立刻著裝，為自己配了威士忌加水，不搭冰塊，站在窗前啜飲，凝望下方的百老匯大街與我們的傑克街。他喝完的時候是兩點五十五分。他轉身，準備朝房門走去，經過五斗櫃的時候，他停下腳步繞回去。他遲疑了一會兒，打開五斗櫃抽屜，從那疊髒襯衫下方拿出了那把原屬於哈洛德．史諾的點三八手槍。迪爾望著那把手槍好一會兒，他告訴自己，你不需要，就算有吧，你也不會真的拔槍上陣。他又把槍塞入那疊髒襯衫裡面，關上抽屜，站在原地不動，過了一會兒之後，又打開抽屜取槍，把它塞入右邊的屁股口袋。通往走廊的房門口有面全身鏡，迪爾瞄了一下，發現幾乎完全看不出那把手槍的凸痕。

根據第一國家銀行的數位看板，傑克．史畢維的灰色勞斯萊斯銀刺豪華房車停在郝金斯飯店門口的那一刻，時間是下午三點零一分，氣溫是攝氏四十度。

迪爾進入有涼爽空調的車內，等到史畢維駛入車道後才開口，「傑克，我們認識多少年了？」

「我想有三十年了吧，幹嘛問這個？」

「在這三十年當中，你可曾想過有一天會開著勞斯萊斯來郝金斯飯店門口接我？」

「我一直不覺得是勞斯萊斯，」史畢維回道，「那時候我一心想的是凱迪拉克。」

他們在佛瑞斯特街向西行，這個路名源於南北戰爭時的邦聯將軍納坦．貝德福德．佛瑞斯特。某些老派人士，大部分是從深南區出身的居民，曾經一度把它稱之為「極速街」，這是為了要向佛瑞斯特將軍的計謀——或是戰略——表達敬意，他的名言是要帶領一流悍將極速超前。迪爾曾經從他爸爸那裡聽來這故事，但他自己從來沒聽過別人稱其為「極速街」。當他問起史畢維的時候，史畢維說他祖父也曾經提過這名稱，但他祖父是一八九五年左右出生的老骨頭。

他們行經市中心的重建區，拚命回想這些已完工——或是正在興建中的新建築的原址樣貌。有時候他們記得，有時候卻不復記憶，史畢維說，遇到想不起來的時候，就會讓他覺得自己老了。

「傑克，你為什麼回來？——真正原因是什麼？絕對不只是種養一塊自己的荊棘保護地，你在任何地方要搞這個都不成問題。」

史畢維思索了一會兒，「好吧，我覺得我之所以會回來，就和費莉希蒂一直沒有離開是同一個原因，這是家鄉。皮克，你一直很討厭這裡，但我從來沒有。我還記得你十一歲的那個夏天，你爸爸帶你去芝加哥，你第一次看到無法一眼望穿對面的水岸，我記得我好像一直沒聽你講到盡頭到底在哪裡。芝加哥，天，被你形容得像是個靠他媽的天堂。但我十七、八歲的時候自己去了一趟，我看到的卻是一座亂七八糟的大城，某些人對於那些在老舊骯髒大湖旁蓋的建築，居然會得意洋洋。」

「我還是很喜歡芝加哥。」

「而我還是很喜歡這裡，因為我了解這裡的混蛋是什麼鬼樣子，就像是大家講的一樣，這就是家鄉。而我想要種出荊棘保護地的地方就是我的家，向大家炫耀一下以前那個可憐的傑克·史畢維變得多麼有錢，」他暢懷大笑，「這是原因之一，讓那些混蛋看到我的驚人財富。」

迪爾說道：「這是復仇。」

「不要批評我。」

「我沒有，」迪爾回道，「我完全沒有批評的意思。」

距離蓋帝國際機場剩下一半路程的時候，迪爾問了一個他覺得自己早已心中有底的問題。這是一系列問題中的首要提問，答案很可能會牽涉到誰能活下來，誰會喪命，誰最後會進監牢。

「你說你最後一次看到布拉托是什麼時候？」

「大約在一年半前——堪薩斯市。」

「你說你過去那裡只是為了要簽署一些文件。」

「哦，」史畢維拉長尾音，「皮克，不只是如此而已。」

「怎麼說？」

「克萊德對我很不高興，他覺得我虧欠他——而且欠得很大，必須要為他在聯邦調查局幹員面前撒謊。我必須要告訴他，我絕對沒有虧欠誰到這種地步。好，我們先前已經喝了點酒，他開始大吼大叫，逼問我會不會出庭講出對他不利的證詞，靠，我當然不會幹這種事。所以我嗆他有種就斃了我，他說他幹得出來。所以我對他開了一槍示警，他也回擊，就在那時候，席德與哈利衝進來、把我們拉開，不然我們兩個接下去一定會心臟病發。然後，克萊德看著席德與哈利，又指著我，開口問道：『看到他沒有？』他們說，嗯，看到我了。然後克萊德把場面搞得超誇張，繼續說道：『好，把這傢伙給我看仔細了，因為不准留他活口，聽懂沒？』然後，不知道是哈利還是席德，我忘了哪一個，好，克萊德，我們知道了，我想一定是哈利說的。我們的公事都辦完了，文件也都完成簽署，所以我離開那裡，搭飛機回來，請了一大票墨西哥人來保護我。」

迪爾問道：「布拉托有採取任何行動？」

「我不確定。大約在我請了那些墨西哥人一年左右過後，我又雇了一個名叫克雷·柯克朗的人——就是在費莉希蒂葬禮遇害的那個傢伙吧？」

迪爾點頭，「你雇用他是為了？」

「看看他能否突破那些墨西哥人的防衛陣線。」

「有辦法嗎？」

「他說他沒辦法，但他說他還想要多測試一個步驟，雇用另一個應該是竊聽電話與安裝竊聽器的高手。所以我說那你就去吧，大約在柯克朗被殺死的一個月前左右，他打電話給我，說他找來的那個高手根本無法接近我家，我覺得放心不少，但後來柯克朗被殺，我就沒那麼安心了。」

「柯克朗有沒有提到他雇用的那個人叫什麼名字？」

「他沒說，我也沒問。幹嘛問這個？」

「不重要，」迪爾問道，「當初是誰挑選堪薩斯市會面？——是你還是布拉托？」

「布拉托。」

「為什麼？」

「為什麼？靠，皮克，克萊德在那裡出生，那是他的荊棘保護地，是他的家鄉。」

「我不知道這件事，」迪爾撒謊，「不然就是依稀有印象，但我一定是忘了。」

33

小組委員會的初級法律顧問提姆・多倫與傑克・史畢維從來沒有見過面。當他們在威廉・蓋帝的黃銅雕像前握手的時候，迪爾不禁嚇了一跳，這兩個人居然這麼相似。他們的衣裝幫了不少忙，兩人都穿皺質泡泡紗外套（其中一個是藍色，另一個是灰色），襯衫領口都敞開，領帶則鬆垮垮掛在下面。兩個人的過胖體重都差不多是七到九公斤，而且幾乎都集中在腹部。雖然有空調，但兩人都滿身大汗，而且看來都很口渴。

然而，他們相像的部分不只是外型而已。當他們互相握手的時候，迪爾覺得他們彼此感應到對方是同一族類，擁有相同的態度、做事方式，以及靈活手腕。他們似乎已經有了直覺，談生意絕對不成問題，可以達成共識，協調出合理的讓步空間。這兩個人似乎都心底有數，可以把對方當成合作夥伴。

一開始的時候當然要行禮如儀。史畢維詢問多倫這趟飛行舒服嗎？多倫說其實他也不確定，因為他從維吉尼亞州的赫恩頓出發後就一路睡到底，多倫詢問史畢維這裡的天氣是否一直是如此？史畢維說，沒錯，整個八月的涼爽日不多，可能會一路熱到八月底。兩人都咯咯笑個不停，因為發現對方也是國際唬爛社團的資深會員。

然後，多倫面向迪爾，詢問了他的近況之後，又告訴他參議員的班機會延誤二十到二十五分鐘，建議大家去機場酒吧喝點冷飲。迪爾說沒問題，而史畢維則說這提議真是太好了。史畢維意外現身，多倫完全沒有展現出任何的詫異神色。

他們坐在角落的包廂區，點了三瓶百威啤酒，傑克．史畢維買單，也沒人跟他搶付帳。大家舉杯互相祝福，或是說了些什麼同樣無聊的話，大口喝酒，然後開始聊棒球，或者，應該說是史畢維與多倫在聊棒球，而迪爾假裝在專心聆聽。史畢維大談紅襪隊該如何打入季後賽，而多倫似乎對他的精準分析大感佩服。他們還是口渴，又點了一輪啤酒，正當他們剛喝光的時候，傳來參議員班機抵達的廣播，於是，迪爾展開了第二步的行動。

「傑克，我有兩件事需要和提姆談一談，不知道你可不可以去等參議員下機？」

史畢維遲疑了一會兒，「好啊，」他說道，「樂意之至。你也知道我從來沒見過他，但我在報紙與電視看過他的照片，所以認出他應該是不成問題。」

多倫說道：「反正等乘客下機的時候，找出那個最年輕的小朋友就是了。」

史畢維咯咯笑個不停，他說他會照辦，隨即離開。多倫望向迪爾，雖然努力維持自若神情，但卻完全不掩飾語氣中的驚訝之情，「靠，這是怎麼回事？」

「先讓我知道你和聯邦調查局談得怎麼樣，達成了什麼協議？」

「班恩，沒有。」

「沒有？」

「沒有。」

「為什麼沒有？」

多倫皺眉苦思，恐怕應該說是十分慎重，迪爾心想，波士頓偽君子出現了。多倫開口，「兩個理由：第一，消息會外洩。」

「聯邦調查局會講出去？」

「他們很不牢靠。」

「第二個理由？」

「第三，政治效益，要是小孩參議員可以靠自己搞定，那麼他就可以在政壇過得很爽。」

「萬一他沒有的話，」迪爾說道，「那他就會死得很慘——你也跟著一起陪葬。」

「我們討論過了，」多倫說道，「我們都同意這樣的風險還在可接受範圍之內。」

「提姆，你聽好，說真格的，我覺得你們兩個犯了錯，嚴重疏失。我鄭重聲明——覺得你們應該要打電話給聯邦調查局。」

多倫聳肩，「好，我知道你的意思了。現在告訴我為什麼要派史畢維去接小孩參議員。」

「你有沒有注意到他十分樂意幫忙？」

多倫點頭。

「這表示他不擔心自己過金屬安檢門。」

這一次，多倫豐潤英俊的愛爾蘭人臉龐出現了震驚神情，迪爾心想，其實還有恐懼，但也就只有那麼一點點而已，「天，」多倫問道，「你真覺得他會在這裡用槍？」

迪爾回道：「的確。」

參議員與傑克．史畢維經過長廊電扶梯、朝迪爾與多倫的方向走去的時候，似乎聊得很愉快。史畢維拿著參議員的西裝袋，而參議員則自己提公事包。

參議員與迪爾、多倫問好之後，史畢維把西裝袋交給了迪爾，準備把車開過來。他們三人就站在機場大門口裡面等待。參議員拉米維茲說道：「看來外頭很熱。」

迪爾回道：「沒錯。」

拉米雷茲看著多倫，「怎樣？」

「班恩剛才提出了嚴正聲明，認為我們應該要與聯邦調查局一起行動。」

參議員點頭，似乎早已料到迪爾會說出這種話，但他卻覺得這反應並不理性，「班恩，不入虎穴焉得虎子啊，」他又轉身端詳這座完工不到兩年的新機場，「對了，蓋帝是誰？」

「一九三一年威利．波斯特駕機環遊世界的時候，他也一起隨行。」迪爾根本不在乎參議員是否知道波斯特是誰。

顯然他是知道，因為他以讚嘆的語氣說了一聲「哦」，又再次掃視機場，「蓋得很漂亮。」然後，他面向迪爾，「傑克．史畢維的底價是什麼？」

「他要豁免權。」

「你覺得呢？」

迪爾回道：「就接受吧。」

「提姆？」

「必須要仔細考量之後才能接受。」

參議員又點點頭，這次若有所思，他終於開口，「至少等到我們聽聽克萊德．布拉托怎麼說之後再決定。」

「沒錯，」多倫回他，「和愛爾蘭人做生意，必須要確定對方會支付什麼之後，才能敲定合約。」

參議員挑動他的優雅橫眉，「這是波士頓人的俗語？」

「天主教教理的提點。」

他們在等待傑克．史畢維取車的時候，迪爾仔細觀察參議員，他依然在凝望銅像。迪爾心想，這位年輕人已經掙脫了良心或道德的枷鎖，基本常識更是老早就拋諸九霄雲外。你特地過來，但唯一的武裝只有那種堅決熾烈的野心，這樣的火力也許足夠，也可能不夠。觀察雙方交戰一定很有趣，看到誰能在最後勝出，更是過癮。

「天！」提姆．多倫發出驚呼，因為史畢維開著他十萬美金的豪華汽車、停在機場門口。

參議員露出淺笑，「也不知道為什麼，」他說道，「我早就有直覺是勞斯萊斯。」

迪爾為拉米雷茲參議員與提姆．多倫所預訂的郝金斯房間，其實不能算是真正的套房。那是兩間連通房——其中一間放了兩張床，另外一間則是單人床、沙發，再加上幾張椅子。他們點了咖啡送入房間，現在空杯放在矮圓桌上面，旁邊還有菸灰缸，以及提姆．多倫老早就拿出來、但卻沒有寫下半個字的拍紙簿。史畢維抽雪茄，多倫抽香菸；參議員與迪爾則什麼都沒碰。大家都只身穿襯衫，但迪爾除外，因為他屁股口袋裡依然塞著那把槍。這場會議才進行了四十分鐘，已經陷入僵局。

傑克．史畢維又往後一躺，靠在椅背，嘴角含著雪茄，笑得很開心，「提姆，你想要叫我爬上斷頭台，把頭伸入絞索，讓你們的人在底下猛扯幾下——只是為了要確定位置是不是剛剛好——我還應該要說，能夠在這裡被吊死真是榮幸。然後，要是你當天心情不好，也許還會在底下放捕獸夾。」

多倫說道：「傑克，沒有人會這樣陰你。」

史畢維一臉問號看著他，「你掌握了委員會的全部票數？」

參議員拉米雷茲說道：「都不成問題。」

史畢維開始以充滿興味的表情端詳參議員，「好吧，這位先生，我想你跟我一樣都會基本加法，應該是比我更厲害，因為這不是我的強項。不過我雇用了一些在華盛頓工作的律師，他們很會加加減減，靠，這也是應該的，他們跟我收的錢也夠多了。好，在那裡的律師們——經過仔細計算之後——是這樣的，你可能拿到的是兩三票，應該最後就是三票。」

拉米雷茲回道：「那我建議你換律師。」

「參議員，讓我問個簡單的問題吧。」

「請說。」

「簡而言之——你希望我可以出力幫忙——將克萊德．布拉托繩之以法，對嗎？」

參議員點頭。

「那我有什麼好處？」

「你要豁免權。」

「那是我的要求，但我有什麼好處？」

拉米雷茲回道：「豁免權已經是你很有機會拿到的特殊待遇。」

史畢維微笑，「很有機會是不夠的，無論是不是什麼特殊待遇都一樣。」

「目前這個階段，我們說什麼都還言之過早，史畢維先生，想必你也很清楚。」

提姆．多倫開口，「傑克……」

史畢維望向多倫，多倫傾身向前，開始勸誘，「傑克，我這麼說吧。布拉托是個大壞蛋，我們非常盼望要將他繩之以法。而你呢，也只是百分之五十的壞蛋，甚至可能只算是百分之二十五的壞蛋而已，所以如果我們必須要在你與布拉托之間做出選擇——到底該嚴懲哪一個——那我們就會抓布拉托等級的惡徒，司法部與我幾乎可以保證，你可以拿到百分百的豁免權。」

史畢維再次微笑，迪爾發現他的笑容變得越來越冷淡。「我又聽到了『幾乎』，」史畢維說道，「這就跟『很有機會拿到的特殊待遇』一樣糟糕。」他的冷淡笑容已經變得冰寒，「你們知道我覺得你們想幹嘛？」他臉上依然掛著冷笑，先看著多倫，然後是參議員，最後又回到多倫身上，但跳過迪爾。

最後開口的是參議員，「怎樣？」

「我覺得你想要抓的是我與克萊德**兩個人**。你想要與克萊德協商，他可以在某間聯邦監獄鄉村俱樂部爽坐一兩年的牢，然後他拿出的交換條件是定我的罪——也許再加上其他兩個人。或者，他會說他會連自己一起供出來。你也知道克萊德說謊成性，其實，他一天到晚在說謊——早上、中午、夜晚都是如此。不過，我要向你釐清事實：無論克萊德怎麼吹牛，他就是沒辦法把我供出去——就算他說得天花亂墜也一樣。」

迪爾問道：「傑克，在越南時的那些事呢？」

史畢維似乎對於這個提問十分感激，「哦，這都是陳年往事了吧？現在根本沒有人會在乎。不過，我當時做出的那一切都是因為我是美國政府的約聘人員，雖然我的行為不是很光彩，但跟其他政府官員相比，也沒壞到哪裡去。所以，你們要是覺得可以用當年的事逼我當代罪羔羊，那你們就大錯特錯了。如果你們想要這麼搞，克萊德．布拉托就更難看了，而且還得把中情局的過往扯進來，你們當然不可能抓到他們的小辮子。」

「之後呢？」

「你的意思是最後一架直升機從大使館頂樓飛走、我們敗戰回家之後？嗯，之後我就是買東西又賣出去，如此而已。」

參議員說道：「當然，有些人會稱其為通敵賺錢。」

史畢維臉上的那種假笑變得猙獰，迪爾心想，終於來了，他醞釀多時的那種表情。迪爾看著多倫與拉米雷茲，發現他們也有感覺。

史畢維開口，聲音低沉，而且近乎溫柔，「他們還沒有講出通敵賺錢這幾個字——你知道為什麼嗎？」

迪爾心想，大家都不知道答案。終於，參議員開口，他平靜問道：「為什麼？」

史畢維回道：「我是受人吩咐。」

「是誰吩咐你？」

「中情局。」那個假笑表情又回來了，不再猙獰，而是勝利的姿態，迪爾心想，或者應該算是存心報復。「參議員，那是很久以前的事了，」史畢維繼續說道，「將近十年前的過往，也許你不記得，但是——」

參議員打斷他，「我記得。」

「——我們當初匆匆離開，到處都留有我們的東西。重的，輕的，各種設備應有盡有——到處都是。好，戰爭結束了，那些胡志明的人馬終於贏得了勝利，他們的反應就和所有人一樣，覺得他們本來就會是勝利者。不過，他們並不需要**所有的**東西。當然，某部分需要，但不是照單全收。但中情局知道誰需要，非洲、中東、中南美的那些人，你想得到的統統有。所以我們的工作，我與克萊德的任務，就是拿現金向胡志明的人馬買東西，然後又以現金賣給那些家鄉出現小小騷亂的人——或者反革命運動、搞半套的暴動，反正你怎麼說都行。這些人都是中情局在照顧或慫恿的對象，所以這就是我們被交辦的任務，我們乖乖照做，正因為如此，我們也累積了財富。所以如果你打算用這個來起訴我，那麼，中情局有一半的人、還有一堆其他人都得被起訴，老實說，參議員，我不覺得你會傻到以為自己可以把大家搞死。」

「傑克，不過之後呢？」迪爾問道，「越南之後？」

「之後啊？是這樣的，克萊德變得越來越貪心，手段兇狠，也變得越來越有錢，我就退出不玩了。之後的事與我完全無關，但我知道出了什麼狀況，所以要是你想要吊死克萊德．布拉托——靠，各位兄弟，我會提供繩子。」他停頓了一會兒，以低沉蠻橫的聲音說道：「但別想碰我。」

一陣沉默之後，參議員微笑說道：「好，我想我們至少已經明白各自的立場了。提姆，你說是嗎？」

多倫望著史畢維，開懷大笑，「我覺得應該這麼說，我們已經非常清楚傑克的意思了。」

參議員起身，會面到此結束。當史畢維站起來的時候，參議員伸手向他致意，「傑克，我們可以叫你傑克吧？你不介意吧？」史畢維搖頭，「你在我們面前直話直說，我們十分感謝。等一下我們自己內部會討論一下，我想一定可以喬出大家都滿意的方案。」參議員與史畢維握手的時候，露出了微笑，很親切，甚至可以說是溫暖，但親切溫暖的程度還不夠到位，無法作出任何保證。

史畢維也回笑——迅速微微牽動嘴角的招牌笑容——轉身，拿起他的泡泡紗外套，掛在肩上，走向大門，一聽到迪爾開口，他馬上停下腳步，「傑克，我送你回去。」

當他們在等電梯的時候，史畢維說道：「我覺得最好還是由我自己與克萊德談判。」

迪爾回他：「我也這麼認為。」

34

那個禮拜一，炎熱的八月八日的下午六點鐘，外頭的氣溫依然高達攝氏三十八度。六點剛過沒多久，他們在欣茲辦公室裡的老舊大橡木桌上頭做愛。她與某位會計師共用辦公室，四點剛過沒多久，會計師就提早收工回家，後來他們才知道那是全年最熱的一日。他與欣茲共用的秘書撐到四點十五分，也宣告投降回家。

迪爾先簽署了文件，等於授權欣茲請領他妹妹的保險金，還有，如果可能的話，也可以委託她賣掉那棟黃磚雙拼屋。草草寫下最後一個簽名之後，迪爾放下原子筆，撫摸欣茲曬黑的裸臂。突然之間，兩人都站起來，開始熱吻，她解開他的皮帶，他忙著脫掉她的內褲、褪到屁股與裸露大腿以下，她搞定他的皮帶之後，他脫去外套，長褲與內褲落地，哐啷一聲，手槍從屁股口袋掉了出來。他們都沒注意到那把槍，因為兩人都在忙著脫衣，但過沒多久之後就搞定了，接下來是一陣狂抽，輕聲呻吟，終於到達爆點，釋放美妙快感。

迪爾過了一會兒才起身，長褲與內褲依然掛在腳踝邊。欣茲從辦公桌邊坐起來，把裙子往下拉到膝蓋，露出甜笑，顯然是很開心。她低頭，正打算要嘲笑迪爾腳踝邊的那一坨衣物的時候，卻看到地上的那把手槍，她的笑容立刻消失，再也笑不出來。

迪爾彎身，拉起內褲與長褲，扣好皮帶，又再次彎腰，拿起左輪手槍，塞入右側屁股口袋，然後，拿起掉落的外套穿好。

她開口，「你打算要殺誰？」

「有什麼建議人選嗎？」

「自作聰明的混蛋！」她從桌上滑下來，走到了可俯瞰第二街與主街的六樓窗前，「我不想現在聽到這種話。剛才我們在書桌上廝磨的那五或十或十五分鐘，我不管那算什麼，是我有史以來最爽最放浪的一次打砲，你應該也猜得出來，這對我意義重大。」她停頓了一會兒，「我也不知道為什麼會這樣，但這就是我的感覺。」

迪爾點頭，態度簡直可說是十分慎重，「我也有同感。」

「然後，我看到躺在那裡的手槍，美好的感覺立刻消失，是不是叫餘韻——隨便啦。我看著這張辦公桌，我會記得與你在上面做愛，但我不會記得那有多麼美好，我只會記得這把討人厭的槍。」

「這把槍惹得妳不開心，」他說道，「實在很抱歉。」

她轉身，坐在辦公桌前，打開了抽屜，又拿出自己的包包，取出一串鑰匙，交給了迪爾，「有紅色指甲油小點的那一把，」他接過鑰匙，找到有紅色小點的那支，把那一串全收入口袋。

她看了看手錶，「你該走了。」

他回道：「我還有幾分鐘的時間。」

「你還是趕快走吧。」

「好。」

她皺眉，「我什麼時候可以回家？」

迪爾想了一會兒，「我看十一點半吧，絕對不會超過那個時候。」

「你還會繼續留在那裡嗎？」

「當然，但前提是妳希望我留下來。」

她依然皺著眉頭，「我到底是想還是不想？我不知道。」

「要是妳不想的話，可以把我轟出去。」

她點頭，「你該走了。」

「好。」他轉身走向門口。

「迪爾……」

「嗯？」

「我真希望你不要帶槍。」

「我也是。」丟下這句話之後，他開門離去。

傍晚六點五十五分，氣溫已經降到了攝氏三十六度，迪爾坐在福特租車的駕駛座，他的停車位置距離十九街與費爾摩路轉角大宅後頭的那條巷子約十二公尺遠。巷內的那間車庫屋是迪爾妹妹生前經常居住的地方，也是他與克萊德・布拉托要在七點鐘的面會地點。

迪爾身邊坐的是提姆・多倫，後座是約瑟夫・路易斯・艾密里歐・拉米雷茲，出身新墨西哥州的「小孩」參議員，他的黑色眼眸閃動耀亮，迪爾覺得應該是因為興奮。

「你說他們叫什麼名字來著？」參議員盯著在單行道另一頭逆向停車的那輛深藍色奧斯摩比

九八，前座有兩個人，面孔模糊難辨。

「哈利與席德，」迪爾說道，「就我所知，他們一直在為布拉托工作。」

「工作內容是？」

「只要是主子交辦的事項都得完成。現在，我看他們是要確定我們沒有找聯邦調查局過來。」

多倫問道：「布拉托在哪裡？」

「他會出現的。」

他們靜靜坐在車內，足足過了一兩分鐘之久。有輛計程車從二十街與費爾摩路的轉角進來，沿著那座原本是磚場的公園、逐漸接近迪爾的停車處。

迪爾開口，「我猜計程車裡坐的是布拉托。」

就在快要靠近那輛奧斯摩比的時候，計程車突然加速，當它經過迪爾那輛福特的時候，至少有時速八十公里，迪爾說道：「就是布拉托。」

「他為什麼不停車？」

「他一定會回頭。哈利與席德應該是用煞車燈向他打暗號。」迪爾看了一下手錶，「反正還有一分鐘，我看我們還是趕快下車吧。」

他下車，繞到車子的另一側，參議員從右側下車，手裡還拿著公事包。「放回去，」迪爾說道，「你不會希望哈利與席德翻裡面的東西吧。」

「哦，」參議員回道，「好，我知道了。」他把公事包放回福特的後座，迪爾檢查四道車門是否已經確實上鎖，然後，一行人往車庫屋走去。那輛奧斯摩比閃了幾下車燈，熄滅，迪爾向他們揮揮手。

「布拉托會確認我們沒有裝竊聽器，」迪爾把鑰匙插入通往樓梯的大門鎖孔時，趕緊提醒他們，在開門之前，他回頭望向拉米雷茲與多倫，「你們沒有吧？」

參議員搖頭，多倫回道：「靠，當然沒有。」

「反正我們應該是得要解開襯衫。」

多倫問道：「那他呢？」

「布拉托，我們也會叫他解開襯衫鈕釦。」

七點零五分，克萊德．布拉托到達現場，身旁還有哈利與席德。迪爾已經開了冷氣，室內氣溫已經降到了可算是舒適的二十六度。參議員與多倫脫下外套，當多倫詢問迪爾為什麼不脫外套的時候，迪爾說他覺得沒那麼熱。多倫一臉狐疑看著他，但沒吭氣，因為有人在敲門。

開門的是迪爾，敲門的是那個大塊頭哈利。他後頭是席德，而席德後面、依然站在階梯上的那個人，正是克萊德．布拉托。

哈利問道：「只有你們三個？」

迪爾點頭，「就我們三個人。」

「讓我和席德確定一下可以嗎？」

「沒問題。」

哈利與席德進入屋內，克萊德．布拉托慢條斯理跟在後面，對參議員與多倫點點頭，但卻把迪爾當空氣。哈利直接走向公寓後頭、以及臥室與浴室，席德則負責檢查客廳與廚房。迪爾跟著席德，盯著他的一舉一動，心覺這傢伙很厲害，他知道要查看哪裡、該找出什麼東西，也知道什麼東西不需要檢查，完全沒有浪費絲毫時間。不到五分鐘，席德又退回到客廳，對布拉托搖頭。過沒多久，哈利也進來，做出相同動作。

布拉托露出幾乎是歉然的笑容，面向拉米雷茲，「參議員，您別介意才好，我們希望您與多倫先生解開襯衫鈕釦——以免等一下產生任何的不快。」

「當然沒問題。」拉米雷茲開始脫襯衫，迪爾注意到那是訂做的衣服。參議員脫了上衣之後，露出曬黑的平坦胸膛與腹部，多倫也脫了上衣，露出的是柔軟蒼白、詭異無毛的裸體。

迪爾開口，「克萊德，你也一樣。」說完之後，迪爾開始解自己的釦子。布拉托微笑，脫掉外套，解開了襯衫，他的腹部平坦，沒有任何曬痕。迪爾依然穿著外套，但把襯衫下襬拉了出來，敞開胸口，讓大家看清楚。

布拉托對席德微笑，下巴朝迪爾點了一下，「席德，那就麻煩你對他搜身了，沒問題吧？」

席德幾乎是馬上就發現手槍，把它拿給布拉托看，席德開口，「他就只有這個。」

布拉托看到之後，思索了一會兒，聳肩，「我想現在大家都可以穿回衣服了。」

席德把手槍交還給迪爾，他把它收好，把衣襬塞回褲頭，同時轉身面向哈利與席德，「兩位，再見了。」哈利與席德望向布拉托，他點頭示意，兩人隨即離開。也不知道為什麼，一直等到他們踩踏階梯的腳步聲完全消失之後，才有人開口說話。

現在，輪到參議員主導全局。他安排布拉托坐在椅子裡，自己與多倫坐在沙發上。然後，他詢問迪爾可有冷飲，要是什麼都沒有，水也可以，迪爾回答應該是有啤酒。

迪爾從廚房出來，手裡拿著費莉希蒂剩下的最後四瓶啤酒與四個酒杯，他把東西全放在咖啡桌，讓大家自行取用。布拉托倒了自己的啤酒，品嚐之後露出讚賞微笑，面向參議員，「好，我想你們已經與傑克談過了。」

「你覺得是今天？」拉米雷茲並沒有透露其他訊息。

「他還好嗎——依然堅持自己的清白？」

參議員微笑，「至少他不是逃犯。」

提姆．多倫傾身向前，雙手托住啤酒杯，「布拉托先生，你來這裡的目的是為了認罪協商，讓我們看看你可以端出什麼樣的條件。」

布拉托擺出略帶歉意的手勢，「當然，我會供出自己，為自己的某些不當行為認罪，希望能換取一定程度的寬免。」

多倫問道：「寬免到什麼程度？」

「哦，十八個月怎麼樣？」

多倫微笑，但幾乎是諷刺冷笑，「你想要藉此換掉原本九十九年的刑期？是嗎？」

布拉托回道：「我還沒說完。」

參議員說道：「繼續說下去吧。」

「除了我自己之外，我還可以向你供出傑克．史畢維，他在這起勾當中的犯行嚴重程度跟我簡直是不相上下。」

「史畢維……」參議員說道，「嗯，史畢維嘛，我想他已經上鉤了，我們可以收線，對他仔細端詳，看看是要收網留住或者把他丟回去。」

「史畢維是我的包裹協商的內容之一，」布拉托回道，「我看你得要留下他了——也許是輕判或沒事。」

參議員望著提姆·多倫，他嘴角往下彎，意思就是如果史畢維坐一兩年的牢——有誰在乎？參議員微微點頭，表示他根本不會放在心上。

「克萊德，截至目前為止，」迪爾開口，「你供出了你自己與傑克，我不知道傑克有沒有價值，不過，你是真正的超級大獎，一尾肥魚，冠軍獎杯。我們還是可以採取這樣的行動，站起來，走到電話旁邊，打電話給聯邦調查局，讓他們知道你在這裡，請他們將你繩之以法。這不需要任何的討論或協商，只需要打通電話就是了。」

布拉托說道：「我也猜過會有這個可能。」

迪爾微笑，「不意外。」他又面向參議員，「我想克萊德一定還可以供出其他部分，令人很難拒絕的人物。」

「這是給我的開場白。」布拉托露出開心微笑。

參議員並沒有回笑，只是開口反問：「到底是什麼？」

布拉托從外套口袋裡拿出一張三乘五吋的卡片，先交給多倫，他看了上頭的文字之後，眉毛挑高，嚇了一大跳，驚呼「我的天哪！」然後，他又把卡片交給了參議員，他不動聲色看完之

後，放入自己口袋，但看到迪爾伸手要卡片，

他遲疑了一會兒，還是交給了迪爾，他看了之後，大聲唸出四個名字。

其中兩個是家喻戶曉的人物，只要家中偶爾會收看全國聯播晚間新聞，閱讀隨便一家日報的重要新聞版面，有購買或訂閱任何雜誌（《電視指南》與少部分雜誌除外），都會知道他們是誰。另外兩個就沒有那麼出名，但對於那些自詡為華盛頓政治掮客的傢伙來說，他們依然是相當熟悉與受人敬重的對象。第一個沒那麼知名的人依然位居中情局相當高階的位置，至於第二個沒那麼出名的人，也曾是中情局的高官，但現在是華府的遊說專家。第一位家喻戶曉的人物是某位白宮副幕僚長，而第二位家喻戶曉的人物就是真正的大獎了：前中情局的超級明星，之後成了美國參議員。

「克萊德，你剛才那段話的意思是，」迪爾說道，「你讓這些人拿到了好處。」

迪爾又把那四個人的名字唸了一遍，但這次的語氣平鋪直敘，幾近冷漠。

「我讓他們四個人都成了巨富，」布拉托回道，「反正，至少是有錢人。」

參議員說道：「看來你有證據。」

「我的確拿得出來。」

迪爾聽到提姆．多倫接下來的那個問題，不禁讓他大吃一驚，而且，他覺得那些波士頓的政治大老們要是聽到的話，反應不只是吃驚而已，還會大失所望。多倫的下一個問題是：「你希望我們幫你把這些傢伙抓起來？」

參議員無法抑遏自己聲音中的怒氣，面向多倫，劈頭大罵，「提姆！拜託！」

多倫盯著參議員，那張英俊的愛爾蘭人面孔終於露出恍然大悟與衷心感謝的表情，而且，當多倫又緩緩面向布拉托、開口的那一刻，迪爾覺得那張臉還有一股畏怯，開口說道：「哦，這樣啊，我明白了。你並沒有一定要讓他們入獄，而是給我們機會、保護他們全身而退。」

布拉托對著多倫露出微笑，彷彿把他當成了意外展露可塑性的愚鈍學生，「就是這樣。」他又看著拉米雷茲，「好，參議員你怎麼說？」

迪爾已經猜到了參議員會選哪一條路，不過，他還是在心中默默給了對方忠告。年輕人，把重要人士送入大牢，你會聲名大噪，但也只是一時而已。讓重要人士免除牢獄之災，而且要讓他們知道是你手下留情，你一定可以得到巨大權力。當然，你這個行業的唯一重點，就是權力：想盡辦法爭取它、維持不墜、繼續發揮影響力。

參議員沉默的時間絕對超過十秒之久，他終於開口回覆克萊德．布拉托，「我想，」他緩緩說道，「布拉托先生，我們可以想辦法達成一定的共識。」

就在那一瞬間，迪爾發現要是死去的哈洛德．史諾沒對他說謊的話，那麼傑克．史畢維絕對不可能坐牢。

35

迪爾送克萊德．布拉托下樓，當他們走到最後一級台階的時候，迪爾開口，「傑克想要與你見面。」

布拉托轉身，神色謹慎端詳迪爾，從他的鞋子一路盯到他的雙眼，似乎覺得迪爾的目光特別耐人尋味。布拉托開口，「什麼時候？」

「今晚十點鐘。」

「在哪裡？」

「我律師的公寓，這是地址。」迪爾把寫有欣茲姓名與地址的字條交給了布拉托，但他看都沒看，直接塞入西裝口袋。

布拉托問道：「那是什麼樣的地方？」

「上樓的入口只有樓梯與一台電梯，傑克會帶兩個墨西哥人，你可以帶哈利與席德過來，正好可以怒目對峙。」

「只有你，傑克，還有我。」

「為什麼有你？」

迪爾聳肩，「為什麼不行？」

過了一會兒之後，布拉托的俊帥羅馬人塑像面容終於點了點頭，「我會考慮一下。」隨即步出門外，消失在八月的夜色之中。

迪爾回到身故妹妹住家客廳的時候，還不到八點鐘。他先前送布拉托下樓，讓參議員與提姆·多倫有足夠的時間構思方案、才能接受布拉托的提議。不過，他們得要先支開迪爾，他不知道他們有什麼打算，但他知道他們一定會玩陰的，但還是不免盼望他們能夠放聰明點。

他一回到客廳，提姆·多倫就立刻發問，一聽到這問題，迪爾就知道這兩個人完全和聰明沾不上邊。「你覺得他是不是上鉤了？」

「布拉托？」

「對。」

迪爾回道：「看來是這樣沒錯。」

參議員微笑，「我想我們要弄他的方式非常高明，你說是吧？」迪爾還來不及回應，參議員繼續說道：「尤其是提姆扮演蠢蛋角色的那一段。」

迪爾點頭，「這演技的確厲害。」

「他上當了。」多倫的表情充滿自信，但語氣卻有些遲疑。

「沒錯，」迪爾繼續詢問參議員，「現在呢？」

「現在？好，我們要他個一兩天，」他講話變得慢條斯理，那張近乎完美的臉龐也流露出思慮周詳的睿智神情，「我想，就從現在開始，交由提姆處理與布拉托的所有磋商內容，你沒問題吧？」

「他是法律顧問，」迪爾說道，「理當是他的任務。」

「很好，」拉米雷茲說道，「對了，班恩，我要大力讚揚你在這裡處理一切的手法，表現優異，一極棒。」

「謝謝。」

參議員還有另外一個問題，他裝出只是隨口問問的語氣，「你覺得是真的嗎？」

「你是說靠他幫忙賺錢致富的那四個人？」

參議員點點頭。

「當然，」迪爾說道，「一定是真的。如果不是，布拉托幹嘛要把他們供出來？對他有什麼好處？」

「我也這麼認為。」

多倫附和，「我也是。」

「好，」參議員的語氣也裝得未免太歡愉了一點，「我餓壞了，我們何不去吃一頓牛排大餐？」

「我之後再和你們聚餐吧，」迪爾說完之後，發覺參議員的臉上露出了一抹釋然的神情，但幾乎是瞬間發生變化，露出些許狐疑。迪爾也趕緊解釋，「我會在明天或後天回去華盛頓，這應該是我最後一次機會在她家尋找我想帶走的遺物——家族照、信件之類的東西。我看你們就先把車開走吧，我等一下自己叫計程車。」

迪爾把車鑰匙交給多倫，請他用完車之後把它放到飯店的置物格即可，參議員在離開前又瞄了一下客廳，「你妹妹住在這裡很久了嗎？」

「沒有，剛搬進來沒多久。」

「真是溫馨可愛的地方，你說是吧？」

等到參議員與多倫離開之後，迪爾帶著廚房的高腳凳回到臥室。他打開衣櫃的門，把費莉希蒂的衣服全推到同一側，然後把高腳凳放入天花板暗門下方的衣櫃內側，打開之後就可以進入閣樓——或者，應該算是管線層。

迪爾站在廚房的高腳凳上面，以雙手手掌推壓暗門，輕輕鬆鬆就開了，他把門推到一旁。天花板的高度有兩百七十公分高，而廚房高腳凳只有九十公分，不過，迪爾長得夠高，頭頂還是可以碰到天花板。他抓住暗門邊緣，往上一跳，靠手肘撐住邊緣，一陣亂抓之後，總算讓其中一腳的膝蓋成功勾了上去，之後的動作就相對簡單多了。

天花板的托樑全以三合板包覆，弄得儼然像通道一樣。迪爾從口袋裡拿出先前在廚房裡找到的蠟燭，以火柴點燃，沿著三合板通道通往了客廳的樓板區。當他往前爬的時候，在心中默默對死去的哈洛德．史諾喊話：你不會騙我吧？哈洛德？不會，你不會做這種事，絕對不可能。一千美金，十五分鐘就能搞定的任務，所以你沒有理由會騙我對不對？

迪爾覺得已經到達了客廳的中心區，停下動作，舉高蠟燭，發現史諾果然沒說謊。那個小小的聲控錄音機就在史諾告訴他的那個位置。迪爾按下倒帶鍵，取出錄音帶，放入口袋。他把錄音機留在原地，順著三合板通道回到了暗門口。下去比上來容易多了。他再次站在廚房高腳凳上面，把活板門蓋了回去。

他把高腳凳放回廚房，停下腳步，豎耳傾聽。倒不是因為有什麼特殊聲響吸引他的注意力，而是缺少了某個聲音。他走到廚房窗戶前面，向外張望，映入眼簾的是巷子，對面是有六棵高大銀白楊展現風姿的某戶人家後院。通常白楊都在搖晃，即便是稍有風動也會微顫。現在是完全靜止，因為無風——完全沒有任何的風。突然之間，風來了，遠從北方而來的風，來自加拿大、蒙大拿與南北達科塔州。白楊一開始是輕晃，後來開始搖動，最後，在冷冽暴烈北風的吹襲下，枝葉開始狂舞。

迪爾關掉全部的燈，確認窗戶都已經關妥，走下階梯、步入門外，已經是八點三十三分，天色一片漆黑。在剛才這三十五分鐘當中，氣溫陡降了十七度，現在成了攝氏十八度。北風開始狂吹，已經聞得到雨水的氣味。突然而來的寒氣讓迪爾打了冷顫，一股詭異的悸動，不過，他繼之一想，只要是八月出現了這樣的冷天，一定都會有相同反應。

迪爾抄近路、以斜對角的路線穿越本來是磚場的那座公園。當他經過他與傑克．史畢維一起學會游泳，迪爾教他跳水的那間市立游泳池的時候，開始下雨了——是那種洗去塵埃、散發出清甜氣味的急落式豆大雨珠。迪爾停下腳步，仰頭迎向雨滴，這股快感只持續了幾秒鐘而已，因為寒意立刻襲身。迪爾在雨中快步行走，後來開始小跑，他全身越來越濕，等到他離開公園、接近十八街與迪羅大道交叉口的時候，已經全身濕透，顫抖不止，真希望不要再繼續下雨了。

迪爾記得十八街與迪羅大道的轉角有間營業多年的雜貨店，他不知道還在不在。他記得老闆是金氏兄弟，「服務到家」。他們店內一直有汽水機，當所有雜貨店都丟掉這種東西的時候，他們依然堅持保留。金氏兄弟曾經說過，他們覺得沒有汽水機的雜貨店就不算是真正的雜貨店。迪爾走出公園的時候，看到了那塊省字的霓虹老招牌：金氏小店。他在人行道小跑，趕緊鑽入店內躲雨。

這裡依然什麼貨品都有，而迪爾買的第一項用品是浴巾。他一邊忙著擦乾身體，一邊忙著在貨架間來回尋找小型錄音機。找到了，新力牌的隨身聽，夾在「咖啡先生」咖啡壺紙盒與鉻鐵扳手工具組的中間。迪爾拿著那台新力走向櫃檯，站在收銀台後方的是個年約六十歲的男子，迪爾猜他應該是金恩兄弟其中之一，但他其實並不確定，他覺得是自己年紀大了，記憶力越來越衰退。

那男子接下錄音機，看了標價，點頭表示欣賞，當迪爾把百元美鈔遞過去的時候，對方說道：「這些日本貨真是天下無敵。」

他把錄音機放入某個袋子，將貨品與美金九十九分的零錢從櫃檯遞過去，「我把它放在冰淇淋袋子裡，」他說道，「不會被雨水淋濕。」

「謝謝，」迪爾說道，「你這裡有投幣電話嗎？我得打電話叫計程車。」

「你可以試試看，但一定不會來，沒有人願意在這樣的雨夜出門。」

迪爾回道：「那我就打給別人吧。」

「電話在後頭，」那男子的下巴朝商店後面點了一下，隨後仔細端詳迪爾，「哎呀，你小時候是不是常過來？——靠，都是二十五或三十年前的事了——你和你那個死黨混在一起，他當時長得有點胖嘟嘟的。」

迪爾回道：「他現在還是一樣。」

「我記得你的鼻子，」那男人說道，「但最近很久沒看到你了，是怎樣？不住在附近了嗎？」

迪爾回道：「稍微偏東北一點的位置。」

那男人點點頭，「對，很多人都搬到那裡去了。」

迪爾把一角銅板投入付費電話，打到欣茲的辦公室。才剛響第二聲，她就接起電話。他說自己被困住了，她答應會去接他。然後，迪爾又打給傑克．史畢維。

接電話的是史畢維，迪爾開口，「搞定了。」

「克萊德答應會過去？」

「他說會考慮。」

「那就表示會了。還有誰？」

「只有我，」迪爾說道，「我們最好約九點半，不要等到十點。」

「好，想必今晚一定很刺激。」史畢維講完後就掛了電話。

迪爾又回到雜貨店前頭，搬了張凳子坐在汽水機前面，心想不知大家是否依然喊那些櫃檯人員「汽水師」？不重要。迪爾向櫃檯的那個男人點了杯咖啡，他趁等待的空檔檢查錄音機是否有電池。沒有，所以他買了好幾顆，塞入插槽，然後把耳機的尾端插入音源輸出口，放入卡帶，戴上耳機，按下播放鍵。

他聽到的第一段話是「六九嘿咻嘿咻。試音，試音。十九八七六五四三二，發動。試音……試音……試音……操你媽的臭迪爾。」那是哈洛德．史諾生前的聲音，聽起來活力十足。短暫沉默之後，迪爾聽到提姆．多倫在講話，「為什麼不脫外套？」然後是他自己的聲音「我覺得沒那麼熱。」接下來是哈利開口，「只有你們三個？」然後，又是迪爾，「就我們三個人。」迪爾心想，哈洛德，謝謝你。他按下了停止鍵，開始按快轉。

迪爾仔細判斷對話位置，很快就找到他想要聽的那一段——當迪爾送克萊德．布拉托走下車庫屋階梯的時候、參議員拉米雷茲與提姆．多倫的對話。日後，只要迪爾想起這段內容，內心就會立刻浮現那個字詞：豁然開朗。

先講話的是多倫：他走了嗎？

然後接口的是參議員：對。

多倫：天哪！

參議員：你現在明白了嗎？

多倫：當然，就連小孩子也看得懂。

參議員：提姆，這四個人我都要吃下來。

多倫：天，我也不能怪你有這種念頭。把布拉托與史畢維交給司法部之後，你會成為媒體焦點，而以後你向那四個人開口，絕對是要什麼有什麼。

參議員：但還有迪爾。

多倫：你可以開除他啊。

參議員：這招不太高明。

多倫：幫他在羅馬巴黎或其他地方找份優渥差事，讓他對你感激涕零。

參議員：這樣好多了。

多倫：他要回來了。

參議員：好。

接下來傳出的是開門與關門的聲響，然後，多倫問道：「你覺得他是不是上鉤了？」迪爾反問：「布拉托？」聽到這句之後，迪爾按下停止鍵，開始倒帶。他把錄音機與耳機放回冰淇淋袋子裡，想起了自己的咖啡，拿起杯子嚐了一口，先前忘了加糖，趕緊加了一點。他坐在汽水機的大理石櫃檯前面，他小時候可以消磨數小時之久的同一個櫃檯，他心想，這個自己挖下的大洞，想不到居然這麼深，而且洞壁如此溜滑，不知道自己是否有那個能耐可以順利出洞。

36

迪爾回到郝金斯飯店房間，淋浴之後，換上泡泡紗外套與灰色長褲，而欣茲則忙著專心聆聽新力牌裡的那捲錄音帶。迪爾穿上外套，走到書桌前，把零錢、鑰匙、機票、皮夾放入口袋的時候，錄音帶幾乎已經快要跑完了。最後一個東西是那把點三八左輪手槍。她緊盯著他的一舉一動，但不發一語，仔細聆聽耳機裡的聲響，直到最後一句話結束。她按下停止鍵，迴帶，開口說道：「這是炸藥啊。」

「我知道。」

「你有備份嗎？」

「沒有。」

「你應該要準備多份拷貝才是。」

「我會讓史畢維處理。」

「你要把帶子交給他？」

她緩緩點頭，「所以你已經做出了重大決定，對嗎？」

「有嗎？」

「當然。你必須在朋友與政府之間做出抉擇，你選擇的是朋友。」

「其實不算是什麼重大選擇，」迪爾說道，「幾乎可說是根本沒有選擇空間。」

他拿起電話，撥打查號台。他先聽到一大段建議直接去翻找電話簿的預錄詞，然後，終於等到了接線員回話——迪爾詢問總警司約翰・斯楚克的住家電話，過了一會兒之後，對方告訴他沒有登記，迪爾掛了電話。

欣茲問道：「沒登記對吧？」

他點點頭。

「讓我試試看。」她從皮包裡拿出某本電話簿，翻了一會兒，找到某個電話，撥號，另一頭接了電話，「麥可？」看來是本人沒錯，她報上自己的名號，他們寒暄了一會兒，然後，她說她需要聯絡約翰・斯楚克，得要打電話到他家。顯然麥可手邊就有電話，因為欣茲馬上拿了書桌上的飯店信封，把它翻到背面、抄寫號碼。她謝過麥克，說了再見，掛電話。

「誰是麥可？」

「麥可・傑瑞，那個美聯社的傑瑞。」

「妳以前常和他一起去記者俱樂部。」

「對。」

「我吃醋了。」迪爾拿起話筒，開始撥打她剛才寫在信封上的那個號碼。

她回他，「哪有，你才沒有。」

電話響了三聲，接聽的是名女子，迪爾猜應該是朵拉・李・斯楚克，那位有錢太太。迪爾表明身分，又開口道歉，這麼晚才打電話過來，又詢問能否找她先生講話。她說很歡迎迪爾，哪個時間打電話都不成問題，她先生會在書房裡接聽電話。

斯楚克喂了一聲，語氣含糊不明。

「想不想逮到克萊德·布拉托？」

「布拉托？」

「對。」

斯楚克嘆氣，迪爾從來沒聽過他發出如此陰鬱的長嘆，「堪薩斯市的那個嗎？」那種語氣彷佛像是期盼迪爾說出不是，這個布拉托其實來自沙加緬度、水牛城，或是德梅因。

「沒錯，」迪爾回道，「出身堪薩斯市的那一個。」

「在哪裡？」

迪爾把欣茲的地址給了他。

「什麼時候？」

「十點整。」

「十點嗎？」

「沒錯。」

「讓我想一下。」斯楚克說完這句話之後就掛了電話，迪爾沒想到對方是這種態度。他心想，斯楚克的正常反應應該是雀躍萬分才是，當然，要是他得要與某人討論，那就另當別論。迪爾再次撥打斯楚克的電話，忙線中，他切斷電話，改撥傑克·史畢維的號碼，也在忙線中。迪爾慢慢放下話筒，心想他們兩人可能在通話，或者，對象可能是與茫茫人海之中的任何一人。

欣茲開口，「你表情怪怪的。」

「是嗎？」

「他說他要想一想。」

「這不是警察會說的話。他應該要說：『想辦法困住布拉托，千萬不要讓他離開你的視線——』之類的話。」

「除非……」

欣茲繼續逼問，「除非怎樣？」

「除非他早就知道布拉托在這裡了。」

她眼睛瞪得好大，迪爾再次注意到那雙眼眸真是漂亮。他心想，她的憂慮讓眼珠的顏色變得更加深沉，近乎純紫色。

「如果他早在你打電話之前就知道布拉托的事，」她說道，「那就表示有人被耍了，很可能是你。」

「也許吧，」迪爾回她，「但也許不是。」

然後，兩人又開始爭吵。欣茲堅持要與迪爾同行，他不肯。她堅持那是她的房子，她愛什麼時候進去都不成問題。迪爾回她，反正她不能跟就是了，她威脅要打電話給參議員，把錄音帶的事告訴他。迪爾把電話交給她。她接下話筒，撥了〇，要求轉接拉米雷茲參議員的房間，迪爾立刻從她手中搶下話機，切斷通話。過了一會兒之後，兩人各退一步：她可以一起去，但不能進屋，必須坐在迪爾的車內等候，監看進出的到底有哪些人，她說她覺得這樣很愚蠢。迪爾嗆她，要是他沒辦法在一個小時之內出來，那麼這個舉動就一點也不蠢，因為事情大條了。她想知道萬一他沒有在一小時之內現身的話、她該怎麼辦才好？他告訴她，他必須要打電話給某個人，不過，當她問到底是誰的時候，他卻說不知道，反正找人就對了，兩人的對話就此卡住。

迪爾開著福特、靠近凡布倫大樓對街的時候，依然下著大雨。他突然想起，他每次想到這棟建物，腦海中第一個浮現的名稱總是「老人院」，後來才會意識到不對勁，轉換為原本的真正名稱。大雨持續不斷，殘酷暴戾，那就像是所有持續不斷、殘酷暴戾的事物一樣，無聊。迪爾看到公寓入口正對面有個停車位，但欣茲卻告訴他，「你停不進去。」

「等著看吧。」把大車塞入不可能停車的狹小空間，一直是迪爾的自豪強項。他迅速把福特開進去，甚至還稍稍炫技了一下。停好之後，與前後車輛的距離都只有十五公分左右而已。但欣茲依然不為所動，她問道：「萬一我得要急忙把車開出去呢？」

他回道：「我看妳是沒辦法了。」

她看了一下手錶，「九點二十五分。」

「我得走了。」

「有雨衣嗎？」

「沒有。」

「你得穿雨衣。」

「哦，不需要。」

她蹙著眉頭，「我不希望你進去。」

「為什麼不要？」

「拜託，想也知道為什麼。」

他微笑，伸手摟住她，緩緩擁她入懷，她也乖乖挨過去。兩人長吻，也不知道為什麼，是一種焦慮不安的吻，結束之後，她整個人往後一靠，若有所思盯著他。

「迪爾，我不知道……」

「怎樣？」

「也許我真的算是你馬子了吧。」

迪爾帶著放在金氏兄弟冰淇淋袋的新力牌錄音機，冒雨穿過大街，進入凡布倫大樓。進入門廳的時候，他發現自己身上沾有雨滴，但沒有濕透。他搭乘唯一的電梯、上了五樓，走過長廊，打開欣茲家大門之後就進去了。他開了兩盞檯燈，看了一下手錶，九點二十九分。他準備進浴室，但一看到馬克思菲爾德·派黎胥的那幅畫就忍不住停下腳步，多看了一會兒，他還是覺得畫中的那兩個身影是女孩。

他在浴室裡拿毛巾擦乾了雙手、臉龐以及古銅色的頭髮。他望著鏡中的自己，看到嘴唇留有一抹口紅印。他拿毛巾用力抹去污痕之後，再次盯著自己的映影。他告訴自己，你看起來好疲憊、蒼老、恐懼，而且你的鼻子好大，

他又開始研究馬克思菲爾德·派黎胥的畫作，就在這時候，有人敲門。他過去開門，傑克·史畢維進來了，穿的是Burberry的風衣。

「天，傑克，你看起來像是從電影《奧京間諜戰》裡面跑出來的角色。」

「哪有，才不是，」史畢維回道，「我看起來像穿了風衣的肥仔，蠢度能夠超過我的也只有穿白襯衫的豬而已。不過，是達菲買了這件給我，好，管他的，既然下雨了，那我就只好這身拙樣出門。」

史畢維早已解開濕風衣的鈕釦，面向客廳，仔細觀察，「靠，這根本就是一九四〇年代的風格啊。她不住這一層樓吧？」

「誰？」

「露易絲阿姨。你記得賈克．薩克特的露易絲阿姨？」

「記得。」

史畢維閉上雙眼，嘴角上揚，「一九五九年七月十九日，大約是下午兩點三十分，」他睜開眼睛，依然一臉笑意，「我記得一切，但我不記得她住哪一樓。」

「四樓，」迪爾突然想起來，「四百二十八號。」

史畢維點點頭，「姑且就相信你的說法吧。」他舉起自己的濕風衣，「你覺得我該放哪才好？」

迪爾接過外套，他說他會把它掛在浴室門的後頭。等到他回來的時候，史畢維已經坐在沙發上欣賞派黎胥的畫。迪爾問他想不想喝點什麼，史畢維搖頭，「千萬不能把烈酒與克萊德．布拉托同時混在一起。」他不再盯著畫，望向迪爾，「克萊德真的打算要協商？」

「也許吧——要看你提出的方案而定。」

「皮克，我一直在想這件事，但也沒什麼好對策。也許可以讓克萊德坐二十五年的牢，不過，靠，我很可能得面臨一百年的刑期，那二十五年又算什麼啊？」

迪爾捏住內裝錄音機的金氏兄弟冰淇淋袋的袋口，交給了史畢維，他的語氣與表情都充滿懷疑，「這什麼？」

「奶油軟糖醬冰淇淋。」

史畢維盯著迪爾好一會兒，小心翼翼打開袋子，彷彿覺得裡面有炸彈或毒蛇一樣，然後，他拿出了那台新力牌小型錄音機，「我一直很愛新力牌的奶油軟糖醬冰淇淋，」他又看著迪爾，「要我播放錄音帶？」

「沒錯。」

史畢維看了一下那些控制鍵，把錄放音機放在咖啡桌上面，按了播放鍵。這一次，聲音是從機器的一吋小喇叭傳出來，清楚，但很小聲。迪爾盯著史畢維專心聆聽的模樣，史畢維全神貫注，聽得入神，當參議員與法律顧問的人聲第一次出現的時候，他只問了兩句話，「拉米雷茲？」與「多倫？」迪爾發現他的臉上並沒有流露任何的詫異神色，完全看不出驚訝、雀躍或是感激之意，他凝神思考，只流露出令人好奇的淡然神情。

不過，錄音結束的時候，笑容又出現了——史畢維的標準微笑，充滿邪惡、歡樂、怨恨以及幽默。迪爾心想，這是賊人的笑容。

史畢維依然掛著那燦爛笑容，但多了一抹期待，「皮克，你該不會是想要向我兜售這捲錄音帶吧？」

「有這個可能。」

「你要多少？」

「傑克，你打算付多少？」

「我所有的錢——達菲和那輛車可以一併奉送給你。」

「有了這捲錄音帶，」迪爾說道，「你就不需要坐牢了。」

「皮克，看來你是真的不知道這帶子是什麼吧？」

「什麼？」

「什麼才是最強大的荊棘保護地？這就是了，靠，有了這帶子，我根本不用擔心去坐牢了，」他的笑容再次出現，「拜託，皮克，你到底想要多少？」

「一勞永逸的價碼？」

「你說個數字就是了，我一定付。」

迪爾發覺自己變得緊繃，先是肩膀，然後是脖子，最後停留在嘴巴。雙唇僵硬，口乾舌燥。他告訴自己，說吧，大聲講出來就是了，要是已經乾得說不出話，那就寫下來吧。

「傑克，我要的其實是……」他慢條斯理，冷靜與理性的程度連他自己都嚇了一大跳，「我要的是殺死費莉希蒂的兇手。」

史畢維的微笑不見了，取而代之的是賊笑，某種表露遺憾的賊笑。史畢維望向左邊的派黎胥畫作，端詳了好一會兒，又低頭看著錄音機，咬下唇至少有三、四次之多。終於，他抬頭看著迪爾，賊笑沒了，又恢復了原本的微笑，迪爾覺得史畢維的眼神充滿狡獪，也盈溢善意。

迪爾問道：「到底怎樣？」

「沒問題。」

37

傑克．史畢維的心情幾乎可說是興高采烈，他改變心意，決定喝杯酒。迪爾進入廚房，東翻西找，終於看到欣茲為數不多的那些酒瓶。他倒了兩杯威士忌加冰塊，拿著酒杯回到客廳，將其中一杯交給了坐著的史畢維，開口說道：「等一下我們一起聽吧。」

史畢維喝了一大口酒，以手背抹嘴，搖頭——同時臉上一直掛著微笑——開口說道：「皮克，你只要乖乖坐在一旁就是了，讓我來處理。」

「要信任你。」迪爾的這句話並非問句。

史畢維點頭，「你要信任我。」

「傑克，我誰也不信。」

「想必很寂寞吧。」史畢維又說了一些話，但是卻被客廳的敲門聲打斷。迪爾看了一下手錶，十點整，史畢維起身，「怎麼不趕快去開門讓克萊德進來？」

迪爾開門，站在走廊的那個人，面帶略顯困惑的神情，身著珠白色風衣、搭配同色雨帽，還拿著傘，他正是克萊德．布拉托。迪爾覺得此刻的布拉托格外神似羅馬執政官，也許是因為他隨意把雨衣披掛在雙肩的那種風格，以那種方式穿衣但毫無蠢笨感的男人，並不多見，但迪爾覺得布拉托看起來完全沒有那種呆相。如果說真有哪裡落漆，就是他有點貌似被迫去借高利貸、決定要好好利用這次機會的落難貴族。

迪爾開口，「進來吧。」

布拉托才剛進來，史畢維就從敞開的大門後頭現身，將自動手槍抵住布拉托的後腰。布拉托微笑，停下腳步，「哎呀，傑克，能再見到你真是太好了。」

史畢維開口，「克萊德，給我站到那幅美麗畫作的旁邊。」

布拉托四處張望，「你指的是派黎胥的那張畫？」

「有兩個死娘炮的那一張。」

「其實，我覺得是女孩。」布拉托走到牆邊，雙掌貼牆，雨傘依然緊勾在他的右臂。

「皮克，脫掉他的外套與帽子，拿掉雨傘。」史畢維開口，「慢慢來，要小心，把它們放到那邊的衣櫃。」迪爾乖乖照做，然後又退到史畢維的旁邊問道：「接下來呢？」

「現在好好搜身。腳踝、胯下、每個地方都不能放過，搞不好還得叫他張嘴，檢查一下他的口腔。」

布拉托搖頭又嘆氣，「傑克，有時候你實在很粗魯。」

「克萊德，惡形惡狀才能活得長長久久。」

「天，你還出口成章，這種話，也差不多是格言等級了。」

迪爾在布拉托的腰間搜出了一把瓦爾特自動手槍，布拉托把它放在槍套裡、扣住了無腰帶長褲的褲頭。迪爾檢查手槍的時候，想到布拉托從來不用皮帶，穿三件式西裝的時候，也許會使用吊帶，但絕對不用皮帶。

史畢維開口，「我收下了。」迪爾把那把瓦爾特交過去，史畢維丟入左邊的外套口袋裡面。

「克萊德，你現在可以站好轉身了，」史畢維說道，「拿張椅子吧，那邊的那一張看起來很舒服。皮克還可以幫你準備點飲料，我知道這裡有伏特加，但不確定他還能變出什麼酒。」

「伏特加就夠了。」布拉托走向扶手椅，坐了下來，史畢維又坐在沙發上，把自己的自動手槍放在咖啡桌上面，就在那台新力牌錄音機的旁邊，迪爾注意到那是點三八柯爾特手槍。

迪爾詢問布拉托，「要不要加冰塊？」

布拉托微笑，「當然好啊。」

迪爾在廚房裡倒酒，並沒有聽到客廳傳來任何聲響。等到他帶著布拉托的酒杯回去的時候，他覺得那種沉默彷彿像是兩個認識許久的老友，所有的共通話題已經都講爛了，現在兩人之間只剩下一股僵冷的熟悉感。

布拉托把酒杯湊到嘴邊，以近乎優雅的姿態啜飲了一小口，放下酒杯，開口說道：「嗯，這場雨來得正是時候，對吧？」

「克萊德……」

布拉托微微側頭，望著史畢維，「嗯？」

「你我今晚要好好談判，不過，希望你能夠先聽一下這東西。」

「內容有趣嗎？」

「我想是吧。」史畢維按下了錄音機的播放鍵。迪爾望著布拉托在豎耳傾聽——就像是剛才他在觀察史畢維一樣。起初，布拉托微微蹙眉，然後，表情全然舒展，宛若在聽音樂，也許是奏鳴曲，反正是自己鍾愛的作品，但已經許久不曾聆賞。布拉托的頭往後一靠，貼住椅背，閉起眼睛，露出淺笑，凝神細聽每一個字。

等到結束之後，布拉托睜開雙眼，盯著迪爾，「你的傑作？」

「沒錯。」

「很厲害。」布拉托又望向史畢維，「好，傑克，恭喜了，現在就看看我們可以討論出什麼方案，你的需求是什麼？」

「兩件事，」史畢維說道，「首先，在我和你鬼混的那些年當中，我可能有做過或是不可能做過的種種行為，大家就當沒發生過。」

「當然，這是一定的。還有什麼——錢呢？」

「天，我根本沒想到這個。但不需要，我不要錢，我已經夠有錢了。」

布拉托的左眉挑得老高，「傑克，你知道嗎？我這一生還不曾聽過有人說過這種話，沒開玩笑，真的。不過也好，我就接受你的說法，那你現在想要什麼？」

「我要知道是哪個混蛋殺死了皮克的妹妹。」

這次布拉托的雙眉同時揚高，一臉疑惑，轉頭盯著迪爾，「你妹妹？」

「費莉希蒂·迪爾，兇案組中階警探。」

「我早就告訴過你了，我有看到新聞，後來是那場盛大的葬禮，有人遇害。但除此之外，我一無所知。」他停頓了一會兒，「抱歉，但我真的不知道，」

「克萊德，你這傢伙，」史畢維說道，「是全世界最不要臉的大說謊家。」

「傑克，你**想要**找人出氣是嗎？**需要**找人負責？如果是這樣，你可以要哈利，或是席德，不然兩個都要也不成問題。當然，他們絕對不是兇手，但我很樂意把他們交出來，就算是聯手寫悔罪遺書也不成問題。傑克，你以前一直是幫別人寫遺書的高手。」

史畢維搖頭，微笑，「天，克萊德，你真是個奇才，了不起。現在，我就把我的想法告訴你。你派殺手來找我——我看看，已經有一年半的時間了。我怎麼知道？這就跟你一樣，要是有人追殺你，你也會有相同的反應，你有感覺、嗅覺、觸覺，簡直連味覺都會發出訊號。你派來的這號人物，從容不迫，就是要等待天時地利人和的那一刻。這一點我也有感覺。不過，皮克的妹妹也不知怎麼發現了狀況，汽車被人放了炸彈身亡。好，克萊德，所以你現在就直接告訴我，到底是派誰來準備暗殺我，我也能讓皮克知道殺死他妹妹的兇手是誰。」

布拉托又以優雅姿態緩緩喝了一小口酒。他放下酒杯的時候，搖搖頭，一臉遺憾，「傑克，我不知道該怎麼說才好，因為我只能告訴你真的沒有——」

有人重敲公寓大門，打斷了布拉托。大家動也不動。史畢維與布拉托互看了一眼，疑心重重，然後，他們幾乎是同步望向迪爾，懷疑的目光又望向迪爾。敲門聲再次響起，但這一次不是輕敲，而是巨大的砰響，還有人大吼，「我是警察！快開門！」

走過去開門的人是迪爾。兇案組警監基恩・寇德早已拔了槍，一個箭步衝進來，「不准動！」他大聲喝斥，「每個人都不准動！」

沒有人敢造次。寇德採半蹲姿態，雙手緊握手槍。他身穿短版風衣與棕色的軋別丁長褲，迪爾猜應該是很貴的衣服。風衣沾有雨滴，褲子也是，但並沒有全濕。寇德穿的是棕色綁帶鞋，有部分材質是橡膠，上次看到有人在夏日雨天穿橡膠鞋是什麼時候的事？迪爾早就不記得了。

寇德瞄了一下迪爾，開口喝令，「退後，貼住牆壁！」

迪爾問道：「我得要舉高雙手嗎？」

「放在我看得到的地方就好。」寇德瞄了一下依然坐在沙發上的傑克．史畢維，「還有你，肥仔，坐在那裡不准動，你是史畢維對不對？」

史畢維點頭，「就是我。」

寇德依然保持半蹲姿態、雙手持槍，目光瞄向克萊德．布拉托，身體也轉了過去，他厲聲問道：「你誰啊？」

布拉托依然坐著，交疊雙腿。他露出微笑，放下酒杯，左手伸向外套胸前的口袋，開口說道：「請稍等，我拿證件給您——」

他的話沒講完，因為警監基恩．寇德朝他的額頭開槍，就在左眼的上方。子彈力道讓布拉托癱倒在座位裡，他開始往下滑，寇德又對他開槍，這次是胸口。

大家動也不動，持續了一兩秒之久，也沒有人說話。寇德警監慢慢挺直身體，把手槍放回風衣裡的腰槍套，面向迪爾，「我別無選擇，」他開口說道，「他準備要掏槍。」

「沒錯，」迪爾回道，「就是這樣。」

史畢維起身，緩緩走到克萊德．布拉托的屍身旁邊，他站在那裡、俯瞰了好一會兒，搖頭說道：「靠，克萊德，你到底在想什麼？」

他跪在屍身前，目光從斷氣的布拉托飄向站在一旁的寇德警監，彷彿在估算距離與角度。然後，史畢維把手伸入自己外套的左口袋，拿出了布拉托的那把瓦爾特手槍，對準寇德，朝他短版風衣衣襬的上方約兩三公分處開槍。

寇德踉蹌後退一步、兩步，雙手按壓傷口。他跪地，低頭望著鮮血不斷從十指間汩汩流出。他緩緩抬頭，望著面無表情的傑克・史畢維，似乎是想從對方的臉上找到某個重要問題的答案，但卻一無所獲，他的頭拚命偏向左方，大叫某個人的姓名，是斯楚克。

一秒鐘之後，總警司約翰・斯楚克一身俐落乾爽，從依然敞開的大門慢慢走進來，左手拿著已經點燃的雪茄。他身穿灰色真絲西裝，迪爾覺得那套衣服一定至少要價八百美金。斯楚克轉身，關門，對迪爾點點頭，走到依然跪地的寇德警監身邊。

寇德抬頭望著他，「史畢維……是史畢維。」

斯楚克搖頭，一臉傷悲，「基恩，你知道你是什麼樣的人嗎？警界的奇恥大辱。」

斯楚克轉身走向史畢維，朝他伸手。史畢維把那把瓦爾特手槍交給斯楚克，他抽出自己的口袋巾，小心翼翼擦拭手槍。

他詢問史畢維，「這是布拉托的槍？」

史畢維點頭。

「他是右撇子還是左撇子？」

史畢維答道：「右撇子。」

依然跪地不起的寇德發出哀號，低聲抱怨，「靠，斯楚克，趕快幫忙啊。」

「馬上就來。」斯楚克又發出了他的標準長嘆，咬住雪茄，彎身查看克萊德・布拉托的死屍。然後，抓住布拉托的右手、握住那把瓦爾特手槍，然後又將右手食指穿過扳機護環、扣住扳機。斯楚克從瓦爾特手槍的發射角度、望向還跪在地上的寇德，利用死屍的手指、對基恩・寇德警監的胸膛開槍，大約在心臟的位置。衝擊力道讓寇德往後抽搐，然後又往前晃動，最後朝他身體左側倒下，他全身顫動了一會兒，之後就動也不動了。

斯楚克抽出口中的雪茄，走到死亡警監的屍體旁邊。他低頭看了一會兒，跪下來，小心取出寇德槍套裡的手槍，把它放在死屍的右手邊。斯楚克站起來，面向迪爾，「這樣滿意了嗎？」

「我不知道，」迪爾回他，「把話給我講清楚。」

38

斯楚克看了一下手錶，「我給你兩分鐘的版本，」他說道，「因為等到兇案組進來之後，我會把寇德塑造成英勇殉職的警察，被全美第一大通緝要犯槍殺身亡。」斯楚克又面向傑克．史畢維，「你覺得這樣如何？」

史畢維回道：「很好。」

斯楚克又看著迪爾，「你妹妹為我工作，我是她的唯一長官，就只是為我辦事。他們把寇德從堪薩斯市調過來六個月之後，這傢伙就不太對勁，整個人都變了，態度和以往大不相同，興趣也發生改變。這很難向不是警察的人解釋清楚，但我知道他有問題，買了一間有點太過豪華的房子，每一套西裝都比別人貴了一百美金。他當然不會笨到為自己買賓士，但他的確為自己買了輛奧斯摩比九八，然後，是與他太太的難堪家務事，你也聽說了。」

迪爾點頭，「送她進精神病院。」

「所以差不多在那個時候，我找了費莉希蒂，把我的想法與感覺告訴她，希望她可以幫忙調查。你妹妹很優秀，而且又漂亮，要不是因為我年紀這麼大，而且和朵拉．李感情這麼好——嗯，搞不好我會自己追你妹妹，雖然她窮得要死。不過，她告訴我這是迪爾家的傳統，一貧如洗。」

迪爾回道：「她說得沒錯。」

「所以她就把自己當成誘餌，基恩・寇德馬上中計。誰能怪他呢？我沒辦法。但是我想要知道的是他搞了多少錢，從哪裡弄來的，還有到底是靠什麼辦法賺到這些錢。費莉希蒂花了整整快要六個月才找出他到底有多少錢，大約是七、八十萬美元。他給了她錢付那棟雙拼屋的頭期款，還有其他支出，但我想你早就知道了。」

迪爾回道：「知道一點。」

「不過，你妹妹沒辦法找出錢的來源。我的意思是，反正寇德就是有錢，你明白嗎？」

「嗯，」迪爾說道，「我了解。」

「然後，某一天她在寇德面前提到了你與傑克・史畢維，還有你們兩個從小混到大的事。好，寇德似乎興趣十分濃厚。接下來，過了幾個月之後，他們在他家，寇德的住所，我記得是某個星期六下午，他出去買啤酒什麼的，費莉希蒂到處翻找，找到了一本這麼大的筆記本，」斯楚克的雙手開始比劃，大約是十九乘以二十三公分的尺寸，「她看完之後，發現裡面全都是她告訴他有關傑克的事，沒有你，只有傑克，所以我就打給住在『頂尖高手』道森豪宅的傑克。」

史畢維哈哈大笑，「我們是一見鍾情。」

「然後你們兩個就發現事有蹊蹺對嗎？」迪爾問道，「寇德與克萊德・布拉托有堪薩斯市的地緣關係。」

斯楚克點頭。

「你認為布拉托花了多少錢雇用寇德殺害傑克？」迪爾問道，「一百萬美元？」

斯楚克點頭，「至少是一百萬起跳。好，我們——傑克和我——我們認為只要能讓傑克保命，布拉托遲早會現身，因為他想要搞清楚為什麼付了錢卻看不到成果。等到他一出現，好，我就會逮捕他，這對我的政治生涯來說當然是百利而無一害。關於這一點，傑克和我已經討論過了。」

迪爾說道：「而你讓費莉希蒂身陷危險之中。」

「你要搞清楚，」斯楚克說道，「寇德當時還沒有採取任何舉動。」

「你的意思是，當他一發現費莉希蒂是臥底就殺了她？」

斯楚克點頭，神色嚴峻，點頭，之後是他的標準長嘆，「但我們不能證明，因為根本沒有成案。」

「鬼扯，」迪爾說道，「費莉希蒂被謀殺，你早就可以出手逮捕寇德，或是她的那個前男友也可以，什麼名字來著，克雷・柯克朗；不然，就是可憐的哈洛德・史諾也不成問題，天，哈洛德的這個案子明明十分容易。但你沒有，因為你還在等布拉托，你們拿我妹妹的命換來克萊德・布拉托。」

斯楚克兩個箭步走到迪爾旁邊，抓住他的左臂，硬是把他扳過來。總警司指著地板，整張臉因為憤怒而扭曲糾結，厲聲說道：「躺在那裡慘死的是誰？基恩・寇德，**警監**基恩・寇德，他是我見過靠他媽最厲害的兇案組警探，他殺死了你妹妹，不留任何蛛絲馬跡，然後還在她的葬禮上講得頭頭是道。而且，他還拿了點二五手槍、在十一公尺之外射中克雷・柯克朗的喉嚨，一旁站了六百個警察，人人都束手無策；還有，他拿截短霰彈槍殺死了哈洛德・史諾，然後又以優雅姿態帶著一桶冰淇淋回到案發現場，接手調查，將證據移花接木，栽贓史諾是殺害費莉希蒂的兇手。你覺得他在亂搞？你覺得克萊德・布拉托這種人為什麼會願意付給他一百萬美金？要是今晚基恩的運氣能夠好一點，他可以逮捕布拉托，留住這筆錢，而且就算是法律也動不了他半根汗毛。但他現在卻躺在地上，死了。」

迪爾抓住斯楚克的手、把他甩開，然後，他走到咖啡桌前，開口問道：「要是他沒有做呢？」斯楚克馬上瞄向一臉困惑的史畢維。他開口問道：「他是不是在暗示什麼？」

史畢維回道：「對。」

「你說你沒辦法證明他殺死了費莉希蒂——甚至連柯克朗，或哈洛德・史諾都沒辦法。所以要是你拿不出證據，他就是清白的。」

「他殺了他們，」斯楚克說道，「全都是他下的毒手。」

「你認為是他做的。」

史畢維說道：「皮克，你也是這麼想的啊。」

「也許吧。」迪爾拿起錄音機，抽出錄音帶，放入口袋。

史畢維起身，「你要把那捲帶子帶走？不會吧？」

「傑克，這原本應該是你的荊棘保護地，最強大的那一塊，但現在這是我的了。」迪爾盯著史楚克，然後目光又飄向傑克・史畢維，因為他正從咖啡桌上拿起點三八柯爾特手槍。「我很擔心你們兩個，」迪爾說道，「我很擔心你們兩個爬到高位之後，不知道會做出什麼事。而你們要是成了位高權重的人，不知道哪天會想起我，還有這一晚所發生的一切，而且我也在現場。然後，你們也許覺得是否該對我採取什麼行動，好，當你們心中出現這種念頭的時候，千萬記得：

我有這捲錄音帶。」

史畢維哀傷搖頭，將手槍緩緩舉高，對準了迪爾，「皮克，我不能讓你帶著錄音帶離開這裡。」

斯楚克問道：「裡面有什麼？」

「能夠讓我免除牢獄之災、讓你登上市長與參議員寶座的對話內容。」

斯楚克回道：「好，既然是這樣的話……」

迪爾開口，「傑克，我要走了。」

「反正我們就是得阻止你！」史畢維的聲調憂傷痛苦，他面向斯楚克。

斯楚克緩緩搖頭，「沒辦法。」

史畢維問道：「你說沒辦法是什麼意思？」

「要是我們搶走帶子，有關今晚的事，他會說出去，」斯楚克繼續說道，「要是我們放他走，他什麼都不會說。」他看著迪爾，「對不對？」

「沒錯。」

「當然，」斯楚克面向史畢維，「除非你想要斃了他，解決一切，我們還是可以想辦法搞定。」

迪爾等待史畢維開口或是採取行動。史畢維又低頭望向那把自動手槍，再次小心翼翼瞄準迪爾。當槍口對準的那一刻，他的臉龐慢慢顯現發自內心的悲傷神情，迪爾不知道自己會不會聽到槍響。然後，史畢維的憂傷不見了，取而代之的是懊悔，他慢慢放下手槍，開口說道：「靠，我下不了手。」

迪爾轉身，開了門，立刻走人。

39

他大步走向通往電梯，許多鄰居都好奇打開門，探頭出來的都是害怕的中年人臉孔。迪爾怒瞪，厲聲說道：「警察！」那些人趕緊關上了門。

門廳裡只有兩個傑克．史畢維的墨西哥人手下。兩個都身穿深灰色俐落西裝，當迪爾從電梯出來的時候，他們互看了一眼。年紀比較大的那個搖搖頭，彷彿在說，別擔心。迪爾走過去，用西班牙文說道：「另外兩個人呢——大塊頭？還有那個死魚眼的瘦子？」

那個墨西哥人微笑，「我們一來到這裡，就告訴他們別的地方還有更重要的事，他們乖乖閃了。」

迪爾走出門廳的時候，那個墨西哥人依然掛著笑。他冒雨衝到馬路對面，從那輛福特後頭的狹小空隙擠進去、打開了前面副座的車門，吩咐欣茲，「妳開車。」

她鑽到駕駛座，讓迪爾進來，「如果我們現在要逃走的話，」她說道，「光是要離開這個停車格就要一小時。」

「用力撞妳後面的那輛車，把方向盤往左轉到底，再撞前面的那輛車，反覆操作個幾次，一直到右邊的擋泥板可以出去為止。」

她回道：「你的意思是我平常那種開車法就對了？」

她只花了二十秒、來回碰撞了五次，就成功把那輛福特開出了狹窄的停車格。她加速離開凡布倫大樓，到達二十三街的時候，聽到警笛聲，她立刻駛向右側，停車。某輛綠白相間的警車轉過濕滑街角，發出刺耳煞車聲響，警笛大作閃燈不斷。欣茲放開煞車，又小心翼翼繞過街角，不過，她又踩了煞車，因為看到對面車道有某輛未塗裝的黑色車輛、朝反方向疾駛而去，車後還裝了紅色閃燈。

欣茲坐在方向盤前面，動也不動，迪爾開口，「出發吧。」車子才開始緩緩前進。

「那些警察，」她問道，「是不是準備要進我家？」

「對。」

「我看到傑克．史畢維與他的兩名墨西哥手下進去了。然後又有三個人進去，過沒幾分鐘之後，那兩個人跑了。」

「那是哈利與席德，都是克萊德．布拉托的人馬。」

「然後斯楚克與基恩．寇德一起走進去。」

「對。」

「出了什麼事？」

「布拉托與寇德死了。」

「在哪裡？」

「客廳。」

「我家客廳？」

「對。」

「天，靠，我靠！」她出現反射性動作，猛踩油門，「不要告訴我出了什麼事。我不想要知道。為什麼？我現在連要去哪裡都不知道！」

「機場。」

「那你飯店裡的東西呢？」

「就留在那裡。」

他把手伸入口袋，拿出了那捲錄音帶，「知道這什麼吧？」

她瞄了一下，點頭，「你先前沒有把它交給史畢維？」

「沒有，我現在放到妳的包包裡。」她盯著他塞進去之後，又開始專心開車，「妳知道要到哪裡弄拷貝？」

她點點頭。

「明天生出六份拷貝。」

「明天？」她反問，「那今晚呢？我今晚要睡哪裡？」

「機場附近有間假日飯店對吧？」

「沒錯。」

他拿出皮夾，取出三張百元美金大鈔——他發現錢包裡幾乎快沒錢了——然後，把鈔票塞到她的包包，放在錄音帶旁邊，「用現金付房錢，記得用假名——瑪麗．波登。」

「我才不像什麼瑪麗．波登。」

「反正用這名字就對了。把這輛車子停好，明天去弄拷貝的時候才准開出去，搞定之後，待在房間裡，我會在明天中午打電話給妳。」

「中午？」

「對。」

「要是你沒打呢？」

迪爾嘆氣，「如果我沒打電話，趕快拿著這捲錄音帶去找聯邦調查局。」

迪爾與欣茲在蓋帝國際機場的入口吻別。短短的一吻，匆匆忙忙，幾乎毫無溫柔愛意，「靠，記得要打電話給我。」

迪爾在機場裡來回走動，研究出發的航班班次。最後，他挑選的是達美的航班，四十五分鐘之內就會啟程前往亞特蘭大。他買了頭等艙商務機票，付現，使用的名字是F．泰勒。他知道自己到了亞特蘭大之後，可以轉機前往華盛頓機場。

在飛機起飛之前，迪爾幾乎都待在男廁的某個馬桶間裡面。他小心翼翼拿手帕擦拭哈洛德．史諾的手槍，然後以先前購買的報紙包好，離開男廁時丟入某個垃圾桶。上了飛機，他坐在靠走道位置，身旁的旅客是年約五十歲、個性開朗的男人，看起來很健談，迪爾希望是自己判斷錯誤。飛機起飛了，轉向市區，那男人透過大雨、俯瞰下方的點點燈火，又望著迪爾，「這景色真是漂亮，」他說道，「想不想要看一下？」

「不要，」迪爾回道，「我真的不想看。」

八月九日星期二，九點四十六分，迪爾搭乘計程車，回到了位於二十一街與北街西北側交叉口的自宅大樓門口。他觀察了一下四周，發現有兩輛無塗裝的水星汽車，但車門看得出以前應該是印有政府機構字樣。其中一輛是深藍色，停在北街，裡面有兩個人。另一輛是深灰色，停靠在二十一街，鄰居老頭的膽綠色公寓前面的禁止停車區，裡面同樣也有兩人。

迪爾進入公寓，檢查自己的信箱，三封帳單、九封垃圾信、一本《新聞週刊》，還有他死去妹妹的來信。

八月三日星期三

親愛的皮寇貓：

這禮拜我唯一能夠向你報告的趣聞，主角正是你高中時代的老情人，蹺得要命，根本目中無人的芭芭拉．金恩．里特約翰（娘家的姓氏是柯林斯）。要是你不太記得她到底有多蹺，那我提醒你一件事就好，她是他們高中女生聯誼會的主席，她們叫「原名」會，拜託！皮寇，倒過來唸就是「名媛」！好，她嫁給了阿爾特．里特約翰，這裡最大間**TG&Y**的經理，可愛的芭芭拉．金恩上禮拜被抓到偷東西，在哪裡？給你猜——準備好了嗎？——西爾斯百貨！她穿著偷來的假貂皮大衣、想要直接走出百貨公司門口，在攝氏三十八度的七月天，有誰不會側目啊？

至於你的小妹，最厲害的警探，馬上就要結束一段漫長又相當噁心的荒唐歷程，以後我再告訴你細節吧。明天早上，我要去乾淨又無聊的聯邦調查局，把一切都告訴他們。你可能想問，為什麼我不直接告訴我的頂頭上司，那位娶了有錢太太的清廉總警司約翰．斯楚克？好，我再也不信任這位清廉的約翰，也不相信他最近剛認識的好友，也就是你的混蛋死黨，現在住在大理石建材豪宅裡的約翰．史畢維。你應該沒想到那個窮酸傑克已經住在「頂尖高手」道森豪宅裡爽翻天吧？

在過去這一年半當中，我一直在這場鄉村綜藝節目裡當雙面諜，或者應該說是三面諜。我對於三面諜這個概念一直有理解障礙，因為這是某種數理抽象概念，而你也知道，我天生就討厭抽象概念，尤其是高階代數課，我被當了兩次。

在這場噁爛的芭樂劇當中，主要演員有我（當然，我是領銜主演）、清廉的約翰．斯楚克、傑克．史畢維（目前是配角），還有我目前的情夫，兇案組警監基恩．寇德，這傢伙——雖然看起來相貌堂堂——但其實是個渣男，根本就是混蛋加廢物的綜合體。這齣劇牽涉到錢，大筆金錢，還有政治。以及某個國際神秘人物，名叫克萊德．布拉托，想必你一定聽過這傢伙的名號。我現在已經知道了一些事，已經讓我膽戰心驚，但也許已經可以讓混蛋寇德坐牢，也許吧。

所以我在今天傍晚寄出了這封信，明天一起床就會前往聯邦調查局，把我知道的一切全說出來。

對了（寫這兩個字比順便一提容易多了），我早就買了二十五萬美金的定期死亡險，你是唯一受益人，要是我出了事，打電話給我的律師，安娜．茅德．欣茲，她兼具美貌與智慧，你還可以搞些其他有的沒的，你我都很清楚，你常幹這種事。

哦，還有一件事，萬一我出了事，千萬不要相信他們的說法。現在，想必這封信的內容讓你

很開心，也讓你十分好奇，我準備要說再見了，還有，要獻給你——滿滿的愛。

費莉希蒂

這封信所使用的信紙是他妹妹的最愛：黃色橫線拍紙簿。那兩張紙實在配不上她那宛若銅版印刷的美麗字跡，那是她在十二歲那年暑假時的自學成果。在此之前，她總是用印刷體寫字，或者，應該幾乎都是吧。

迪爾站在幾乎是落地窗高度的窗前讀信，正好可以看到對街老人鄰居的那棟公寓。他抬頭，看到了那個老人拿著拍立得相機站在外頭，對著那輛停在禁止停車區的深灰色水星公務車拍照。那兩個男人下車，走向老頭，他們似乎是在抗議。老人對他們大吼大叫，還指了一下「禁止停車」的標誌。那兩個公務機關的人指了指老人的相機，還說了一些話，他立刻把相機藏在背後，又對他們吼叫，迪爾不知道他到底在講什麼，可能是出言威脅與辱罵。

有輛市警局的車子開過來，兩名身穿黑色制服的員警下車，想知道他們到底起了什麼紛爭。制服員警的輪廓變得一片模糊，迪爾才發現自己的眼眶濕了。他從窗前轉身，拭去淚水。

他心想，大家都多少算是兇手，而現在每個人都付出了代價。如若不然，當初牧師就講錯了，她真的是枉死，雖然，這也沒那麼糟糕，因為大家幾乎都是這樣結束一生。真正該留心的是不該虛擲度日，而費莉希蒂從來不曾虛度人生的每一天。

他猜那些政府特勤人員馬上就要過來敲門了，他應該還有五或十分鐘的時間。他走到廚房的壁掛電話前面，撥打長途電話，詢問蓋帝機場假日飯店的電話，欣茲正在那裡等他。電話一直在響，迪爾不知道她擔任律師的能耐到底如何，也不知道她是否喜歡華盛頓，而他最想知道的是，她是否能讓他免除這場牢獄之災。

Storytella 96

荊棘之路

Briarpatch

荊棘之路 / 羅斯.湯瑪斯作 ; 吳宗璘譯. – 初版. – 臺北市 : 春天出版國際, 2020.06

面； 公分. – (Storytella ; 96)

譯自 : Briarpatch

ISBN 978-957-741-270-6(平裝)

874.57　　109005777

ISBN 978-957-741-270-6

Printed in Taiwan

作　者	羅斯・湯瑪斯
譯　者	吳宗璘
總編輯	莊宜勳
主　編	鍾靈
出版者	春天出版國際文化有限公司
地　址	台北市信義路四段458號3樓
電　話	02-7718-0898
傳　眞	02-7718-2388
E－mail	frank.spring@msa.hinet.net
網　址	http://www.bookspring.com.tw
部落格	http://blog.pixnet.net/bookspring
郵政帳號	19705538
戶　名	春天出版國際文化有限公司
法律顧問	蕭顯忠律師事務所
出版日期	二〇二〇年六月初版
定　價	390元
總經銷	楨德圖書事業有限公司
地　址	新北市新店區中興路二段196號8樓
電　話	02-8919-3186
傳　眞	02-8914-5524
香港總代理	一代匯集
地　址	九龍旺角塘尾道64號 龍駒企業大廈10 B&D室
電　話	852-2783-8102
傳　眞	852-2396-0050